21世纪高校网络与新媒体专业系列教材

丛 书 主 编 石长顺
丛书副主编 郭 可 支庭荣

网络与新媒体文学

唐东堰 雷 奕 陈彩林 主 编
刘 阳 秦磊毅 曾梦源 副主编

图书在版编目(CIP)数据

网络与新媒体文学 / 唐东堰，雷奕，陈彩林主编 . —北京：北京大学出版社，2018.8
（21 世纪高校网络与新媒体专业规划教材）
ISBN 978-7-301-29605-9

Ⅰ. ①网⋯　Ⅱ. ①唐⋯ ②雷⋯ ③陈⋯　Ⅲ. ①网络文学—中国—高等学校—教材　Ⅳ. ① I207.999

中国版本图书馆 CIP 数据核字 (2018) 第 109032 号

书　　　名	网络与新媒体文学 WANGLUO YU XINMEITI WENXUE
著作责任者	唐东堰　雷 奕　陈彩林 主编
责 任 编 辑	李淑方
标 准 书 号	ISBN 978-7-301-29605-9
出 版 发 行	北京大学出版社
地　　　址	北京市海淀区成府路 205 号　100871
网　　　址	http://www.pup.cn　新浪微博：@ 北京大学出版社 微信公众号：科学与艺术之声（微信号：sartspku）
电 子 信 箱	zyl@pup.pku.edu.cn
电　　　话	邮购部 62752015　发行部 62750672　编辑部 62767857
印 刷 者	河北滦县鑫华书刊印刷厂
经 销 者	新华书店 787 毫米 ×1092 毫米　16 开本　15 印张　200 千字 2018 年 8 月第 1 版　2021 年 5 月第 2 次印刷
定　　　价	45.00 元

未经许可，不得以任何方式复制或抄袭本书之部分或全部内容。
版权所有，侵权必究
举报电话：010-62752024　电子信箱：fd@pup.pku.edu.cn
图书如有印装质量问题，请与出版部联系，电话：010-62756370

全国高校网络与新媒体专业规划教材编委会

总 主 编 石长顺

副 主 编 郭 可　支庭荣

主编单位 华中科技大学
上海外国语大学
暨南大学
华南理工大学
武汉理工大学
河南工业大学
沈阳体育学院
广州大学

编委会成员 （按英文字母顺序排序）

陈冠兰　陈沛芹　陈少华　郭　可　韩　锋
何志武　黄少华　惠悲荷　季爱娟　李　芳
李　军　李文明　李秀芳　梁冬梅　鲁佑文
单文盛　尚恒志　石长顺　唐东堰　王　艺
肖赞军　杨　娟　杨　溟　尹章池　于晓光
余　林　张合斌　张晋升　张　萍　郑传洋
郑勇华　支庭荣　周建青　邹　英

总　序

教育部在2012年公布的本科专业目录中,首次在新闻传播学学科中列入特设专业"网络与新媒体",这是自1998年以来为适应社会发展需要,该学科新增的两个专业之一(另一个为数字出版专业)。实际上,早在1998年,华中科技大学就面对互联网新媒体的迅速崛起和新闻传播业界对网络新媒体人才的急迫需求,率先在全国开办了网络新闻专业(方向)。当时,该校新闻与信息传播学院在新闻学本科专业中采取"2+2"方式,开办了一个网络新闻专业(方向)班,面向华中科技大学理工科招考二年级学生,然后在新闻与信息传播学院继续学习两年专业课程。首届毕业学生受到了业界的青睐。

在教育部新颁布《普通高等学校本科专业目录(2012)》之后,全国首次有28所高校申办了网络与新媒体专业并获得教育部批准,继而开始正式招生。招生学校涵盖"985"高校、"211"高校和省属高校、独立学院四个层次。这28所高校的网络与新媒体专业,不包括同期批准的45个相关专业——数字媒体艺术和此前全国高校业已存在的31个基本偏向网络新闻方向的传播学专业。2014年、2015年、2016年、2017年又先后批准了20、29、47和36所高校网络与新媒体专业招生,加上2011年和2012年批准的9所高校新媒体与信息网络专业招生,到2018年全国已有169所高校开设了网络与新媒体专业。

媒体已成为当代人们生活的一部分,并逐渐走向21世纪的商业和文化中心。数字化媒体不但改变了世界,改变了人们的通信手段和习惯,也改变了媒介传播生态,推动着基于网络与新媒体的新闻传播学教育改革与发展,成为当代社会与高等教育研究的重要领域。尼葛洛庞帝于《数字化生存》一书中提出的"数字化将决定我们的生存"的著名预言(1995年),在网络与新媒体的快速发展中得到应验。

据中国互联网络信息中心(CNNIC)2019年8月发布的《第44次中国互联网络发展状况统计报告》显示,截至2019年6月,我国网民规模已达8.54亿,较2018年年底增长2598万,互联网普及率达61.2%,较2018年底提升1.6个百分点。互联网用户规模的迅速发展,标志着网络与新媒体技术正处在一个不断变化的流动状态,且其低门槛的进入使人与人之间的交往变得更为便捷,世界已从"地球村"走向了"小木屋",时空概念的消解正在打破国家与跨地域之间的界限。加上我国手机网民数量持续增长,手机网民规模已达8.47亿,较2018年年底增长2984万,网民使用手机上网的比例达99.1%,较2018年年底提升0.5个百分点。这是否更加证明移动互联网时代已经到来,"人人都是记者"已成为现实?

网络与新媒体的发展重新定义了新媒体形态。新媒体作为一个相对的概念,已从早期的广播与电视转向互联网。随着数字技术的发展,新媒体更新的速度与形态的变化时间越来越短(见图1)。当代新媒体的内涵与外延已从单一的互联网发展到网络广播电视、手机电视、微博、微信、互联网电视等。在网络环境下,一种新的媒体格局正在出现。

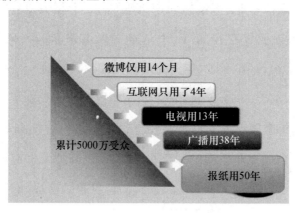

图1 各类媒体形成"规模"的标志时间

基于网络与新媒体的全媒体转型也正在迅速推行,并在四个方面改变着新闻业,即改变着新闻内容、改变着记者的工作方式、改变着新闻编辑室和新闻业的结构、改变着新闻机构与公众和政府之间的关系。相应地也改变着新闻和大众传播教育,包括新闻和大众传播教育的结构、教育者的工作方式和新闻传播学专业讲授的内容。

为使新设的"网络与新媒体"专业从一开始就走向规范化、科学化的发展建设之路,加强和完善课程体系建设,探索新专业人才培养模式,促进学界之间的教学交流,共同推进网络与新媒体专业教育,由华中科技大学广播电视与新媒体研究院及华中科技大学武昌分校(现更名为"武昌首义学院")主办,北京大学出版社承办的"全国高校网络与新媒体专业学科建设"研讨会,于2013年5月25—26日在武汉举行。参加会议的70多名高校代表就议题网络与新媒体专业培养模式、网络与新媒体专业主干课程体系等展开了研讨,通过全国高校之间的学习对话,在网络与新媒体专业主干课和专业选修课的设置方面初步达成一致意见,形成了网络与新媒体专业新建课程体系。

网络与新媒体主干课程共14门:网络与新媒体(传播)概论、网络与新媒体发展史、网络与新媒体研究方法、网络与新媒体技术、网页设计与制作、网络与新媒体编辑、全媒体新闻采写、视听新媒体节目制作教程、融合新闻学、网络与新媒体运营与管理、网络与新媒体用户分析、网络与新媒体广告策划、网络法规与伦理、新媒体与社会等。

选修课程初定8门:西方网络与新媒体理论、网络与新媒体舆情监测、网络与新媒体经典案例、网络与新媒体文学、动画设计、数字出版、数据新闻挖掘与报道、网络媒介数据分析与应用等。

这些课程的设计是基于当时全国28所高校网络与新媒体专业申报目录、网络与新媒体专业的社会调查,以及长期相关教学研究的经验讨论而形成的,也算是首届会议的一大收获。新专业建设应教材先行,因此,在这次会议上应各高校的要求，组建了全国高校网络与新媒体专业"十二五"规划教材编写委员会，全国参会的26所高校中有50多位学者申报参编教材。在北京大学出版社领导和李淑方编辑的大力支持下，经过个人申报、会议集体审议，初步确立了30余种教材编写计划。这套网络与新媒体专业"十二五"规划系列教材包括：

《网络与新媒体概论》《西方网络与新媒体理论》《新媒体研究方法》《融合新闻学》《网页设计与制作》《全媒体新闻采写》《网络与新媒体编辑》《网络与新媒体评论》《新媒体视听节目制作》《视听评论》《视听新媒体导论》《出镜记者案例分析》《网络与新媒体技术应用》《网络与新媒体经营》《网络与新媒体广告》《网络与新媒体用户分析》《网络法规与伦理》《新媒体与社会》《数字媒体导论》《数字出版导论》《网络与新媒体游戏导论》《网络媒体实务》《网络舆情监测与分析》《网络与新媒体经典案例评析》《网络媒介数据分析与应用》《网络播音主持》《网络与新媒体文学》《网络与新媒体营销传播》《网络与新媒体实验教学》《网络文化教程》《全媒体动画设计赏析》《突发新闻教程》《文化产业概论》等。

这套教材是我国高校新闻教育工作者探索"网络与新媒体"专业建设规范化的初步尝试，它将在网络与新媒体的高等教育中不断创新和实践，不断修订完善。希望广大师生、业界人士不吝赐教，以便这套教材更加符合网络与新媒体的发展规律和教学改革理念。

石长顺

2014年7月

2019年9月修改

（作者系华中科技大学广播电视与新媒体研究院院长、教授；

武昌首义学院副校长，兼任新闻与文法学院院长）

前　言

1994年中国加入世界互联网，在1997年左右，中国出现了网络文学。眨眼间，网络文学走过了二十多个年头。这段时间并不漫长，但不断更新的网络与新媒体技术却使得文学发生了翻天覆地的变化，网络与新媒体文学在文本形态、传播方式、阅读方式等各方面都与传统文学相去甚远。网络书写、网络阅读已经成为当下社会重要的文学传播方式。面对强劲科技浪潮的冲击，人们甚至开始担心经典文学的衰颓、纸质文学的末路了。

与风起云涌热闹非凡的网络文学现实相比，对该领域的研究显得稍微滞后。目前来看，国内相关研究基础较为薄弱，甚至缺乏专业性的教材。对在校的大学生而言，他们最大的信息源是网络和以手机为载体的新媒体，对文学的接受也依赖这种传播介质，但遗憾的是，却没有相关的理论基础支撑。2008年，欧阳友权的《网络文学概论》出版，是网络文学教材的拓荒之举。随后，金振邦《新媒介视野下的网络文学》、苏晓芳《网络与新世纪文学》等书相继出版，为新形势下网络文学的研究提供了学理关注，但专业性的教材依然相当匮乏。

日新月异的技术不断挑战既有的文学模式，裂变现有的文学版图空间，使得人们急需一本关注在新技术格局下文学的发展样态如何等问题的教材。从这个角度来看，这本《网络与新媒体文学》存在的意义至少有两个方面不可忽视：首先，这是第一本紧随当下技术革新脚步的、对网络与新媒体文学进行全面关注的教材，它的内容是全新的，反映了最新的e时代文学发展动态，是对当下网络与新媒体文学发展规律的总结与思考。其次,与以往的教材偏重理论不同,本书既注重学理的梳理,又兼顾了具体作品的阐释,强调文本的艺术特色带来的文学鉴赏价值。本书的内容体系如下:

- 网络与新媒体概况。梳理了网络与新媒体等传播介质的发展历程,介绍了网络与新媒体的基本类型、基本特征。

- 网络与新媒体文学概论。对网络与新媒体文学做出定义,从时间纵向上梳理网络与新媒体文学的发展历程,介绍网络与新媒体文学的主要存在形态。

- 网络与新媒体文学的基本类型。讲析两大基本类型:网络文学、移动端文学的文本特征。

- 网络与新媒体文学的艺术特征。从文本形态、语言、文化等各个方面总结网络与新媒体文学的独特性。

- 网络与新媒体文学的生产、传播与接收。讲解网络与新媒体文学的生产接收机制。

- 网络与新媒体文学的美学价值。从大众与精英文学的融合、多面向审美互动、融入式的沉浸等方面揭示网络与新媒体文学的美学价值。

- 网络与新媒体文学作品赏析。以玄幻小说和都市言情小说为对象,解析网络文学的艺术特色。

- 网络与新媒体文学存在的问题与发展趋势。讲解网络与新媒体文学创作、研究等方面面临的困境,分析网络与新媒体文学未来的发展趋向。

本书主编:唐东堰、雷奕、陈彩林;副主编:刘阳、莫华清、曾葵芬;参编人员有阳志标、曾梦源、卢维林、秦磊毅、张璐、彭继媛、丰杰、徐志斌、李玮、张宁、杜文曦、唐超学、黄思源、葛敏、符悠悠、丁艳、熊燕。其中各章节负责人:第一章,刘阳、卢维林;第二章、第六章、第七章,雷奕、陈彩林;第三章的第一节曾梦源,二、三节是雷奕;第四章,莫华清、曾葵芬;第五章,阳志标;第八章,刘阳;全书写作策划与统稿,唐东堰。另外,彭继媛、秦磊毅、张璐、杜文曦、黄思源、张宁、李玮、丁艳、符悠悠、丰杰、徐志斌、葛敏、唐超学等博士、老师也参与到本书的写作与校改当中。本书是整个研究团队共同努力的成果,在前人的研究基础之上,融入了团队对某些现象的理解与思考。作为应时代发展需要而产生的作品,希望能够给更多喜爱网络文学、关注文学未来走向的读者们一个参考。但由于网络文学发展时间不长,变化万千,因此还未能给研究者提供足够清晰的观察距离。如有纰漏错误,欢迎批评指正。

向为此书出版而付出艰辛劳动的朋友们致谢!

目　录

第一章　网络与新媒体概况 ·· 1

　第一节　网络与新媒体的发展历程 ·· 2
　　一、Web 1.0 时代 ·· 2
　　二、Web 2.0 时代 ·· 3
　　三、Web 3.0 时代 ·· 6

　第二节　网络与新媒体的基本类型 ·· 8
　　一、广电传媒 ·· 9
　　二、网络传媒 ·· 12
　　三、手机传媒 ·· 14

　第三节　网络与新媒体的特征 ·· 17
　　一、载体形式的多元化 ·· 17
　　二、主体与受体的交互化 ·· 19
　　三、传播操作的商业化 ·· 21
　　四、技术更新换代的即时化 ·· 23

第二章　网络与新媒体文学概论 ·· 28

　第一节　网络与新媒体文学定义 ·· 28
　　一、网络与新媒体文学的题材 ·· 30

二、网络与新媒体文学的文本形态 …………………………… 30
　　三、网络与新媒体文学的优势 …………………………… 35
第二节　网络与新媒体文学的发展轨迹 …………………………… 36
　　一、网络文学的发端 …………………………… 37
　　二、汉语网络文学的萌芽 …………………………… 38
　　三、汉语网络文学的发展 …………………………… 40
　　四、移动文学的发展概况 …………………………… 50
第三节　网络与新媒体文学的生存形态 …………………………… 52
　　一、文学论坛 …………………………… 52
　　二、门户网站的文学频道 …………………………… 55
　　三、博客文学 …………………………… 57

第三章　网络与新媒体文学的基本类型 …………………………… 60

第一节　网站文学 …………………………… 60
　　一、网络游戏小说 …………………………… 62
　　二、网络接龙小说 …………………………… 63
　　三、超文本与多媒体诗歌 …………………………… 63
　　四、网络戏剧 …………………………… 64
　　五、博客日志 …………………………… 65
第二节　短信文学 …………………………… 65
　　一、短信诗歌 …………………………… 66
　　二、短信故事 …………………………… 70
　　三、短信戏剧 …………………………… 74
第三节　微信文学 …………………………… 76
　　一、朋友圈文学 …………………………… 77

二、公众号文学 ………………………………………………… 79

第四章　网络与新媒体文学的艺术特征 ………………………… 83
第一节　网络与新媒体文学的文本形态特征 …………………… 83
　　一、文本构成的综合性 …………………………………………… 83
　　二、文本结构的开放性 …………………………………………… 86
　　三、文本形态更新即时性 ………………………………………… 89
第二节　网络与新媒体文学的语言特征 ………………………… 91
　　一、视觉化追求 …………………………………………………… 91
　　二、娱乐追求 ……………………………………………………… 93
　　三、简约世俗化追求 ……………………………………………… 97
第三节　网络与新媒体文学的叙事特征 ………………………… 100
　　一、比特叙事 ……………………………………………………… 100
　　二、特殊的叙事模式 ……………………………………………… 104

第五章　网络与新媒体文学的生产、传播与接收 ………………… 109
第一节　网络与新媒体文学的创作与生产 ……………………… 109
　　一、文学体制由政治化走向资本化 ……………………………… 111
　　一、文学创作由面向自我走向面向读者 ………………………… 112
第二节　网络与新媒体文学的传播 ……………………………… 114
第三节　网络与新媒体文学的消费与接受 ……………………… 119

第六章　网络与新媒体文学的美学价值 …………………………… 128
第一节　小众/大众　精英/通俗的融合之美 ……………………… 128
第二节　多面向的互动之美 ……………………………………… 136

第三节　融入式的沉浸审美 ……………………………………… 139
　　第四节　电子技术的诗意之美 …………………………………… 143

第七章　网络与新媒体文学作品赏析 …………………………… 148
　　第一节　网络小说 ………………………………………………… 148
　　　一、玄幻小说——《诛仙》 ……………………………………… 148
　　　二、都市言情——以安妮宝贝作品为例 ……………………… 162
　　第二节　网络诗歌 ………………………………………………… 169

第八章　网络与新媒体文学存在的问题与发展趋势 …………… 176
　　第一节　网络与新媒体文学存在的问题 ………………………… 176
　　　一、当前网络与新媒体文学的艺术局限 ……………………… 176
　　　二、网络与新媒体文学批评的失范与滞后 …………………… 182
　　　三、网络与新媒体文学产业化问题 …………………………… 187
　　第二节　网络与新媒体文学的发展趋势 ………………………… 190
　　　一、网络与新媒体文学文体与形式的革新趋势 ……………… 190
　　　二、网络与新媒体文学产业化趋势 …………………………… 194
　　　三、网络与新媒体相关政策法规建设 ………………………… 202

附　录 ………………………………………………………………… 210
　　网络文学的50个大事件 …………………………………………… 210

第一章　网络与新媒体概况

【学习目标】

1. 了解网络与新媒体技术的发展历程。
2. 掌握网络与新媒体的基本类型。
3. 掌握网络与新媒体的基本特征。

网络的兴起,正有力地改变着中国人的阅读和书写习惯,同时,也不可避免地给传统文学作品的消费和生产带来了冲击。近年来,原创文学网站可以说是经历了飞跃式发展。从 21 世纪初到现在,已经发展成为足以和传统出版社抗衡的内容提供商、内容服务商和内容运营商。

根据艾瑞网推出的网民连续用户行为研究系统 iUserTracker 的最新数据显示,2016 年 2 月 1 日—2 月 7 日,垂直文学网站日均覆盖人数达 813 万人,有效浏览时间达 3205.8 万小时。在日均覆盖人数方面,晋江原创网达 147 万人,网民到达率达 0.7%,位居第一;在有效浏览时间方面,笔趣阁达 1025 万小时,占总有效浏览时间的 32%,位居第一。[1]

迄今为止,我国已有 90% 的原创文学网站采用了 VIP 付费制度,版权贸易体系逐渐完善,同时也确立起了各自的作者培养制度、薪金制度及内容特色。

---

[1] 艾瑞网.2016 年 2 月 1 日-2 月 7 日垂直文学网站行业排名.[EB/OL].(2016-03-05)[2016-03-05].Top10http://www.199it.com/archives/444641.html

经过几年的产业化发展,原创文学网站市场目前已形成"阅文集团""掌阅文学""百度文学""阿里文学""中文在线"五足鼎立的局面。

在网络与新媒体语境下,作家创作的文学作品有了更广泛、更快捷的传播渠道,其创作及接收反馈的过程也开始置身于前所未有的开放互动空间中。作为文学创作的主体,"作家"这一概念本身同样悄然发生着变化,"网络写手"从一种区别性的称谓逐渐发展成为公认的新世纪文学的重要创作力量。从2014年到2015年,《花千骨》《琅琊榜》《何以笙箫默》《匆匆那年》等大批网络文学作品被搬上银幕并获得成功,IP运营热将网络文学再次推上风口浪尖。今天,我们对于文学的探讨,已经离不开从传播学视角对网络媒介的审视。

第一节 网络与新媒体的发展历程

一、Web1.0时代

一般人认为,媒介仅是信息、知识、内容的载体,它是空洞的、消极的、静态的。但传播学者麦克卢汉(Marshall Mcluhan)[①]则认为,媒介对信息、知识、内容有着强烈的反作用,它是积极的、能动的,对信息有重大影响,它决定着信息的清晰度和结构方式,"媒介即讯息"。

纵观媒介发展的历史,古腾堡印刷机的出现使人类复制信息的能力经历了一次飞跃,并标志着漫长的大众传播时代的开启。此后,书籍、报纸、杂志等印刷媒介和电影、广播、电视等电子媒介先后各领风骚。尽管传播学研究者对"大众传播"一词的定义各不相同,但对以下三个基本要素有着较为一致的意见:

(1)传者是一个机构或组织;(2)受众是数量众多的分散各地的人们;

[①] [加拿大]麦克卢汉.麦克卢汉精粹[M].何道宽译.南京:南京出版社,2000:172.

(3)媒介是能大量复制信息的机器。① 从这个意义上来说,在互联网发展的早期,网络传播的形态仍属于大众传播,这主要是由于彼时享有网络传播权力的依旧是专业化的机构而非个人。从互联网信息技术发展的角度,观察互联网信息技术的社会应用,我们会发现一个技术革命与社会革命交叠发生的演进路线图,即 Web 1.0 时代—Web 2.0 时代—Web 3.0 时代。Web 1.0 时代的互联网通过以机构为主体的公共传播,重点解决了人与信息的连接问题。② 在 Web 1.0 时代,代表性的互联网应用是大型门户网站和搜索引擎,我们感受到的是信息总量的急剧增长,信息获取的及时、全面、精准和便利。大多数人倾向于认为政府网站是 Web 1.0 时代的产物,它的多数功能侧重于"我说你听"类的静态信息发布。

二、Web 2.0 时代

2004 年,Web 2.0 概念兴起。Web 2.0 是相对 Web 1.0(2003 年以前的互联网模式)的新一代互联网应用的统称。目前关于 Web 2.0,较为经典的定义是博客(Blogger Don)在他的《Web 2.0 概念诠释》一文中提出的:Web 2.0 是以 Flickr、Craigslist、Linkedin、Tribes、Ryze、Friendster、Del.icio.us、43Things.com 等网站为代表,以 Blog、TAG、SNS、RSS、wiki 等社会软件的应用为核心,依据六度分隔、xml、ajax 等新理论和技术实现的新一代互联网模式。

基于 Web 2.0 的网络媒介是真正属于用户的媒介,它满足了用户两方面的需求,即个性化和社会化。③ 一方面,用户借助基于 Web 2.0 的传播媒介完成个性化的信息订阅、接收与表达。另一方面,这些个性化的信息又具有了分众化的意义,使即便再微小、小众的声音也能迅速产生共鸣,基于此,分散在各

---

① 黄星民."大众传播"广狭义辨[J].新闻与传播研究,1999(01).
② 高钢.物联网和 Web 3.0:技术革命与社会变革的交叠演进[J].国际新闻界,2010(02).
③ 喻国明.关注 Web 2.0:新传播时代的实践图景[J].新闻与写作,2007(01).

类互联网终端前的用户便可按特定的兴趣、特征进行重新圈层,建立起全新的社会关系。腾讯网与中国人民大学新闻学院新媒体研究所联合发布的《中国网络传媒的未来》报告指出,上一个十年中国网络传媒变化的核心,就是内容网络与关系网络的融合。①

在 Web 2.0 时代,随着个人信息传播能力的空前扩张,人与人之间信息交流的时空阻碍被突破,人与人之间通过网络建立各式各样联系的可能性增强,以个人为主体传播个性化信息、建立网际协作成为这一时期互联网的主要特征。也正是在 Web 2.0 时代,网络传播模式完成了从"大众门户"向"个人门户"的变革,社会化媒体的概念由此开始流行。

2007 年,美国学者安东尼·梅菲尔德(Antong Mayfield)在其《什么是社会化媒体》(What is a social media?)的著作里,首次提出了"社会化媒体"一词。他认为,社会化媒体是一种给予用户极大参与空间的新型在线媒体,具有参与性、公开性、交流性、对话性、社区化、连通性等特征,其最大的特点是赋予每个人创造并传播内容的能力。在安东尼·梅菲尔德的研究基础上,德国学者安德斯·M.卡普兰(Andesi M. Kaplan)和迈克尔·亨德莱(Michael Hendlerlai)对社会化媒体给出了如下定义:社会化媒体是指建立在 Web 2.0 的思维和技术基础之上,允许创造和交换用户生产内容(User-generated Content,UGC)的、基于互联网的应用。芬兰学者托尼·阿尔奎斯特(Tony Arquus)等人则认为,社会化媒体概念应该包括三个关键元素,除了 Web 2.0 与用户生产内容,还应包括人际关系网。② 在早期的研究中,学者们往往把社会化媒体视为一系列互联网应用形态。但随着网络应用形态的不断推陈出新,学者们意识到,必须从更深入的层次理解社会化媒体,并相继提出了"平台说""高维媒介说"等,代表

---

① 阳翼.数字营销[M].北京:中国人民大学出版社,2015.
② 高钢.物联网和 Web 3.0:技术革命与社会变革的交叠演进[J].国际新闻界,2010(02).

学界对于互联网的理解已经远远超出了传统意义上"媒体"的含义。例如,戴维·米尔曼·斯科特(David Meerman Scott)在《新规则:用社会化媒体做营销和公关》(The New Rules of Marketing & PR)一书中提出,社会化媒体是一种在线平台、一类技术和工具的统称;彭兰在《社会化媒体、移动终端、大数据:影响新闻生产的新技术因素》中也使用了"平台"这一概念;喻国明在《互联网是一种"高维"媒介》一文中指出:很多人固执地认为互联网就只是一种媒介、一个渠道,因此从自身发展的逻辑出发,他们仅仅把互联网作为延伸自己价值和影响力的一个平台和工具。事实上,互联网不仅仅是一个媒介,更本质的意义在于它是一种重新构造世界的结构性力量,这是它真正的意义。[1] 他还认为,未来媒介发展的主流模式应该是与互联网逻辑相吻合的"平台型媒体",既具有媒体的专业编辑权威性,又拥有面向用户平台所特有的开放性的数字内容实体。

"界面新闻"(以下简称"界面")的成功可算是 Web 2.0 时代"平台型媒体"发展的最佳注解。一组数据可以说明"界面"惊人的成长速度:自 2014 年年末正式上线以来,历时半年,在未做大规模推广的情况下,"界面"的日均 UV 达到 240 万,PV 达到 2500 万,Alexa 全国排名 500,[2]注册用户达到 100 万。与《赫芬顿邮报》相比:"界面"的跳出率为 35%,《赫芬顿邮报》为 64%;"界面"的平均阅读页面为 11.4,《赫芬顿邮报》为 1.9;"界面"平均停留时间为 16 分 22 秒,《赫芬顿邮报》为 3 分 53 秒。[3] 作为上海报业集团媒体融合和新媒体转型实践的一大力作,"界面"希望通过用户参与的方式带动稿件的生产量。以"界面""选题会"模块为例,"界面"计划每天发起几个公司的聊天室,每个聊天室里都

---

[1] 喻国明.关注 Web 2.0:新传播时代的实践图景[J].新闻与写作,2007(01).
[2] UV(Unique Visitor)即独立访客,是指通过互联网访问、浏览这个网页的自然人;PV(Page View),网站各网页被浏览的总次数,通常是衡量一个网络新闻频道或网站甚至一条网络新闻的主要指标;Alexa 是中国免费提供 Alexa 中文排名官方数据查询,网站访问量查询,网站浏览量查询,排名变化趋势数据查询。
[3] 界面联合创始人张衍阁:以原创为"媒"界面的目标是"新闻+"[J/OL].深圳商报,(2015-8-19)[2015-08-19]. http://www.hinews.cn/news/system/2015/08/19/017773121.shtml

有一个"界面"的编辑坐镇。聊天室有一个题目(如某某公司讨论会),觉得自己对该公司颇为了解或是在这个行业有过经验的网友,可以进入该聊天室进行讨论。聊天室有一定的人数限制,所以主持编辑会不时踢出一些基本不发言的用户以腾出名额。当编辑发现某些用户对该公司确有很深了解,会邀请他进入更高一级的私密聊天室,进行信息沟通。每天晚上,编辑会将这些信息重新整理,确定稿件的报道方向迅速推出。用户也可以选择是否署名。[①]

简言之,以界面新闻为代表的"平台型媒体"不是单靠自己的力量做内容和传播,而是打造一个良性的开放性平台,平台上有各种规则、服务和平衡的方式,并且向所有的内容提供者、服务提供者开放。

三、Web 3.0 时代

关于 Web 3.0,回溯它的早期现身,较有名的首次被提及出现在 2006 年年初杰弗里泽尔曼(Jeffrey Zeldman)的博客里一篇批评 Web 2.0 的文章中。我们知道,在 Web 2.0 时代,互联网激活了比机构更为基本的传播要素——个人,致使用户生产内容不断膨胀,并不可避免地带来了诸如对网络信息监管失去有效办法、信息纯净度、可信度降低和搜索引擎精准度下降等问题。面对蓬勃发展的社会化媒体以及由之带来的信息总量爆炸、有效信息获取却愈发困难的窘境,人们亟须一种更为优化的信息处理方式。

Web 3.0 讲求的是筛选,并且把内容依据使用者的喜好和社交行为来呈现,其核心理念是"个性、精准与智能"。[②] 博鳌亚洲论坛 2008 年年会组织了名为"互联网的未来"的专题讨论。腾讯控股有限公司总裁刘炽平在会上用三句话概括了 Web 的三个时代:Web 1.0 是一个单向的发布系,用户只可以阅读信

---

① 喻国明.互联网是一种"高维"媒介——兼论"平台型媒体"是未来媒介发展的主流模式[J].新闻与写作,2015(02).

② 喻国明.关注 Web 2.0:新传播时代的实践图景[J].新闻与写作,2007(01).

息；Web 2.0是双向的，发布的权利同时交给用户，可读、可写、可互动；Web 3.0则是一个真正互联互通的多向系统，一个人想看什么内容、在什么时候看、什么场景看，一上互联网马上都能实现。①

Web 3.0时代的互联网将成为一个缜密的数据系统，数据之间是开放的、相互关联的。同时，每个用户将实现独有的互联网配置文件，通过基于语义的搜索引擎和智能代理技术，机器能够借助经过富语义标注的数据来创建链接，找到信息或者自动地在后台替人做事（Web 3.0与知识传播），从而做到"不是人找信息，而是信息找人"，帮助人类真正成为信息的主宰者。

举例来说，假设某天你忽然想看一部话剧，同时又特别想吃东南亚菜，并且准备立即出发，出发前你会怎么做？也许去豆瓣，或者大麦网、格瓦拉售票网，或者直接去百度上搜索正在上映的话剧，选一部中意的，直接订票；然后再去大众点评，找找话剧院附近有没有东南亚餐厅，看看大家的评价，顺便记下几个招牌菜，以防晚上面对菜单无从选择。好了，这么一来，在出门前我们大概需要浏览至少四五个网站才能获取出门需要的所有信息。

到了Web 3.0的时代，以上一套程序或许就能全都省了，直接输入（或用语音说）："今晚我想看一部话剧，然后吃一顿东南亚菜，我该怎么做？"然后，所有事情都交给互联网吧，它会根据所有在云端开放的信息，以及根据个人习惯与偏好，综合规划出一套最适合你的完美出行方案。

在Web 3.0模式下，无论是PC机、移动互联网设备还是机顶盒等，都可以实现信息的统一使用和共享。Web 3.0无论在技术层面还是理念层面上，都将各式各样的新终端设备与互联网实现有效连接，便于用户随时随地在不同终端间进行切换，享受全时空、多平台信息流通的便利。

综合来看，互联网的进化路径如下：1.0时代，Web是只读（Read Only）的；

---

① 徐璐,曹三省,刘剑波,柴剑平.面向移动多媒体的Web 3.0技术[J].电视技术,2008(12).

2.0时代,Web是可读可写(Read/Write)的;3.0时代,Web是个性化(Personalized)的。互联网的发展变革与人类自身需求的进化紧密相关。从Web 1.0到Web 3.0,既是网络技术的迭代过程,也是网络不断走向以人为本,创造人与人、人与物、物与物之间自由联通的过程。

第二节 网络与新媒体的基本类型

新媒体这个概念本身就存在异议,因为新媒体并不是一种独立的媒体形态,而是随着数字技术和网络技术的出现而不断涌现的新媒体群落。新媒体的"新"究其根源是技术创新和形式创新。有的新媒体完全是技术创新的结果,如微博、微信等;而大多新媒体是新旧有机融合创造出的新,就是将新技术在传统媒体上加以运用,如网络电视、电子报刊、手机电视、数字广播等。① 融合的宽带信息网络,是各种新媒体形态依托的基础。终端移动性,是新媒体发展的重要趋势。数字技术是各类新媒体产生和发展的原动力。就此而言,新媒体很大程度上是传统传媒产业与信息技术产业的深度融合。

纵观信息技术发展的历史,不得不提的就是"三网融合"。"三网融合"主要指代的是电信网、广播电视电网、互联网三种网络的融合,即电信网将逐渐演进成为宽带通信网,广播电视网将成为数字电视网,互联网进一步发展成为下一代互联网。不过,三网间两两相互融合的程度与进程有所不同。电信网与互联网的融合是最早开始的,融合的程度也高。互联网自1969年诞生,中国1995年5月全面进入互联网商用阶段。早期上网需要依靠电话线,随着电信网与互联网开始融合,互联网作为电信网上一种新型网络开始商用化以后,电信运营商便投资建设IP网络,提供互联网出口使其独立开展接入服务,这时互联网对

---

① 唐润华.专家热议大传媒时代[J].传媒,2008(07).

电信行业的影响开始显现。随后,互联网迈入了高速发展的阶段,在接入、终端、传输和业务应用等多个层面,互联网和电信网发生快速融合。视频通话、电子商务、网络浏览等业务蓬勃发展,使得互联网不断渗透到人们的生活中。从2006年起,通过对网络的双向改造融合,各地广电改变了提供单向电视节目传输的局面,为用户提供了互联网接入服务。只需要一根有线电视线,即可看电视和上网。2015年8月,国务院办公厅印发《三网融合推广方案》,意味着三网融合工作进入全面推广的阶段。三种网络实现互联共通、为用户提供资源共享的服务。三张网(电信网、互联网、电视网)通过技术改造,提供包括语音、数据、图像等在内的综合多媒体业务。语音、视频和数据这三种基本业务在技术上将不再具有明显的界限,用户使用体验的差异也会减少,各种应用功能将通过系统集成和应用创新加以整合,渐趋成为统一的有机体。三网融合的过程是广电产业、电信产业和互联网产业相互交叉、相互渗透,形成新产业形态的过程。

新媒体传播利用现有的传播手段,为人们提供更好的感受和一种便于交流的传播方式。网络与新媒体有广电传媒、网络传媒和手机传媒三种比较常见的类型。

一、广电传媒

广播电视,是通过无线电波或导线向广大地区播送音响、图像节目的传播媒介,统称为广播。只播送声音的,称为声音广播,播送图像和声音的,称为电视广播。狭义上讲,广播利用无线电波和导线,只传播声音内容。广义上讲,广播包括我们平常认为的单有声音的广播和声音与图像并存的电视。[1]

(一)广电传媒的发展阶段

中国的广播传媒自延安新华广播电台于1940年12月30日成立算起,已

---

[1] 唐润华.专家热议大传媒时代[J].传媒,2008(07).

有80多年的历史,电视传媒从1958年9月2日播出的第一条电视信号算起,也有60多年的历史。自此至今,广播电视传媒的发展大致经历了下列三个阶段。

1. 事业性阶段

这个阶段,广播传媒和电视传媒的事业属性分别延续了60多年和40多年。2002年党的十六大明确提出大力发展文化事业和文化产业战略以后,广播电视传媒才真正开始了"传媒二重性"的运营,广播电视传媒在具有政治属性的同时,还具有经济属性(注:中国关于"传媒二重性"理论的研究是从1978年开始起步的)。

2. 实施产业化改革阶段

从广播电视传媒的整体上分析,这个阶段包括从2002年党的十六大提出大力发展文化事业和文化产业战略到2010年党的十七届五中全会提出"推动文化产业成为国民经济支柱性产业"战略思想的八年。由于受传统思想的影响,传媒产业化改革与传媒的实际运营一度出现了"两张皮"的现象。所谓"两张皮",是指在表面上轰轰烈烈地搞着传媒产业化,而实际上还在坚持单一地进行事业化。

3. 全面开展"产业化"整顿阶段

2008年10月12日,国务院办公厅印发了中央宣传部会同多个部门和单位拟定的《文化体制改革中经营性文化事业单位转制为企业的规定》和《文化体制改革中支持文化企业发展的规定》两个文件,并规定:此文件的有效期为五年,即2009年1月1日至2013年12月31日。据有关部门的"调查",到2013年许多部门都如期完成了《国务院办公厅关于印发文化体制改革中经营性文化事业单位转制为企业和支持文化企业发展两个规定的通知》规定的任务。但是在实际上,真正的转制还未完全贯彻执行。这种现象在传统广电传媒领域表现尤为突出。这一问题直接关系到广电传媒如何生存和发展,也是中国传媒人当前亟须关注的一个问题。

长期以来,广播电视作为大众传播媒介,突出了信息传播、社会服务、大众娱乐的功能。这些功能的发挥,丰富着人们的精神生活,推动着社会进步。但第四次传媒浪潮,即互联网传媒浪潮的到来,把传播媒介的功能推向了人类社会的方方面面。

(二)广电传媒的变革

传统电视媒体的产业价值链正在被新媒体从各个环节消解与重构,在融合中颠覆将是未来广播电视生存发展的方向。而内容资源的价值、受众注意力的价值、传播平台的价值都在新媒体环境下被重新定义,新媒体所具有的海量信息集纳、全媒体内容的展示、传受之间的互动、社会关系的构建和维护等功能给网络用户带来了不一样的价值。广播将不是那个广播,电视也将不是那个电视,单一形态的媒体将不复存在。就媒介生态而言,它们终将成为新媒体群落中的子群落。新媒体群落将会被更新的媒体群落所融合,而不是被颠覆或取代。

这样一来,为广电机构提供一个新的价值增长点显得十分重要。我们应在传播环境下重塑电视媒体的价值链条,将新媒体平台作为电视机构的全新增量,以新媒体的运行规律去经营新媒体。追求价值增长点的新媒体战略,传统媒体则需要先站在新媒体平台上观察用户的信息消费心理和行为有了怎样的变化,思考在这样的平台上传统媒体可以做些什么价值衍生的工作。明白了电视媒体与新媒体在产业意义上的价值链差别,就能在发展新媒体的方向上走出迷茫。就战略层面而言,尊重新媒体的发展规律,让电视媒体实现新媒体平台上的涅槃重生,在新媒体的价值链条上实现自身利益;就策略层面而言,让新媒体传播平台物尽其用,成为电视追求价值增长点的新媒体战略。广播电视媒体人需要明白没有哪种形态是新媒体的终极状态。

电视媒体人在新媒体战略中往往会迷失目标。甚至有一些人没有认识到以前倾的姿势坐在电脑前的网民和以后仰的姿势慵懒地坐在电视机前的观众,无论是在心理上还是在信息接收习惯上都有着巨大的差异。艾瑞网2015年调研数据显示,新媒体用户在传统电视端观看的内容以电视剧和综艺节目为主,比例分别为65.0%和57.8%;互联网电视与平板电脑端观看内容相似,均以电影和电视剧为主;智能手机端则以新闻资讯和电影为主,比例分别为51.8%和50.1%。各终端主要观看内容相互补充。传统电视节目以电视剧和综艺节目为主,电视节目缺少用户自主选择性;电视新媒体中交互网络电视可实现观看内容的自主选择,用户可选择观看传统电视收看不到的或错过的内容,在一定程度上对传统电视内容进行补充。

二、网络传媒

网络传媒和传统的电视、报纸、广播等媒体一样,都是传播信息的渠道,是交流、传播信息的工具和载体。但基于互联网的网络传媒集诸多优势为一体,是跨媒体的数字化传媒。在20世纪60年代,四台计算机组成互联网。作为一个较小空间的传递信息的媒介,经过长时间的发展,如今的互联网已经发展成为一种能够有效传播信息、功能强大的媒介,成为传播信息和信号的新媒体。

网络传媒命运多舛,曾一度被划在传媒体系之外。人类社会进入21世纪后,特别是2010年以后,由于互联网传媒作用日益凸显,网络传媒才被列入了传媒体系的行列。2015年,李克强总理在政府工作报告中提出"互联网+"行动计划以后,网络传媒不仅仅进入了主流传媒的行列,更是成为我国引领性的传播媒介。网络传媒充当了中国传播媒介发展的领头羊,更引领了中国经济社会各行业各部门的发展。

就传播手段而言,网络传媒兼具文字、图片、音频、视频等现有媒体的全部手段,可以称为全媒体。人们通过网络途径可以进行聊天、文字讯息的传递和其他方面的交流。通过使用网络,作者可以将诸如学习、工作和生活等方面的心得发布到网页上,使别人能够通过浏览该网页了解相关信息,可以说是一种形式比较灵活的交流平台。如博客。虽然现在博客的使用程度已经大不如以前,但总的来说,博客的出现具有重要的意义。通过互联网途径还能传播音频和视频。无论是个人,抑或是公司等非政府机构,都可以将信息通过网络发布。同时网络也是一个广告的大型载体。网络的传播功能、传播速度几乎可以超越此前的所有媒体,正因为它的传播手段全面,不受时间、空间限制,所以网络能够向受众提供最及时、最充分的资讯。此外,网络传媒的交互性与易检性还大大拓展了其互动效果和服务功能,成为受众可参与的公众媒介和大容量的资料库。

网络传媒既有对传统媒体的继承,又具有其自身许多新的特点和某些先天的优势。与传统媒体相比,网络传媒的优势主要有以下几点:首先,传播速度迅捷——网络传媒传播速度快捷,信息来源广泛,制作发布信息简便。一条消息在网上随时发布,间隔时间长则数小时,短则几分钟,完全没有"截稿时间"的概念。尤其是在报道突发性事件和持续发展的新闻事件上,网络传媒信息发布与更新速度的迅捷比传统媒体中广播电视新闻节目的"滚动播出"更胜一筹。[①]其次,传播范围广——传统媒体只能对某一特定地区产生影响,不论是电视、广播还是报刊、灯箱海报,都不能跨越地区限制,但任何信息一旦进入互联网,分布在全世界的用户都可以在他们的计算机上看到。再次,交互性、沟通性强——网络传媒的最大优势在于交互性,它不同于电视、电台的信息单向传播,而是信息互动传播。之前用户对传统媒体的广告,多是被动接受,受众不明确,产生效果不明显。现在根据用户兴趣形成数据,使得成交的可能性更高,比如腾讯新闻,它会将用户点击搜索的新闻类型进行归纳整理,按照用户个人喜好进行新闻推荐,使用户可以找到自己最感兴趣的资讯。

[①] 杨静.新媒体传播特征研究[D].河南大学,2009.

网络传媒又一个较为突出的优势是信息数据庞大，数据内容涵盖各行各业的视频、图片、文字等，搞研究、查资料、找客户、查物流等，十分方便。此外，网络传媒还有保留时间长、操作方便简单、成本低、效率高、感官性强烈等优势。

对于新媒体来说，网络传媒也带来一些社会变化，比如，从根本上改变社会，对人类的发展轨迹产生了很大的影响。网络传媒对人类的发展具有重要的意义，其在很大程度上增加了人类的生存空间。人们在网络媒介上可以像在现实社会中一样进行互动式的交流。网络传媒已经成为人们生活的一部分，成为人们生活的空间。电话、广播、电视也是人们生活中的一部分，但它们不可能构成人们生活的空间，它们只能借助于网络，实现电脑网络、电视网络、广播网络和通信网络一体化，从而赋予网络空间以新的内涵。网络传媒因为有了人的参与和活动而成了人的网络传媒，成了拥有各种社会关系的网络传媒，不再是一个"机器的生态"，而是被赋予了社会的意义。[①]

三、手机传媒

保罗·莱温森（Paul Levinson）认为，称手机为"cell phone"更贴切些，cell一词有三个意思：细胞、蜂窝和牢房。手机不仅像有机体的细胞一样可以移动，而且与细胞一样，无论走到哪里，它都能生成新的社会、新的可能、新的关系。换言之，手机不仅有移动的功能，而且有生成和创造的功能。手机传媒，是移动网络与互联网络融合的产物，是由移动通信运营网络提供传播渠道、以手机为接收终端、内容营销商提供传播内容，兼有上网功能的个性化移动即时信息传播载体。手机传媒是新媒体的重要类型。

手机传媒的出现，继网络传媒之后又一次改变了媒介生态。手机传媒始于个人通信工具，因此，它具有人际传播的功能，同时又具有大众传播的功能，兼

---

① 张剑.我国网络营销模式的研究[D].山东大学，2010.

有二者优势,又突破二者局限。传统媒体的传播过程中,受众总是被动地接受媒介传递的信息。报纸的专栏、特定的广播节目、特定的电视节目,受众读的、听的、看的,取决于传统媒体写的、讲的、播的是什么,传播形式单一,基本处于"一对多"的单向传播形态,与受众的沟通受到各种因素的限制。手机传媒的出现,打破了地域的局限性,受众交流的方式和交流的对象大大增加,手机传媒与传统媒体的结合,激发了协同效应,使之成为大众传播、群体传播、组织传播与人际传播的结合体,从而实现了"多对一""多对多"多样化的传播形式,受众不再被动地接受传递的信息,而可以主动地获取信息,受众既是传递者也是发布者。[①] 信息技术的不断进步,使得移动网和互联网融合的深度不断加强,手机用户可以在线收看新闻、电影、音乐、电视、体育比赛等多媒体信息,也可以利用手机本身的摄影和摄像功能制造多媒体信息,发送给其他用户或电子邮箱抑或是各类平台,如微博、微信。

手机传媒,集四大媒介的优势于一身,相较于报纸、广播互动更丰富,比电视更便携,而且比电脑更普及,所有这些要素促使手机成为未来用途最多、范围最广、最具商业前景的新媒体。而随着"三网融合"的推进,手机终端的集合处理能力也随技术的进步不断提高,为新媒体业务在手机终端的本地应用带来广阔的发展空间。

手机传媒的优势主要有几点:(1)便携性——手机传媒常常被人们誉为是"带着体温的媒体",人们和手机可以说是形影不离。体积小,分量轻,便于携带。(2)多元性——作为移动数字化多媒体终端,手机融合了多种媒介特点,既可接收音频、视频,又可接收图文、数据,因此手机传媒能以集合或组合文字、声音、图片、影像的"跨媒体"甚至是"全媒体"形态进行信息传播,体现了明显的传播形式多样性。(3)互动性也是手机传媒的一大优势——手机是双向互动交流

---

① 魏丽宏.关于我国手机传媒产业发展的研究[D].中国社会科学院研究生院,2012.

的媒介平台,可以随时发表观点、传递信息、参与调查、反馈意见,这给手机传媒带来了信息传播中传受关系的实质性变革。(4)手机传媒具有精确性——点对点,点对面,信息传达精确。手机传媒不但是信息传输平台,还是身份识别系统和定位系统,可以建立起用户数据库,准确细分目标人群和传播对象,使手机传媒实现信息的点对点、点对面的定向传输、定位传输,从而达到信息送达率最大化、传播效果个性化。①(5)还有最为重要的一点,自媒体性——所谓的自媒体是指用户自己生产和制作内容、自己发布和传播信息,并形成影响力,实现了"一人一媒体"。手机既是信息发布的终端,又是信息接收的终端,这一双重特性,使得任何一个手机用户都可成为一个"自媒体"实体,"所有人对所有人"的点对点和点对面传播。例如微博,大量用户在诸多新闻事件中,最早在第一现场用文字、图片、影像的形式及时向外发布和传递了这些新闻事件最原生态的记录信息。手机传媒还有私密性、即时性等优势。从上述的优势中,不难发现手机传媒快速发展的原因。这里需要明确的是手机传媒是网络传媒的延伸,很多优势是基于网络传媒,但又是更上一层楼的发展。

随着技术的发展,手机的上网速度、信息传收速度还将有更大幅度的提升,同时,随着手机芯片处理能力的提升和手机操作系统、手机屏幕技术、手机电池技术等的不断改进与完善,手机媒介功能将更加强大,并且真的有可能像一些研究者所预言的那样,成为"超级媒体、万能终端",其可能带给手机传媒的作用力将更加不可低估。

同样,手机传媒还存在一些问题,如虚假与不良信息传播、个人隐私侵犯、信息垃圾聚集、信息安全威胁等。而对于手机传媒的监管存在不少难点,诸如传播者身份的隐蔽性、手机用户的海量性、跨地域传播带来的挑战、政策法规滞后等。虽然现在实行的手机实名制很大程度上能规避一些问题,但还存在许多

---

① 熊波.新媒体时代中国电视产业发展研究[D].武汉大学,2013.

的挑战。面对当今多元化、即时性、多样性的舆论生态环境,必须积极运用手机这一最新媒体,顺应新闻传播规律,提高传播技巧,主动设置议程,及时发布信息,努力占得舆论引导的先机,把握正确舆论导向。①

第三节 网络与新媒体的特征

一、载体形式的多元化

"新媒体"似乎永远是一个相对的概念,学术界对新媒体的定义也因此而众说纷纭,各有千秋。比较有代表性的见解有如下几种。郭庆光教授认为:"我们所谈论的新媒介主要指伴随卫星通信、数字化、多媒体和计算机网络等技术的发展而出现的新型传播媒介,包括跨国卫星广播电视、多频道有线电视、文字、音像的电子出版以及作为信息高速公路之雏形的互联网络等。"美国《连线》杂志对新媒体的定义为"所有人对所有人的传播";还有学者把新媒体定义为"互动式数字化复合媒体"。网络与新媒体载体形式的多元化导致了对新媒体解读的差异。②

新媒体发展之路,自互联网兴起至今,在当下数字传输技术突飞猛进的电子传播时代,应该被客观地看待。短短的五六十年,大众传媒发生了多次革命性的变革:纸媒介的变革、无线广播媒介的变革、电视媒介的变革,还有现在发展势头迅猛的互联网多媒体革命。每一次媒体的发展和变革无不掀起一场破旧立新的风波。就像20世纪末的因特网,一经先行者使用,立刻吹起一股互联网的春风,一呼百应,并从此欲罢不能。那个时候,因特网就是新媒体的代名

---

① 王列.网络传媒的优势与不足[J].河北青年管理干部学院学报,2002(04).
② 汪顗.新媒体的发展趋势及其对价值观的影响[D].复旦大学,2013.

词。进入21世纪,"新媒体"这个词的使用频率越来越高。不到十年时间,今天,新媒体成了一个泛称,人们几乎将所有新的信息传播工具和信息接收工具干脆统统都模糊称为"新媒体"。一些传播学期刊上设有"新媒体"专栏,但所刊载文章的研究对象不尽相同,有数字电视、移动电视、手机传媒等,还有一些刊物把博客、播客等也列入新媒体专栏。

从科技博客到手机传媒,从交互网络电视(IPTV)到移动电视,从博客到播客等,随着网络技术和新媒体技术的发展,整体技术更新速度加快,技术更新实现即时化。

在网络技术的发展浪潮中,博客曾经作为网络传媒类型中的一个分支,大多是由一些普通民众和学者凭兴趣撰写,成为人们生活中的常见之物。在海外,Tech Crunch等科技博客也流行多年,影响力不亚于传统媒体,有的文章甚至会对国际IT大佬公司的股价产生直接影响。这些科技博客有各种流派,有的脱胎于门户网站,比如新浪创事记、腾讯科技;有的是传统媒体人出来做的,如钛媒体。钛媒体成立于2012年,通过搭建互联网平台,不过短短几年发展,已经成为中国最大的TMT[①]领域信息服务提供商之一,为中国的科技创新提供信息和服务。

随着移动系统网络技术的发展,新媒体的应用及服务变得更为容易,实现了无缝高数据率的无线服务,并能够将信息传播于多个频带。这一技术能自适应多个无线标准及多模终端,跨越多个运营者和服务商,提供大范围服务。手机传媒随之兴起,手机报、手机电视等媒体形态正在迅速发展。手机电视改变了受众的心理、内容和媒介形式,手机报纸向生活节奏日益加快的受众提供了新的阅读方式。

[①] TMT(Technology,Media,Telecom),是科技、媒体和通信三个英文单词的缩写的第一个字头,整合在一起。含义实际是未来(互联网)科技、媒体和通信,包括信息技术这样一个融合趋势所产生的大的背景。

交互网络电视，一般是指通过互联网络，特别是宽带互联网络传播视频节目的服务形式。互动性是 IPTV 的重要特征之一。IPTV 用户不再是被动的信息接受者，而是可以根据需要有选择地收视节目内容。数字交互电视是集合了电视传输影视节目的传统优势和网络交互传播优势的新型电视媒体，它的发展给传播方式带来了革新。[①]

"播客"，通常指那些自我录制广播节目并通过网络发布的人，一问世就受到了人们的特别关注。2005 年 8 月，上海还举办了中国首届播客大赛。对于"播客"的研究始终避免不了与"博客"的对比。有人认为，"如果说博客是新一代的报纸，那么播客就是新一代的广播"[②]。播客实现了从文字传播向音频、视频传播的转化，增加了娱乐成分。播客还满足了人们自我表达、张扬个性的需求，同时还加强了媒介汇流与互动。

网络与新媒体是一个以数字信号的实时传递为技术基础，通过传统媒体与信息科技产品的技术嫁接而衍生，以人际传播和群体传播为主要传播类型的媒体群，所以其载体形式日益多元化。新媒体以数字化技术为支撑，依托互联网衍生，正在不断壮大。博客、播客、维客、手机报、手机电视、手机杂志、手机广播、数字电视、移动电视、楼宇电视、虚拟社区，甚至网络杂志、网络广播、网络电视等新媒体形态层出不穷，网络与新媒体载体的多元化倾向愈发显著。[③]

二、主体与受体的交互化

在传统意义上，媒体用两分法将传播过程中的个体，划分为传播者和受众两大阵营，主体和受体之间，界限清晰明确，身份多为作者与读者、表演者与观看者、生产者与消费者。网络与新媒体打破了这一清晰界限，它使每个人不再

[①] 车轮.论手机传媒与传统媒体的互动融合[D].吉林大学，2009.
[②] 黄翊.新媒体商业模式及未来发展趋势分析[D].复旦大学，2006.
[③] 卢宏，牟婕.转型——广播电视新媒体展望[C].2007 首届西湖媒介素养高峰论坛论文集，2007.

固定属于某一特定群体。网络与新媒体在传播中实现了前所未有的互动性。

网络与新媒体区别于以往媒体的显著特点是主体与受体的交互化。在信息传递的过程中，信息发送者与接收者之间的信息交流不再是以往传统媒体的单向传播，而是进入了双向传播的模式。在信息交流中的参与个体都具有相应的控制权。受众通过新媒体可以获得双向交流的平台。网络与新媒体依托新兴技术可以连接任一网上用户，实现成员网络信息资源实时共享，打破主体与受体之间的沟通交流，以短信、即时通信、电子邮件、公共论坛和个人网页等方式，促使传播中受体的角色进行转变，不仅是信息的接受者，也变成了信息的传播者。主体和受体的交互性使得传播双方在传播状态中很容易发生切换。这种双重身份使受体可以畅所欲言，及时反馈；使主体得以与受体在互动中角色互换。这就使得受众和主体之间的界限不再明晰。受体不再只是单向获取媒体内容，而是与主体互动获取，甚至自我生产传播内容。网络传媒的交互性不但体现为传播者与受众之间的交互，而且还体现为受众之间的交互。在大众传播的过程中，传播者所面临的不是某一个特定的受者，而是要将信息传递给某些不确定的受众。网络与新媒体交互的易用性，使得基于网络的受众之间的交互极为频繁和普遍，对于传播者所传递的特定信息，受众所做出的反馈一方面可以传递给传播者，另一方面，也可以传递给所有其他接受该讯息的受众。以土豆视频网站为例，除了网站运营方可以在网站上传播自制视频，其他用户也可以将自己制作的视频上传至网站分享给其他用户，同时在看视频时设置了弹幕功能，用户可以一边观看视频，一边在视频上向其他人展示个人的想法和意见。

从时间的角度看，网络与新媒体的交互类型可分为同步交互和异步交互两种：同步交互是一种实时性的交互，即受众在接收信息的同时进行反馈，传播者可以即时获得这种反馈；异步交互则是指受众在接收信息后的一段时间内再进行反馈。从主体与受体之间的交互来看，传播者通过网络传媒所发出的信息具有数字化和多媒体化的特点,有利于信息的高质量传送、受众对特定信息的检索以及受众对于传播内容的接受。

网络与新媒体逐渐在适应受众需求的多样化,满足市场的细分化。交互性特征导致了用户分化。在交互过程中,将目标受众按年龄、性别、种族、社会地位、文化程度、兴趣爱好、专业程度等标准划为一个个受众群体。主体与受体在交互的过程中有针对性地筛选和创造新的传播信息。由于媒体的生存与发展必然与受众群体数量密切相关,所有受众的选择和喜好影响着主体的传播行为。例如:一些网络文学网站会将用户的个人注册信息和阅读历史记录进行储存、整理、分析,根据读者的年龄、性别和喜好,对读者可能喜欢的小说类型进行推荐。

网络与新媒体在交互方面使得人和人之间的交流和合作比传统意义上的人和人进行面对面交流更为亲切。新媒体时代的传播方式是以互联网为技术支持进行传播的,是双向的,并且是通过媒体的使用来实现的。人们可以通过手机、电脑,以及各种移动的媒介来实现新型的人际传播。新媒体的传播方式优势在于能够实现永久性保存已发出的信息,同时可以进行信息的查询,从双向性方面来看,功能更强了,在信息的反馈上更为及时、互动性更高,它是一切参与者信息的交融与汇合,具有更强的针对性以及更高的信息密度。

三、传播操作的商业化

从商业化产业链的角度看,网络与新媒体传播操作主要包括四大商业环节:新媒体产品经营和策划、新媒体产品制作、新媒体产品传播、新媒体产品消费。因此,新媒体的企业根据分工主要包括四大部门:新媒体产品经营与策划的应用服务提供商,新媒体产品制作的内容提供商,负责新媒体产品传播的网络运营商和提供新媒体产品消费载体的终端厂家。同时,由于新媒体具有较强的交互性,因此消费者也往往充当了新媒体内容的提供者,也成为新媒体产业链中的一员。

纯粹基于互联网的大众新媒体业务是传统媒体运营模式在互联网载体上的对应形式。随着互联网的发展,媒体人意识到可以采用传统媒体的运作模式,以互联网为载体发展独立的新媒体。简而言之,传统媒体的大量"媒体记者＋编辑"的生产模式在互联网新媒体上依然有效,并且结合互联网内容发布的低成本和广覆盖的独特性,可以达到比传统媒体更深远的产业影响。例如,新浪网作为全球最大的中文新闻网站,依靠大量的网络传媒记者和编辑团队,成为中文网络新闻媒体的巨无霸,在全球范围内注册用户过亿,浏览量过5亿,目前月均独立用户超过20万,成为全球最大的在线通信类专业媒体。电子杂志提供商更是充分利用多媒体技术和P2P技术,在互联网上将杂志模式发扬光大。该类业务的核心竞争力在于其与传统媒体相比,拥有更低的内容发布成本、更丰富的内容量和更佳的用户体验。

基于用户内容自生产的社会性媒体业务是颠覆传统媒体内容提供模式的创新互联网媒体业务形式。过去,传统媒体采用的是精英化的记者编辑内容提供模式,读者则是被动地接受媒体信息,而互联网新媒体的发展给予了用户内容发布的自主权。优酷视频分享网站成立一年半时,日浏览量突破千万,用户每分钟上传视频量已达20小时。"起点中文"网作为中文原创小说网站,拥有超过45万部原创小说,总字数超过千亿字,并且,每天保持5000万字以上更新。同时,"起点中文"网还拥有超过36万名作者,超过3000万的注册用户,每年数千万的盈利。另外,博客作为一项新兴的个人媒体类工具,在中国迅速扩散开来。网络与新媒体的社会性媒体业务极大满足了读者自由信息发布与交流的需求,在传播操作中以低成本的内容提供和用户自发形成的海量的、个性化的内容,满足相关群体的需求,实现商业化运作。

互联网搜索引擎业务是以搜索技术为核心,以互联网内容为基础的互联网新媒体业务形式。这类业务模式的特点就是以搜索技术作为驱动力,整合互联网上的内容资源,用更便捷、更精确的方式将互联网上的信息内容提供给用户。一些媒体巨头推出的基于搜索技术实现的新闻资讯类门户,通过卓越的技术手段,以极少的人力实现了堪与庞大的编辑团队比拼的资讯门户。依托其独特的商业模式和技术优势,搜索引擎媒体在互联网媒体领域实现了商业盈利。例如百度在搜索引擎里嵌入用户搜索数据排行榜,将其他用户最为感兴趣的内容,提供给用户,通过网络技术手段将一些热门资讯进行汇总归类,呈现给用户等。

聚合媒体业务是互联网聚合技术应用于媒体领域的互联网新媒体业务形式。聚合媒体业务强调的是对站外媒体资源的利用,通过接口标准读取站外媒体资源信息,并通过一定的算法或内容组合以崭新的方式呈现给用户。个性化主页内容聚合服务,为用户提供了个性化的资讯内容整合功能,在一定程度上实现了用户对自己的资讯平台的DIY①。在传播操作中,它整合了与技术有关的内容,使其能够更适合于精细化运营,能够低成本地更好地满足细分用户群的需求。例如果壳网是能够聚合用户形成虚拟社区并在其中进行知识分享、交流学习的问答类网站,其网站的核心是以科技为主打的内容。聚合媒体主要以移动新闻客户端为主。聚合类新闻客户端往往会在移动端的网页上设置原文的链接地址,同时客户端会对网页进行处理,如增加自己的推介内容和评论内容,删除原网页的广告等。因为转码和加框链接具有可以主动化和个性化设置空间以及兴趣内容设置等特点,因此聚合类移动新闻客户端不同于传统意义上的搜索引擎。比如新浪新闻类主要将新闻按照娱乐、体育、科技等不同类目进行聚合。

四、技术更新换代的即时化

新媒体技术是指依托数字技术、网络技术、移动通信技术等新技术而形成

---

① DIY是"Do It Yourself"的英文缩写。最初兴起于电脑的拼装,逐渐演绎成为一种流行生活方式。简单来说,DIY就是自己动手制作,没有专业资质的限制,想做就做。

的新的传媒技术。新媒体技术的本质是微电子技术与信息技术,新媒体技术的发展是伴随微电子与信息技术发展而产生的。当前,网络与新媒体技术正在迅猛发展,更新换代速度也在不断加快。

网络与新媒体技术的发展体现在:计算机及其信息处理技术不断升级,主帧运算速度不断加快,处理信息的速度不断加快;半导体集成加强,精简传播设备,提高对不断增大的信息量的处理能力;信息处理软件功能愈发强大,以满足人们对信息的不同处理要求;不断改善人机使用体验,加大对新传播形态的接受度。

图像图形信息处理技术是指对从现实世界中通过数字化设备获取的图像和计算机合成的图像进行处理的技术。近年来,随着电脑硬件技术的飞速发展和更新,计算机处理图形图像的能力大大增强。以前要用大型图形工作站来运行图形应用软件,或生成特殊文件格式对图形做各种复杂的处理和转换;现在普通用户可以轻易使用Photoshop等软件做出精美的图片或是逼真的三维图像和动画。图形图像的处理技术是新媒体技术的关键,它决定了多媒体在众多领域中应用的成效和影响。计算机存储和处理的图形与图像信息都是数字化的。因此,无论以什么方式来获取图形图像信息,都要转换为二进制数代码表示的离散数据的集合,即数字图像信息。

音频处理技术是指把在时间和幅度上连续的声音信号进行采样量化、编码的技术。音频携带的信息量大、精细、准确,被人们用来传递消息、情感等,是人类所熟悉的传递信息的方式。音频处理技术涵盖了很多内容,如音频信息的采集、抽样、量化、压缩、编码、解码、编辑、语音识别、播放等。声音的物理形式是声波,这些信息是关于时间的连续函数。而在计算机内部只能存储和处理数字信息,这些信息是离散的,不是关于时间的连续函数。因此,新媒体信息除了文字媒体外,其他媒体(如声音)就为数字信息。通过音频处理技术,我们可以将跨地域、跨时间的声音进行收集、储存和传递。

以数字信号处理技术为代表的通信技术飞速发展,抗干扰纠错能力使信息畅通得以保障。调制与解调的比率不断创出新高；传输频率的极限不断实现突破，使基带带宽不断拓展；适应不同信道通信要求的编码与解码技术日趋成熟完善，为信息的分拆、组合、传递以及分发等提供了快速准确的技术保障。在此技术的基础上，用户可以远程快捷地接收新的信息。例如中国每年的春晚节目，就可以通过数字信号处理技术即时传递至世界各地。

视频就是其内容随时间变化的一组动态图像，它是一种信息资源丰富、直观、生动、具体的承载信息的媒体。将活动图像进行采样、量化、编码的技术以及计算机动画处理技术，就是视频信息处理技术。要让计算机处理视频信息，首先要解决的是视频数字化的问题。对彩色电视视频信号的数字化处理是将模拟视频信号输入计算机系统中，对彩色视频信号的各个分量进行数字化，经过压缩编码后生成数字化视频信号；另一种是由数字摄像机从视频源采集视频信号，将得到的数字视频信号输入计算机中直接通过软件进行编辑处理，这是真正意义上的数字视频技术。

流媒体是指在互联网中使用流式传输技术的时序时基媒体，如音频、视频或多媒体文件。流媒体在播放前并不下载整个文件，只将开始部分内容存入内存，流媒体的数据随时传送、随时播放，只是在开始时有一些延迟。流媒体系统的组成包括视频源的编码/解码、存储、流媒体服务器、媒体网络、用户端播放器。日常生活中浏览的视频网站播放的视频使用的就是此技术。

以通信协议及其接口技术为代表的网络技术正在不断更新升级。不同的用户通过计算机能组成一个互联互通网络，HTTP协议技术使网上每个用户节点都能收到来自于网上发布的信息，而WAP等协议技术又使互联网用户向无线延伸，每个无线终端用户都能获取网上发布的信息。此外，组网的关键技术装备，如光纤传输交换设备、路由设备以及无线交换路由设备等都在不断进步。最近，4G、5G取得突破发展，使网络的带宽无论是骨干网还是局域网、无线网都得以迅速拓展，使得多媒体用有线或无线方式一体化传递文字声音以及电视图像成为现实。这一技术使得人们的生活变得更为精彩,也造就了手机传递信息内容的多样性,使得人们可以通过手机联网看到视频、图像等信息。

虚拟现实是计算机和用户之间的一种理想化人机界面形式。与传统的人机模式相比,虚拟现实系统让用户置身于一个虚拟的真实环境当中,为用户带来了身临其境的想象空间。用户通过传感设备对其虚拟环境中的物体进行操作,充分体验人－机之间的交互性。虚拟现实技术融合了数字图像处理、计算机图形学、多媒体技术、传感器技术等多个信息技术分支,从而大大推进了计算机技术的发展。[①] 它的一个主要功能是生成虚拟环境的图形,故此又称为图形工作站。图像显示设备包括光敏眼镜、三维投影仪和头盔显示器等。其中高档的头盔显示器在屏蔽现实世界的同时,还提供高分辨率、大视场角的虚拟场景,并带有立体声耳机,可以使人产生强烈的浸入感。例如,现在电影院新推出的4D、5D电影采用的便是此技术。虚拟现实技术的应用前景十分广阔。它始于军事和航空航天领域的需求,近年来,虚拟现实技术的应用已快速应用于工业、建筑设计、教育培训、文化娱乐等。它正在改变人们的生活。

社会化媒体是一种给用户提供极大参与空间的新型在线媒体,博客、维基、微博、论坛、社交网络、内容社区是具体的实例。社会化媒体主要运作在传统互联网和移动互联网平台,其采用的技术主要是互联网技术和移动互联网技术。互联网技术指在计算机技术的基础上开发建立的一种信息技术。互联网技术的普遍应用,是信息社会的标志,其主要包括传感技术、通信技术、计算机技术三部分。随着网络技术和无线通信设备的迅速发展,人们可以随时随地从互联网上获取信息。例如微博、微信的用户可以自行决定将何种信息与何人分享,或者获得什么信息。

网络与新媒体技术更新换代进入即时化。网络与新媒体保留传统媒体的

---

① 陈春.虚拟现实技术在计算机教学中的应用研究[J].软件导刊,2011(09).

优点,改变传统媒体的缺陷,并在与传统媒体的融合中培育出更好的传播技术,更好的传播平台。由于计算机和网络技术的发展,传统媒体和新媒体之间的界限变得越来越模糊,媒体也出现相互融合的特点和趋势。新媒体的更新体现的是技术手段的更新,随着计算机和网络技术的不断发展,新媒体也呈现出螺旋式上升发展的趋势。随着各种媒介的不断磨合和融合,网络与新媒体技术更新换代的即时化将会更加明显。①

【本章小结】

网络与新媒体技术发展经过 Web 1.0、Web 2.0、Web 3.0 时代,不断实现了人与人、人与物、物与物之间的自由联通。从发展过程来看,网络与新媒体中出现了广电传媒、网络传媒、手机传媒等主要常见类型。载体形式化、主体与受体的交互化、传播操作的商业化、技术更新换代的即时性,构成了网络与新媒体的基本特征。

【思考题】

1. 网络和新媒体经过了几个发展阶段?
2. 网络和新媒体的基本类型有哪些?
3. 网络和新媒体有哪些基本特征?

---

① 赵菲.基于网络技术的新媒体发展模式研究[D].长安大学,2014.

第二章 网络与新媒体文学概论

【学习目标】

1. 掌握网络与新媒体文学的定义及其文本形态。
2. 了解网络与新媒体文学的优势。
3. 了解网络与新媒体文学的发展轨迹。

第一节 网络与新媒体文学定义

"在中国,20世纪的最后两年里,一些作家开始考虑这样的问题:在下一个世纪里是否会失业?"作家余华在1999年的散文里这样写道。的确,随着网络技术的高歌猛进,科技已彻底改变了人们的生活,对于文学领域来说,网络与文学的联姻更带来了前所未有的震撼。它裂变了原有的文学格局,带来了新世纪文学发展的新风貌。据统计,截至2015年6月,网络文学的用户规模已达到28467万,手机网络文学用户达到24908万,二者在网民对各类网络应用的使用率占比中分别达到42.6%和42%[①]。网络文学写手的队伍不断发展壮大,十余年间,网络写手已历经三代嬗变,网络文学热门作品动辄上百万的纸制印刷数量不得不引起传统文学的瞩目。网络与新媒体文学拥有丰富多样的独特文学题材,如玄幻、仙侠、游戏、科幻、悬疑、都市等,这些题材既延续了传统的文学

---

① 数据来自中国互联网络信息中心发布的第36次《中国互联网络发展状况统计报告》,第25、26页。

主题,又在传统主题上进行了全方位开拓。网络与新媒体文学研究进入冷静研究的学理化阶段,在现象与研究之间初步奠定了可以沟通对话的渠道。

　　层出不穷的传播平台,日新月异的传播载体,一次次改变了人们对昨日信息的感知方式,网络与新媒体呈现百花齐放、欣欣向荣的态势。首先要搞清楚,何为网络与新媒体文学。目前学术界尚未对网络与新媒体文学有一个明确的定义,从目前的研究成果综合来看,大致有宏观层面与微观层面两个角度。从宏观层面定义,在网络与新媒体载体上传播的,都是网络与新媒体文学。它既包括已经存在的文学作品经过电子手段进入互联网,也包括直接在网络上创作、发表的文学作品,还包括通过计算机软件生成的文学作品。从微观层面定义,指的是以数字化媒体为载体,用电脑、手机等创作和传播的文学作品。

　　对于网络与新媒体这个概念,学术界目前也有两种倾向:一种定义倾向于把二者合一——中国人民大学匡文波认为新媒体就是"数字化互动式"媒体,与传统媒体相比,新媒体的本质特征在于技术上的数字化、传播上的互动性。这个新是相对的概念,其内涵会随着传媒技术的发展而发展。目前的新媒体主要包括互联网和手机传媒。据此,不少研究者对网络与新媒体文学给出如下定义,如"新媒体是以数字信息技术为基础,以互动传播为特点的具有创新形式的媒体,包括网络、手机、数字电影、数字电视、数字广播、数字杂志、数字报纸、桌面视窗、触摸媒体等。新媒体文学就是指借助数字化技术传媒如网络、手机等创作和传播的文学"[1]。一种定义倾向于把二者分开——网络传媒包括网络电视、网络报纸、网络期刊、博客、播客、微博及各类网站;新媒体主要指手机传媒和智能电视。从网络文学的实际发展情况来看,为了突出网络与新媒体文学与传统文学之间的分野以及这种新型文学模式的原创性,本书将从微观层面定义网络与新媒体文学,即以数字化信息技术为基础,以互动传播为特点的具有创

---

[1] 欧阳友权.新媒体文学:现状、问题与动向[J].湘潭大学学报,2012(06).

新形态的媒体,如电脑、手机等数字化媒介为载体进行创作、传播的文学作品。在具体论述网络与新媒体文学时,把网络与新媒体分开;这是因为随着新的媒介载体不断出现,文学文本在呈现方式、呈现内容、审美形态以及读者的阅读接受等各方面都有所不同。

一、网络与新媒体文学的题材

据统计,国内知名文学网站晋江文学网,每两分钟就产生一篇新作品。在浩如烟海的网络文学作品里该如何梳理网络与新媒体文学版图？类型划分是重要的方式。类型化是网络与新媒体文学有别于传统文学的一个重要题材特点。与传统文学相比,网络上的作品具有明确的类型化意识。在消费文化时代,网络作品遵循市场规律,市场的消费来源于大众的需求。大众需要更为简单、快捷、明了的消费标签,这种需求牵引了市场的生产。写手迎合大众的文化需求进行创作,出版商为谋求更多利润空间进行主动介入,网络与新媒体文学的类型化特色得以彰显。总体而言,网络与新媒体文学出现的重要题材类型有:玄幻/奇幻、武侠/仙侠、都市/言情、历史、军事、游戏/竞技、科幻、灵异、美文、剧本、图文等。日益涌现的新的题材大体可归于这些大类型之下。

二、网络与新媒体文学的文本形态

网络与新媒体存在的文本形态可分为三种:第一,纯粹的数字文本;第二,超链接的文学文本;第三,运用文字、图像、声音等综合手段创造的多媒体文学文本。不同的文本形态决定不同文本的内容与特征,塑造不同的阅读习惯与接受心理,生成不同的审美意义。按照"接受美学"的观点,文学意义的最终完成来自于读者对文本的填充。在数字化时代,即使是相同的文本信息内容,用不同的媒介进行传递,也会产生不同的文学意义。传统文论认为,形式或媒介只是运载内容信息的工具或渠道,是外在于内容信息的壳子,但现代文学与传播理论却否定这种消极形式的观念。麦克卢汉说，媒介具有转化成信息的功能，他提出"媒介即信息"的观点，认为媒介对内容具有反作用力，媒介的性质决定着内容的形态与结构特征。"对人的组合与行动的尺度和形态，媒介正发挥着塑造和控制的作用。"在口语阶段，声音传播的局限决定了文学必须简短、直接；在文字阶段，文字的长久性决定了文学长度的增加和文学样式的丰富，文字的延时性推动了文学修辞的精进，文学经典化得以形成；在印刷阶段，印刷极大地推动了文学朝着大众化方向迈进，提升了文学的社会功用，催发了文学的繁荣盛景。不仅媒介的性质决定了文学的性质与形态，更重要的是，媒介在某种程度上能够转变为信息。例如，当远古先民吟唱诗句"断竹、续竹、飞土、逐肉"时，描绘的是一场狩猎的过程，口头语言具有非常丰富的细节性与在场氛围，这些诗句的发音蕴含着先民朴素率真的情感内涵，也包含富有某种仪式感的生命体验。但在纸质层面上阅读诗词，阅读者注意的往往是句意的组合，前面所说声音这种媒介带来的心理情感意蕴则被过滤了。在互联网上利用多媒体手段模仿先民声音设置声音图像交叉立体文本，则又与单纯阅读纸质媒介的感受不相同。王一川把文学文本分为几个层面，最外层是媒型层，是文学文本最可感的初始层面，是位于文学媒介与文学文本之间而主要由文学媒介隐性地构建起来的文本语言和意义构型，也就是说，文学媒介具有一种指涉性，它涉及文学文本的意义生成与修辞效果，从而最终影响文本的"存在"。这是媒介与文本之间微妙而深刻的关联。

1. 纯粹的数字文本

纯粹的数字文本指的是作者用电脑或移动终端进行创造、传播的文学作品。与传统作者不同的是，电脑或移动终端改变了写作方式与观念。如果说传统文学的创作是一个构思——在写作的长时间过程中，作者在行文前就预先在脑海里构想了大致脉络框架，写作时按照思路条理化进行，那后者则打破了作者的线性思维，转为开放式散漫思维。灵活的删改移动操作让鼠标带领思维驰骋无疆,键随心动,电脑真正实现了"我手写我心",快速的键盘输入形成顺畅快速、节奏紧凑的行文风格,传统文学作品所追求的隽永之义,被网络快节奏书写稀释冲淡。

2. 超链接的文学文本

超链接的文学文本指的是依赖超链接技术而生成的文学文本。超链接技术指在互联网环境下,将文本中不同的信息通过关键词方式进行链接,使信息可以交互搜索。超链接的共时链状结构有别于平面单线结构,文本或页面之间相互指涉。1987年美国人麦可·乔伊思(Michael Joyce)发表了第一篇超链接文学文本——《下午,一个故事》,在每页底部有一个链接按钮,点开链接就能实现故事情节的多向选择。中国进行超链接文本始于20世纪90年代末,1999年吴满可的超链接小说《仲夏情人》,每个叙事单位之后都有真话和谎言的链接,读者根据已读的情节进行判断,然后再根据判断点击真话或谎言进入不同的情节路径。

链接文本在不长的历史发展过程中形成了多样链接方式:内部链接(在文本中选择链接点)、外部链接(在文本外部选择链接点)、随机链接(一个页面随机与多个页面链接,从而实现每次都读一本不同的作品)、定时链接(定时实现页面跳转)。所有页面都是互联网的一个文档,众多的文档形成庞大的网络数据库,作者在数据库里随意选调他需要的内容进行拼贴,而受众也能随意从数据库里选择进入文本的节点、方式、顺序,从作者到受众,双方都具有不可控制的自由度。受众的选择也在一定程度上参与了文本的生成,由这样多重合力形成的文学文本必然是开放的、无序的、非中心化、非线性的。超链接文本多采用动态文字或影像,多页链接可以对文学文本进行无限度补注、解说,作者通过链接技术把创作权让渡给受众,活跃在各大留言板讨论区的文学接龙赛事,掀起新世纪文学一阵阵浪潮,在超链接技术这根指挥棒下,作者与受众兼有读、写两重身份,文学狂欢时代来临。

图 2-1 《物质想象·组诗》

图 2-1 是网上论坛上发表的新媒体诗歌。全诗由水、火、木、金、土组成，点击其中一个字，就会出现相应的诗篇，在出现的页面上环绕着其他飞旋的字，点开这些不断旋转的字体，就会链接到另外的诗歌部分。另外，中国网络与新媒体文学也不少超文本小说试验性作品出现。榕树下的《仲夏情人》和 TOM 中国文学网的《召唤术士》《魔界风云》《平凡与不平凡》《弓箭手的故事》《白夜》等都是这方面的代表作。不过总体来说，这些作品还处于模仿阶段，例如《仲夏情人》在情节与结构上就多模仿麻省理工学院学生里克·皮尔（Rick Pryll）的《谎言》。超文本的创作有一定的技术要求，加之它与我们阅读习惯还有一点差距，因而在中文网络中的影响并不大。

3. 多媒体文学文本

多媒体文学文本指的是利用多媒体技术生成的文学作品。多媒体技术是20世纪80年代以来兴起的一项计算机技术，它是计算机与通信技术、数字音像技术、广播电视技术紧密结合起来的产物。顾名思义，多媒体联系的是多种媒体信息，首先依靠计算机对文字、图像、音频、视频、动画等多种媒体信息进行收集、压缩、存储、编辑、变换，然后再利用通信技术进行播放传输。多媒体技术实现的是多种媒体的有机融合。在人类艺术发展历史中，歌乐舞一体本来就是文学最初产生的形态，但随着人类对艺术审美的要求越来越精细，这种一体化的审美模式渐渐分离，各类艺术形式得以独立发展。但在发展过程中，各种不同的艺术类别之间往往还会产生跨类型的艺术形式，比如影视，就是综合了视觉与听觉的艺术样式。不过这种综合是有限的。视听是人类审美感觉获得的重要途径，85%以上的审美感受靠视听，其他的则取决于触觉、嗅觉、味觉等感觉。多媒体打破了这种限制，它同时极大地调动了视觉、听觉、触觉、甚至味觉等方面的人体感受，运用丰富考究的声画语言，运用光影色彩的流光溢彩，运用触击屏幕的方式打开多重虚拟空间。随着技术的发展，多媒体技术从平面的视听融合进一步向3D立体虚拟环境发展，从视听触嗅各方面全方位提供信息语言，这就让读者能够打开多通道，立体地、全方位地去感受艺术作品的魅力。目前来看，多媒体文学的构成要件主要包括文字、图片、图表、图形、动画、影像、声音和音乐。

图2-2 《沙漏》

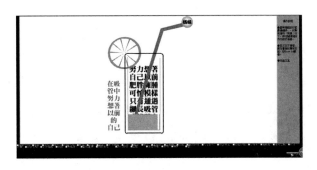

图 2-3 《果汁蚂蚁》

图 2-2 和图 2-3 为多媒体诗。《沙漏》中的文字,只有当鼠标点击右边"生命只剩××秒"时,才能倒入瓶底被阅读,整首诗以 60 秒为单位,10 秒为一间隔。《果汁蚂蚁》设置了一杯果汁的图样,"蚂蚁"两个字顺着杯子边沿爬上,掉入果汁,然后再爬到吸管顶端,需要读者点击爬到吸管顶端的蚂蚁字样,黄色的果汁慢慢消失,在杯子中出现红色的诗歌文字。整首诗歌放映完后,蚂蚁从顶端跌到地面。整首诗歌的播放模拟了日常喝果汁的动态过程,新颖有趣。

三、网络与新媒体文学的优势

与传统文学相比,网络与新媒体文学的存在具有独特优势。首先,从传播效果来看,网络与新媒体文学具有传统文学作品无法比拟的迅捷传播速度。人类信息传播经历了口头语言、书面语言、电子数字等几个阶段。每一次新媒介的产生,都给人类社会生活方式、结构带来极大改变。电子数字传播之前的阶段,文学是以原子化方式进行传播的,即印刷成册以书籍形式进行传播,到了电子数字传播阶段,文学以比特方式传播。比特,是一连串 0 和 1 组成的字符串,是计算机处理信息的基本单位,世界上所有的信息都可以通过不同比特串的组合进行模拟复现。原子具有重量、体积,在运输、传播速度方面无法超越以比特形式存在的信息。"比特没有颜色、尺寸或重量,能以光速传播。它就好比人体内的 DNA 一样,是信息的最小单位。"比特能以光速前进,整个社会迈步在信息高速公路上,这条公路"以光速传输没有重量的比特"。① 其次,从传播成本来看,网络与新媒体文学具有比传统文学作品价格更为低廉的优势。无重量、可压缩、可扩容,强大的储存信息能力极大地减轻了传统文学作品在制作、存储、运输各个环节的成本,使消费者能以更为低廉的价格购买网络作品。在美国和日本,电子书是纸质书的三到五折,以汉王书城的中文电子书为例,超过半数的电子书在2~4元之间,6元以上的图书只占到10%,与新的印刷图书同步上市的电子书最贵的也不超过10元。根据第十次国民阅读调查结果显示,大众能够接受一本200页左右的文学纸质书的价格为13.67元,而一本电子书的价格为3.27元,后者显然更为契合大众的消费期待,也更容易受到欢迎。再次,电子产品可以随时进行修改、增补、删节,传统文学产品却很难具备这种灵活性。一定印次的书籍出品后,产品内容就不能随意改动,脱页、损毁是传统文学产品经常面临的风险,而电子产品的复制、修改功能能够规避这些风险。另外,从创作、传播渠道来说,网络与新媒体文学真正实现了零门槛文学创作、零门槛传播。只要拥有一部移动终端,在互联网环境下,就可以写就属于自己的文学作品。传统文学生产机制中的投递稿件、甄选稿件、等待出版的过程被省略,创作者在任何时候、任何地点都可以进入文学创作的殿堂。同时,网络的虚拟环境给予言说者充分自由,让处于现实环境中的作者能极大释放内心深处的表达欲望。匿名方式在某种程度上卸载了言说者的道德压力,稀释了现实身份带来的言说界限,网络与新媒体把民众与文学的距离拉得史无前例地近,这种新型文学样式的燎原之势将深刻改变文学、社会和人三者之间的关系。

第二节 网络与新媒体文学的发展轨迹

从世界范围来看,网络文学作为一种新型的文学形态出现的时间不过40

---

① [美]尼葛洛庞蒂.数字化生存[M].胡咏,范海燕译.海口:海南出版社,1997:22-24.

年。虽然我国的网络文学经过了十多年的发展,已经占据着当今文学格局中不可或缺的重要一极,但短短十多年时间,与传统文学漫长的文学周期相比显然过于年轻。应该说,网络与新媒体文学从整体而言尚处于起步阶段。本节的主要内容是对网络与新媒体文学产生的背景进行溯源,对其发展过程进行爬梳,概括其发展过程中呈现出来的某些特点以及对未来发展趋势做出有必要的瞻望。

一、网络文学的发端

网络文学起源于欧美国家,这种新型文学样式的出现必然依赖计算机和网络技术革新。跟随技术发展这一条脉络,或许可以找到网络文学诞生的线索。从现有资料看,世界上第一个实用的超文本系统是美国布朗大学在 1967 年为研究及教学开发的"超文本编辑系统"(Hypertext Editing System)。之后,布朗大学于 1968 年又开发了第二个超文本系统——"文件检索编辑系统 PRESS"。这两个早期的系统已经具备了基本的超文本特性,如链接、跳转等,不过用户界面都是文字式的。1971 年,伊利诺伊大学的学生哈特利用学校材料研究室中的大型计算机,将文本著作进行电子化归档,这个项目叫作古腾堡计划。被电子化归档的文本著作格式开放,可在各种计算机上阅读,这是文学与计算机联姻的重要标志。1972 年,首届计算机通信国际会议在美国华盛顿召开,与会人员展示了 ARPANET 在 40 台计算机之间的通信,引起了轰动。ARPANET 是美国于 1969 年为对抗苏联的冷战,为保障战争爆发时美国的战略计算机能够正常运转而研制的小网络,该网络在研制之初仅连接了四台计算机。1972 年,互联网通信协议建立,国际互联网诞生。在互联网以前,早期的超文本文学创作主要依靠计算机软件,文本以文字为主,对图形、动画的处理非常有限。进入互联网以后,出现了超级文本标记语言(HTML),支持不同格式的数据文件嵌入,网络文学创作利用互联网多模口的优势,将文字、图形、动画、声音融合为视听一体的文本。1978年,世界上第一个超媒体系统由美国麻省理工学院开发,名为"白杨树镇电影地图"(Aspen Movie Map)。这个系统使用了一组光盘,光盘里存有白杨树镇所有街道秋、冬两季的图像以及一些建筑物内部的照片,所有图片都按相互位置关系链接。用户使用 Aspen 时,可以在全镇漫游,甚至浏览建筑物的内部。这为网络文学的产生奠定了技术基础。20 世纪 70 年代,在一些欧美发达国家陆续出现了一些网络艺术制作活动,如网络影视、网络音乐与网络虚拟形象构建,为网络写作营造了氛围与基础。如果说古腾堡计划仅仅将传统文本电子化,还未能触及新的文学样式的产生,那么 1987 年迈克尔·乔伊斯在美国计算机第一届超文本会议上发表了超文本小说《午后,一个故事》,是早期利用超文本编辑系统写成的文学经典作品,被誉为"超文本小说的祖师爷",跳转、链接,多线的方式显示出与传统文学不同的特质。在此之后,越来越多的超文本文学出现,受到业界认可的严肃文学作品有摩尔斯罗普(Moulthrop)的《胜利公园》(*Victory Garden*)、雪莱·杰克逊(Shirley Jackson)的《补缀女孩》(*Patchwork Girl*)等。

20 世纪 90 年代,网络文学在欧美国家渐渐兴盛,对社会的影响力也逐步增大,超文本文学开始进入大学课堂。罗伯特·库佛(Robert Coover)在布朗大学开设超文本小说写作班;珍妮特·默里(Janet Murray)教授在麻省理工学院开设交互式和非线性小说课程。另外,全球范围内的接龙小说、"跨国"小说活动以及电子诗社群体也陆续在互联网上出现。

二、汉语网络文学的萌芽

汉语网络文学的起源最初来自海外。1991 年 4 月 5 日,全球第一个华语网络电子刊物《华夏文摘》在美国创刊,以电子邮箱形式进行订阅,每周一期,创办人为中国留学生梁路平等人。《华夏文摘》的主要内容是选摘海内外各大中文杂志的出色之作,涵盖政治、经济、文化、艺术、科学等各方面,让读者在周末休闲时得到精神享受。虽然《华夏文摘》并不是一个文学刊物,但它确是第一个产生巨大影响力的中文网络写作家园,是为"促进中文信息电脑化、自动化、网络化所做的一个新的尝试"①。1992年7月,《华夏文摘》出版增刊"乡情专辑",收入一些读者来稿的优秀作品。

除了《华夏文摘》,ACT也是最早的中文网络写作的发源地。1992年,一个名为ait.Chinese.text的互联网新闻组出现在美国印第安纳大学,这是一批来自中国的留学生创建的第一个中文张贴新闻组,简称ACT。为了排遣乡愁,一些中国留学生在这个新闻组的网站上开始发表一些作品。最初的张贴是技术性和测试性的文章,以及从《华夏文摘》中抄录下来的诗歌短文。从1993年开始,ACT进入了长达两年的繁荣期,半数以上的留学生阅读ACT,每日高达两三百封张贴,内容丰富多彩:"有发表文学创作的,有抄书的,有聊天的,有感慨的,有吵架的,有骂大街的,有讲故事、说笑话的,有交流日常生活经验的,有对联猜谜的……甚至还有进行'学术交流'的……ACT盛行的是嬉笑怒骂的文风,所谓的'学术交流'其实也不过是你一拳、我一腿的打擂比武表演,旁观者即使对比试的内容一窍不通,光看那令人眼花缭乱的招式也尽可以看得津津有味。"②1993年,ACT出台"网文八大家"的评选活动,入选者有图雅、散宜生、不光、冬冬、凯丽、嚎等人,他们的创作风格不一,吸引了大批留学生读者。

曾经拥有数十万留学生读者的《华夏文摘》在1994年开始走下坡路,原因在于其鲜明的政治性丧失了部分老读者,兴起的新的电子杂志也开始抢占读者份额。ACT同样在稍后几年遭遇商业广告冲击,原创帖数量急剧下降,新闻帖、英文帖铺天盖地,混淆了建立之初自觉发表中文的文化认同感,无所不包的宽容导致ACT沦为污言秽语、骂大街的场所,这些都阻碍了正常信息的交流,

---

① 王孟和.《华夏文摘》发刊词[J].华夏文摘,1991(04).
② ACT的兴起,繁荣,和衰败.[EB/OL].(2001-05-07)[2011-05-07]. http://home.donews.com/donews/article/9/9943.html

最终导致ACT走向衰落。1995年以后，ACT活跃分子及其他文学爱好者在网络世界里另辟蹊径，成立了诸如诗歌网络刊物《橄榄树》、女性文学电子杂志《花招》、综合性网站《新语丝》等。至此，《华夏文摘》与ACT的号召力渐行渐弱，但不可否认的是这两个平台是最初华语网络写作的摇篮，为推动华语网络文学的兴起做出了突出贡献。据考，目前有案可查的第一篇网络原创散文为张朗朗的《太阳纵队传说》(1991-4-5《华夏文摘》)，第一篇华语网络原创小说为《鼠类文明》(1991-11-1《华夏文摘》)，第一篇华语网络原创诗歌为图雅的《祝愿——致友人》(1992-5-1《华夏文摘》)。

三、汉语网络文学的发展

（一）中国台湾网络文学的兴起

随着互联网技术的进步，中国台湾地区的电子信息产业迅速发展，在这种环境下催生了汉语网络文学由海外向本土回归的趋势。1994年起，中国台湾网络文学开始风生水起。这股网络文学之风首先来自于台湾各大高校的BBS论坛。台湾大学"椰林风情"、成功大学的"猫咪乐园"story版块，中山大学"山抹微云艺文专业站"、海洋大学的"田寮别业"、政治大学的"猫空行馆"是最初几批台湾网络文学写手的活跃区以及推动20世纪90年代台湾网络文学事业发展的策源地。1996年，跨校的"晨曦诗刊"更是在充满青春热情的目光下诞生，在发刊词中青年学子们希望借由它"迎来台湾诗坛未来所面对的一个新诗的宁静革命"。虽然，这些凝聚着学子同人性质的文学团体，随着个人生活情况的变动以及网络上的意气之争而渐渐消弭分裂，但是它仍树立了台湾网络文学第一面旗帜。

台湾的网络文学最突出的成就体现在诗歌、小说两个文体方面。总体而言，网络小说更贴合商业环境的需求，在文学市场上引起不小震动；网络诗歌引领网络写作先锋，却与商业的关系并不那么紧密，它关注的是网络文本内涵的挖掘、网络技术的运用。1998年,痞子蔡在BBS上分34集发表了他的第一部网络小说《第一次的亲密接触》,掀起了台湾网络文学第一次高潮。同年,台湾红色出版社出版其纸质版本,销售额长时间居热销榜首位,热销60万册;在中国大陆,有30多家出版社竞争版权,知识出版社获得版权后在15个月里连续印刷22次,印刷40多万册,连续高居热销榜22个月之久,盗版书超过80余种,截至2005年已累计销售100万册。[①] 此后,一大批备受追捧的网络小说应运而生,《蛋白质女孩》《一杯热奶茶的等待》《几乎错过的恋爱》与《第一次的亲密接触》一道被誉为台湾网络文学的"四大名著"。藤井树、王兰芬、洛心等网络写手在虚拟世界大放异彩。这些早期的网络小说大多描绘都市男女之间庸俗暧昧的情感纠葛,模仿琼瑶式情感套路,在人文关怀与社会承担方面缺乏较为深入的思考,很容易随着商业浪潮的席卷而一拨拨地被淹没替代。

与小说相比,网络诗歌摒弃了过多商业元素的裹挟。在中国台湾,一批具有先锋性质的诗歌网站成为台湾网络诗歌的实验室,它们的作品极具实验色彩,动画、java技法、多向诗、互动诗以及利用计算机软件生成的计算机诗等丰富的作品形态都被培育在网站上。诗人进行的这些前卫文学尝试,包含了他们认为的严肃意图:在新媒体环境下丰富诗歌的表达方式、创造想象力的多重空间感、建筑在虚拟世界里的心灵境界。诗歌艺术的技术性推进,的确改变了传统诗歌的感知方式,开辟了诗歌想象力驰骋的疆界,然而技术与艺术之间的平衡却很难得到把握。台湾网络诗歌的写作在技术上领先,"但仍然有自己的局限。这首先来自于网络文学自身对网络技术的依赖,它无法很好地兼顾网络之外的读者,而且在实现了文学创作的立体化之后,若离开计算机,网络文学的新颖性和动态会荡然无存;另一方面,台湾网络文学对互联网、计算机操作水平的要求,又会使一部分网络超文本、超媒介实验只能停留在苍白的文字拼贴里,或

[①] 周志雄.问题与评判——《第一次的亲密接触》与网络文学的发展[J].世界华文文学论坛,2008(03).

者沉迷在网络技术中。"①对技术的过度依赖使网络先锋诗创作的门槛过高,不能广泛吸引后继者的加入,与商业不那么紧密贴合的生存状态进一步促使台湾网络诗歌实验走向一条越来越窄的道路。

(二)中国大陆网络文学的勃兴

1994年中国加入互联网,随后在大陆出现了文学网站,一时间,来自社会不同阶层的人士聚集到网络上,大陆网络世界成为全球中文书写的大本营。1997年,大陆最大原创网站"榕树下"成立,标志着国内网络文学的发展进入了快车道。十年后,国内网络文学的发展势头一路强劲,蔚然成风。根据2018年中国互联网络信息中心发布的调查数据显示:截至2017年12月,我国网民规模达7.72亿,普及率达到55.8%,超过全球平均水平(51.7%)4.1个百分点,超过亚洲平均水平(46.7%)9.1个百分点。手机网民规模达7.53亿,网民中使用手机上网人群的占比由2016年的95.1%提升至97.5%。另据第27次《中国互联网络发展状况统计报告》显示,截至2010年12月,中国网络文学用户规模达到1.95亿人,较2009年底增长3300万人,使用率达到42.6%。

在这种全民皆网民的大环境下,中国大陆网络文学迈开了迅猛的步伐。据统计,全球范围内的中文文学网站约有4000余家,其中国内就有500家。在大陆人气最高、最具影响力的文学网站有"榕树下""天涯社区""起点中文"网,它们是不同时期在大陆产生的文学网站,巨大的影响力主导着国内网络文学发展的走向。下面对这三个专业文学网站的基本情况进行概述,从而一窥中国大陆网络文学的发展动向。

1."榕树下"

"榕树下"是美籍华人朱威廉于1997年12月25日在上海注册成立的文学网站,随后上海榕树下计算机有限公司建立。该公司的运营模式延续了传统文

---

① 曾亮.台湾网络文学研究初探[M].合肥:安徽大学出版社,2009:186.

学以作品为主体的理念,建立庞大的编辑队伍,以期网罗优秀网络文学作品,把网站做成电子版的《收获》。公司收益主要来自图书出版以及广告。"榕树下"发表的作品大多以都市、言情、青春、历史、军事等现实主义题材为主,风格较为严肃,注重文本的文学价值。在它的推动下,涌现了第一拨大陆网络文学名家,诸如安妮宝贝、韩寒等。"榕树下"最早举办网络原创文学大赛,自1999年起到2010年共举办五届,这些评选活动促成了网络文学发展早期的全民运动,引起了社会轰动:第一届大赛收到7000余件作品,第二届收到74000余件,2001年则攀升为158000件。比赛设立丰厚的奖金,吸引了社会大批文学爱好者参与,甚至在文化界引发了以"榕树下"为代表的网络文学的全国大讨论。这些举动扩大了"榕树下"的知名度与社会影响力,也为公司招募了一大批高水平的网络写手。然而在接下来的发展中,单一的盈利模式无法支撑强劲的发展态势,因为资金问题,2002年,朱威廉把公司卖给德国传媒巨头贝塔斯曼。贝塔斯曼强大的资金支持并没有让"榕树下"起死回生,它全面改版"榕树下",并设立文学社团制度,众多相同类型的文学社团拥挤在网站上,让读者无所适从,不出4年时间,"榕树下"的著名写手流失量高达90%。贝塔斯曼于2006年将"榕树下"卖给欢乐传媒。欢乐传媒主要从事影视制作业务,对"榕树下"来说将作品转换为影视作品是进行新业务开拓的一条重要渠道,欢乐传媒以网络作品为蓝本制作了20余部影视作品,除《武林外传》外其余都反响平平。在欢乐传媒时期,对"榕树下"的定位日益被推挤到作品影视化的道路上去,在线阅读比重越来越低,并且由于公司较为忽略原创文本的质量,读者流失严重,再加上新兴文学网站的冲击,"榕树下"迅速被其他网站超越。2009年,盛大网络集团(以下简称盛大)收购"榕树下",逐步调整其发展战略,并注入大量资金,希望利用强大的社会资源整合旗下品牌,打造针对不同群体的产业链条,在原来的图书出版、影视制作、游戏生产的链条上向无线产业如手机的阅读延伸,形成一条以文学为核心,辐射影视、版权、无线等多向资源的巨大产业链条。盛大收购"榕树下"后迅速恢复了原创文学大赛活动,并设立每周一位名人的版块聊天活动,重新吸引读者目光。随后,又开展"走过从前""回家过年"等新的有奖征文活动,在原有网站上增加群组、出版物试读等新功能,开通视频直播间,增强用户消费舒适度,同时举办"民谣在路上"等大型文艺活动。在盛大的战略重组下,"榕树下"又恢复了生机,截止到2010年2月11日,"榕树下"用户及访问量增加50多倍,日投稿字数达到320万,Alexa全球网站排名上升56000多位。在艾瑞网[①]公布的中国HOT500网站排名中,"榕树下"上升245位,增长率排名第一。

"榕树下"的起落是网络文学在市场环境下的一个范本,在互联网时代,网络文学的发展离不开与市场的联姻,在网络延伸领域越来越广泛的当下,随着竞争的加剧,生存空间也会受到一定程度的挤压。单一的出版运营模式显然不能满足需求,一部网络作品的好坏不仅仅依靠作品的质量,而是要看其能否衍生到足够广泛的领域,能否将文学作品转化为漫画、影视剧、网游。但欢乐传媒的经验似乎又在告诉经营者,这些广泛衍生的基础依然是高质量的文学作品,忽视文学质量的培养,其结果终究会走向黯淡。而盛大接手沦为空壳的"榕树下"之初制定的"注重内容建设高于营收,加强人气而非商业化"的成功战略,则给后来者带来了更多启示。

2. "天涯社区"文学版块

"天涯社区"诞生于1999年3月,由邢明创办。"天涯社区"推出之时,正值四通利方改版为新浪网,由于新浪自身战略调整,一些原本混迹于四通利方的老网友纷纷出走,其中一部分就来到了"天涯社区"。这些人是中文网络第一代精英人群,大都来自社科院、新华社等处,这为"天涯社区"的起步奠定了良好的人文基础。创办初期,该网站并没有找到合适的商业运作模式,加之主导者对

---

① 艾瑞网——互联网数据资讯聚合平台,网址为 http://www.iresearch.com.cn

网站发展定位不明确,"天涯社区"步履维艰。2004年,随着互联网热潮的到来,"天涯社区"找到了适合自己发展的运营模式:针对社区类网站受众分类明确的特点为相应人群提供精准广告;探索网站与无线移动业务的连接,扩大用户基数;将"天涯社区"重心向实用性社区方向发展,为成熟型网民提供分类信息。经过17年的发展,"天涯社区"已经发展成为注册用户高达8500万的大型人文社区网站。

"舞文弄墨""闲闲书话""散文天下""天涯诗会""诗词比兴""莲蓬鬼话"等版块是"天涯社区"网络文学创作的集中地,其中"舞文弄墨""莲蓬鬼话"是最热门的栏目,日PV均超过400万,精彩帖的影响力、反应速度均超过一般门户网站。从"天涯社区"上走出了诸如慕容雪村《成都,今夜请将我遗忘》、天下霸唱《鬼吹灯》、当年明月《明朝那些事儿》等知名网络作品。

"天涯社区"是一个涵盖杂谈、情感、文学、政治、经济、娱乐等多样信息的综合论坛,与其他论坛或网站相比,最大的特点在于它的草根性。与"榕树下"的编辑审稿制不同,"天涯社区"自由、包容、宽松的言语环境极大激发了网民的参与热情,每天3万份原创帖,150万份跟帖数额显示了这个媒体背后强大的群众力量。"天涯社区"尊重公众的主体性,在社区公约里把公共版块的版主身份与新设版块的管理员权限向公众开放,并对其提供相应的薪金补偿,这种维护普通网民自主性的举措无疑为"天涯社区"提高了人气,凝聚了人心。正如"天涯社区"总编辑宋铮所言:"自从300年前报纸诞生以来,传媒就一直掌握在少数人手里,作为精英文化的象征。即使在网络已经进入纳斯达克时代,大多数所谓网络传媒也不过是在以转载传统媒体的报道的形式,延续这种少数人向多数人喊话的传播方式。近年来,以'天涯'为代表的社区型网站,正逐渐形成一种新型的传播方式,所有人都可以在这里表达自己,并依托网络向所有人传播,即everybody says everything。也就是说,即便你身处这个社会的最底层,你依然有机会借助'天涯'这个平台发布、传播自己的声音,并有可能获取足够的关注。媒体的精英特质,被这种以个人为中心的新型传播方式彻底颠覆。"[1]来自社会不同阶层,有着不同身份背景以及不同思想价值观念的网民群集在"天涯社区"畅所欲言,其语言五花八门,俗语、脏话遍布社区,被生活日常体制压抑的情绪欲望在这里得到释放,"天涯社区"成为大众获取资讯、宣泄情绪、表现自我的绝佳场所。与草根性质相联系的,还有"天涯社区"的人文气质,在"关天茶舍"版块,版主老冷、王怡代表了民间自由学者的思想品性,他们抛却主流学术专家的学究气,自由发挥对时政的看法,既坚持了民间性又显示出独立思考的眼光。在广受网民追捧的"青梅煮酒"版块,历史被写成丰富多彩的样貌。这些作者本身并非专业历史学出身,大多热爱历史知识,但又痛恨传统历史的学究气息,认为历史也可以写得很好看,因此他们的历史书写幽默鲜活,具有很强的当下代入感,能够使读者有身临其境之感,从而拉近了历史与民众的距离,在言语中颇有"我注六经"式的自信洒脱。

草根性、民间性的网站气质显然会影响该网站文学作品的风格。"天涯社区"文学的著名作品同样沾染了这种草根性。《成都,今夜请将我遗忘》是慕容雪村的代表作品,该作品一经推出便好评如潮,2009年获得网络十佳小说称号,被改编为戏剧在上海演出成功,还被改编成电影《请将我遗忘》和电视剧《都是爱情惹的祸》。该作品讲述的是一个名为陈重的都市青年男子的日常生活,他曾经有过一些理想,却在物欲横流的社会里沉沦,下班后沉醉于放纵的生活,蝇营狗苟;与最好的朋友时远时近;爱自己的妻子,却不知道珍惜。到了最后,一切美好的东西都被戳穿,开始在灰色的天空下质疑人生。小说具有机巧流畅的语言,既有对逝去青春、浪漫理想的回忆,也有关于阴谋、黑暗卑微而不断挣扎的人性的书写。充满感官肉欲的描写为小说带来了高点击率。在文本中,作者一次次肆意展露纵欲场景与快感,在这些场景背后,只能用"遗忘"的方式来

---

[1] 闫宏,孙帅.新媒体条件下传播过程及模式的变化[J].广告人,2007(04).

为作者本人或读者进行道德减压。堕落却又不断反省,并将堕落的原因指向社会与生活,这不仅显示了主人公陈重的性格复杂性,也透露了作者在欲望与道德之间的犹疑,对严肃的道德承担问题的逃离:"在每一次的放纵叙述之后,又以对放纵的质疑和反思以及显得极为抒情、唯美和感伤的青春叙述来将那种道德性焦虑释放掉,使阅读行为'高尚'起来。"①

但在互联网态势日新月异的当下,曾经作为国内第一大社区的"天涯社区"也面临着发展困境。微博、微信等新型社交网络平台的出现,对"天涯社区"构成了冲击;"猫扑""百度贴吧""知乎"等社区凭借自身独有资源对天涯形成挤压。据天涯网络数据显示,2013年、2014年两年,"天涯社区"都处于大额亏损状态。2015年4月30日,天涯社区网络科技股份有限公司悄然向全国中小企业股份转让有限公司递交了转让说明书。对此,有不同的声音进行评价,业内人士认为"天涯社区"网络谋求挂牌的直接目的就是为了实现快速融资,说明"天涯社区"正从以网络广告收入为主,转向以社区游戏化所形成的个人增值服务作为重要的收入来源。② 网友则指出,"'天涯'作为传统 BBS,信息传播和获得比微博慢得多,而且由于用户间亲密度不高,不像微博那样能够建立更坚实的关系。但是比之快销型 SNS,它在信息的深度、广度和持续度上还是不可比拟的,所以我认为'天涯'这种传统 BBS 是不会消亡的,只是网络更加多元化而已"③。

3."起点中文"

"起点中文"网站成立于2001年11月,创建者为吴文辉和几个网络文学爱

---

① 姜飞.遗忘:叙事话语和价值态度——评慕容雪村的网络小说《成都,今夜请将我遗忘》[J].文艺理论与批评,2003(03).
② 天涯社区:公开转让说明书[EB/OL].(2015-07-31)[2017-07-31]. http://xinsanban.eastmoney.com/Article/NoticeContent? id=AN201507310010361765
③ 当年的天涯网为什么能这么火?现在为什么不行了?[EB/OL].(2013-08-25)[2016-08-25]. https://www.zhihu.com/question/21132658

好者,当时他们建了一个玄幻文学协会的论坛,这就是"起点中文"的前身。"起点中文"的发展分为两个阶段,2001—2004年属于个人网站性质,2004年后被盛大集团收购,开始进入快速产业化阶段。据艾瑞网①的数据显示,截止到2013年7月,"起点中文"的日均访问人数为214万,日均网民率达到0.9%,在所有文学网站中占据第一。

"起点中文"作为新世纪国内最大的网络文学阅读平台,在这几个方面形成了独特的优势,并在很多层面为行业树立了标准规范。第一,最早实行付费阅读制度。2003年10月,"起点中文"全面开始实行付费阅读制度,建立vip阅读模式,这在国内并不属于首创,但却取得了巨大成功。"起点中文"开发B2C平台,网友可以在网络上完成支付消费。付费模式的主要内容包括:对网上优秀作品进行签约,前半段试读,后半段付费;以章节为单位,按2分/千字的价格进行销售,这个标准后来成为整个行业的通行标准,作者可获得用户50%~70%的费用作为报酬,按月结算。"起点中文"90%的收益来自于付费阅读,这就使得网络文学的收益部分地脱离了传统纸质出版的老路子,获得了独立盈利模式。第二,维护作家利益,尊重版权。"起点中文"特别注重维护作者利益,有各种针对作者的扶持计划,如"完本奖励计划""雏鹰展翅计划""全勤奖计划""千万亿计划"等。对于反响不够好的签约作者,"起点中文"每月给予最低保障1300元。依靠完备的职业作家机制,"起点中文"网罗了业内80%的优秀作者。第三,加强与主流渠道的互动。2008年,"起点中文"推出30省作协主席小说巡展活动;2009年,作协下属的鲁迅文学院与"起点中文"等网站联手举办"网络文学作者培训班";2011年,"起点中文"作家唐家三少与莫言、贾平凹、余华一道成为第八届中国作协全国委员会委员,标志着网络文学最终被主流文学接纳。在风起云涌的e时代,谁都无法忽略网络文学日渐盛大的锋芒,主流文学

---

① 艾瑞网——互联网数据资讯聚合平台,网址为:http://www.iresearch.com.cn

亦是如此。网络文学巨大的群众基础、强大的资源整合能力、高效的传播速度、广泛的覆盖范围不得不使主流文学正视、走近并借鉴网络文学的优势。网络文学打破正一统的意识形态，颠覆强固的等级意识，在与主流文学互动、接触的过程中不断利用主流扩大自己的影响力，并形成独特的表意方式、符号体系、文学类型。但走近主流并不意味着网络文学改变属于自身的鲜明个性去贴合主流，而是利用主流的接纳度，进一步扩大群众基础，提升社会影响力，形成产业链条。

"起点中文"原创文学的核心在科幻、灵异、魔幻、武侠等领域，涌现出点击率高达1亿次的优秀作品，诸如《鬼吹灯》《星辰变》《盘龙》《斗破苍穹》等，天下霸唱、天蚕土豆、唐家三少、韩寒、郭敬明等知名网络作家均坐镇"起点中文"。超越自我、感受极限是"起点中文"众多小说作者的追求。网络玄幻小说从中国传统文学的"山海经"、魏晋志怪小说、唐传奇、《聊斋志异》、港台武侠小说等文学遗产中汲取养分，并吸收来自国外灵异小说的特点，构筑起一个惊险刺激、奇谲瑰丽的想象世界。《鬼吹灯》开创了一个盗墓文学流派，盗墓者穿越精绝古城、龙岭迷窟、昆仑神宫、南山归墟、巫峡棺山等天南海北奇异之地，盗墓过程中遭遇阴森恐怖的尸香魔芋、羽裂圣蕨、秦王照骨镜等怪异之物，带领读者进入目不暇接的奇幻大观园。在对奇异之物的详尽描写中，掺杂真实历史细节，在虚幻中注入貌似真实的逻辑合理性与感官可触性，给人亦真亦幻的阅读感受。《斗破苍穹》中塔尔戈沙漠的蛇人部落、魔兽山脉的异兽、法力无边的炼药师，打破时空限制，让读者穿越于文字的丛林中，享受想象力腾跃的畅快，体验新奇、惊险、刺激情境下的紧张，收获酣畅淋漓的审美感受。玄幻小说与游戏、影视产业天然亲和，这就使"起点中文"在商业化谋划中倾注大量心血，实现该领域原创文学的产业衍生。但为了追求高涨的点击率，网站不得不让签约作者把作品越写越长，导致灌水现象越来越严重。网站规定的每月10万字数的写稿量催逼作者不断上传更新，产品质量难以得到保障。动辄上百万字的作品在赢得巨额经济收益的同时，却在文学修辞、表意、结构模式创新方面渐渐失去吸引力。

四、移动文学的发展概况

移动文学是以移动电子媒体为创作载体和传播渠道,在移动人群中被阅读的、融入影视、游戏、网络等多种艺术元素的新型文学样式,包括短信文学、应用文学、影视剧中的文字剧本、动漫游戏之中的文字介绍和角色对话等。手机文学是最主要的一种移动文学,最早出现于日本。2000年,第一部手机小说《深爱》由作者佳彦(yoshi)创作,一经发布便在日本取得日点击率超16万次、总浏览量超2000万的傲人成绩。2006年,日本人米卡(mika)的自传体小说《恋空》一经出世就引爆了手机文学热潮,网站点击数2600多万,出版实体书畅销140多万册,改编而成的电影放映两个月内票房收入就超过40亿日元。日本手机3G业务自2003年全面拓展以后,手机小说便创造了巨大财富,手机图书出版平均每年以100%的速度增长,魔幻岛(magic island)、野草莓(wild strawberry)是日本发布手机文学的重要网站。《深爱》《恋空》等手机小说的影响甚至扩展到中国,成为年轻一代热捧的"掌上文学零食"。

随着无线互联网和移动终端技术的成熟,手机文学也悄然在国内出现。据《第37次中国互联网络发展统计报告状况》显示,截至2015年12月,中国手机网民规模达到6.2亿,手机上网率为90.1%,手机网络文学的用户规模达到25908人,在各类手机互联网应用中占41.8%。2004年,被誉为"手机短信文学第一人"的广东作家千夫长发表了中国第一部手机文学《城外》,全文共4200字,讲述了一段现代人围城式的不合情的婚姻。《城外》创造了版权奇迹,以每字百元的价格卖给了华友世纪通信公司,可谓当时"最昂贵的文字"。网民可以通过短信订阅、wap手机上网、语音接听的方式阅读作品;次年,百花文艺出版社出版了该作品纸质版。一时间,众多手机文学大赛也揭开帷幕,"榕树下"举办"首届手机短信文学大赛",掌上灵通举办"首届手机故事大赛",《羊城晚报》举行"手机短文大赛"。随后,中国台湾地区作家黄玄也推出了长达1008字的短信小说《距离》，用唯美的语言讲述了一段发生在台湾地区的快餐式爱情故事。

随着通信技术、计算机技术和手机终端技术的不断升级，手机阅读为越来越广大的受众所接受。手机小巧便携，有其他媒介不具备的优势。3G、4G时代的到来使手机在各个方面都取得了更为舒适的阅读效果，屏幕更大、分辨率更高、上网速度更快，硬件的升级带动文学创作的繁荣。如果说短信文学是2G时代手机文学的主要形式，那么微信就是3G、4G时代最主流的手机文学形式。微信（WeChat）是腾讯公司于2011年1月21日推出的一个为智能终端提供即时通信服务的免费应用程序。微信支持跨通信运营商、跨操作系统平台通过网络快速发送免费（需消耗少量网络流量）语音短信、视频、图片和文字，同时，也可以使用通过共享流媒体内容的资料和基于位置的社交插件"摇一摇""漂流瓶""朋友圈""公众平台""语音记事本"等。根据微信用户数据显示，截至2015年第一季度，微信每月活跃用户达到5.49亿，用户覆盖200多个国家和地区，超过20种语言，覆盖了中国90%以上的智能手机。2012年开始，名为"微杂志"的微信账号上署名"NBC二当家的"发表了首部微信小说《摇的是你，不是寂寞》。该小说以连载的方式讲述了一个在社会底层苦苦挣扎的人在微信上的情感遭遇，这部作品带来了每日20万的阅读量。微信催发了日渐落寞的文学类型诗歌重新焕发光彩，从微信平台走出诸如余秀华、吴重生等热门草根诗人，余秀华更被誉为中国的艾米丽·迪金森。不断涌现的诗歌公众号与微信群以及激增的阅读量为当下诗歌文学生态带来不可忽视的影响。2015年，《中国首部微信诗选》出版发行；国内首部微信版诗集是四川作家文佳君创作的《黎明的河流校正夜的黑》。在二维码时代，微信可谓摇醒了沉默的诗歌，正如诗人写道："百年之后/就把二维码安放在我墓碑的正中/扫墓人一眼就能扫出阴阳两维的苦/扫完码后，不忍离去的那位/估计是我的亲人，也可能/是我的仇人"（麦笛《我的二维码》）。

微信文学与其他网络平台的文学创作的不同之处在于,作者完全可以知道谁在看自己的作品,作者与读者之间是点对点的发送,这样作者就可以根据读者意愿创作并修改文学作品,针对不同身份的读者群体量身定做更为精准的文学作品;读者能够通过微信支付的方式,使作者成为自己的出版社。

在赛博空间(Cyberspace)里,除了专业的文学网站以外,还有其他网络文学的栖身方式,比如门户网站的文学(文化)频道、文学论坛、博客文学、移动文学等,诸多网络文学生存空间形成了多元的网络生态格局,而每一次新的生存空间的开辟都伴随着通信技术和计算机技术的进步,下一节将从整体上俯瞰这张广袤的网络文学地图。

第三节 网络与新媒体文学的生存形态

一、文学论坛

文学论坛最早的形式是BBS,BBS的英文全称是Bulletin Board System,翻译为中文就是"电子布告栏系统"。BBS最早是用来公布股市价格等信息的,没有文件传输功能。随着BBS的普及,功能有了很大扩充。它通过在计算机上运行服务软件,允许用户使用终端程序通过Internet来进行连接,执行下载数据或程序、上传数据、阅读新闻、与其他用户交换消息的功能。许多BBS由版主创建并实行管理,在版主下面设置各级管理人员进行维护和管理。

中国在20世纪90年代初就出现了BBS,如早期的长城站、惠多网、曙光站等,水木清华是国内最早同时在线人数超过100人的BBS。BBS大多基于Telnet协议,是纯文本的,而论坛(forum)基于http协议、在Web环境下运行,比纯文本更为丰富多彩。随着纯文本的衰落,BBS就和一般网络论坛、网络社区的意思差不多了。后起的"西祠胡同""天涯社区""晋江论坛""龙的天空"等一系列网络论坛的崛起,助推了网络原创文学的发展。20世纪90年代最初的网络论坛是在各大高校诞生的,这些校园学子为了书写文学梦想,驰骋在各大论坛的文学版块,他们为后起的专业文学网站奠定了第一批网络写手。

网络社区改变了传统文学的写作、阅读、批评范式,它使写作从以前的个人凝思变成交互式集体写作;传统的文学鉴赏通过精英话语的评判被贴上意义属性标签,但在网络论坛上,任何一个注册会员都可以发帖灌水、发表意见或批评——虽然这种文学批评并不算严格意义上的文学批评,但呈现出网络时代文学批评的全民色彩和精神狂欢状态。它降低了创作门槛,任何人只要注册一个账号就可以成为批评家。网络论坛的出现对文学的影响主要体现在以下几个方面。

1. 写作的交互性

写作交互性体现在下列几个方面。一是现实生活与虚拟世界的交互影响。人天然具有社会性,在由各种利益关系、人际关系网组成的共同体里生活,必然要遵守来自共同体生活的范式与规则,如果偏离这种规则就会受到社会压力,个人生活受到影响。社会的理性原则和统治秩序让现代人心理变得压抑,网络却从现实外开辟了一个虚拟空间,在这个空间里大众可以甩开任何现实世界的束缚,更坦诚地面对自我。网络为现实的生存紧张提供了可以疏解压抑的场所。反映在文学方面,网文上多是内心欲望的宣泄、精神自由的表达。网络上的虚拟联系也可以反方向影响到现实人际关系。比如社区文学的作者,认识的或不认识的,一般都会经过一段时间磨合后,在现实世界建立更为深层次的联系。大家在网络社区围绕共同感兴趣的文学问题进行探讨切磋,在现实世界将这种精神交流转化为物质可感的人际关系,这也推动了现实世界人与人之间关系的重组聚合。

二是创作的交互性。创作的交互性来自于作者与作者之间或者作者与读者之间。接龙小说、互文创作、原文改作等形式成为社区文学的常见写作形态,网络的开放性、无线性特点为互文创作提供了便利条件。在这种情态下,写作不再是个人性质的,而是带有集体狂欢的特质。但这种集体性行为并没有消弭文学作品的个性。在社区文学里,创作者的作品深受其他社区网友的兴趣、品位、评价的影响,成熟的互动写作也是建立在相互思想的深度碰撞后产生的精神果实。在这个意义上来说,社区文学既开放了写作的路径,又在这个路径上设置了某个社区共同建立的审美标准,交互文学需要遵循这些标准蜿蜒行走才能获得广大读者的认可。

三是阅读接受的交互性。网络的即时性让同时在线阅读成为网络阅读形态。网友们的阅读感受往往能够左右以连载形式发布的文学作品,在与网友的交互影响中,作品最终得以完成,这样的阅读接受有别于传统文论中的接受理论,文本的意义不仅发生在作品完结后的文本阅读中,而是将这一过程提前到文本写作中。因此可以说,任何一个以连载形式出现的社区的网络文学作品都是读者与作者相互合作,共力共建的结果。

2. 全民性

与专业文学网站的投稿门槛相比,社区的创作门槛大大降低。除了经过版主、管理员的审核以外,发表作品几乎没有更多的要求与限制。社区提供了一个全民练武场,通过顶贴、回帖的方式占据版块精华位置,成为每个投稿者跃跃欲试的目标所在,这种殊荣的获得需要经过大众审美的考验。每个在社区发表文学性评论帖子的会员都兼任了阅读者与创作者的双重身份,原本只能由专业人士进行的文学解读,现在却成为全民共享的游戏。网络无疆界,它开辟了一个平民演说平台,使传统文学批评在专业点评的范式下转化为无等级、无权威的印象感官表达。这为瓦解逻各斯中心主义(logocentrisme)[①]、打破理性等级

[①] 德里达在批判西方哲学传统时,将以西方语言、规则、理性、思想、标准等视为普遍真理的形而上学称之为"逻各斯中心主义"。

秩序的文化原则提供了一些草莽血性,但网络批评的无序化、娱乐化、虚浮化特性却也使它未能进入建设性意义创造的成熟阶段。目前来说,网络阅读批评的主体泛化,既包含学院派的专家,又包含以跟帖回帖、贡献点击率、个人博客形式出现的大众群体。

3. 网络社区为文学创作提供了多样化写作手法

这是由网络社区的交互特性决定的。在社区里,文学可以被对写、戏拟、仿写、续写。对写就是保留原作品的主题,根据主题展开竞赛式的写作。戏拟就是保留原作品的主题,但改变原作品的风格与形态。戏拟原本是一种创作手法,但在后现代文化语境中,这种创作手法被扩大为一种创作观念。通过并叠、粘贴等手段将原本毫不相干的文本组合在一起,共同表达着作品文本意义之间的悖论、矛盾。因此,戏拟作品的意义空间是流动的、广阔的。戏拟艺术在网络外也存在,但在网络平台上却真正实现了大规模疯狂生长。多样化的创作手法对文本形态、审美标准、文学功能的重塑具有一定程度的影响。

二、门户网站的文学频道

"新浪网"最早于2002年在国内成立了读书频道。据中国互联网信息中心2001年《中国网络文学用户调研报告》显示,截至2012年,"新浪读书"的用户比例达到23.2%,仅次于"起点中文"网的24%。在2013年网络文学网站访问排名中,"新浪阅读"位居第三,这些数据说明了"新浪网"在国内网络文学方面发挥的影响力。跟随着"新浪网"的步伐,一些资本雄厚、拥有大量访问人群的门户网站,诸如"搜狐""腾讯""网易""凤凰网"等纷纷设置了各自的读书、文学频道。

与专业原创文学网站相比,门户网站上的网络文学呈现出以下几个特点。

1. 内容的多元化、丰富化

依托门户网站建立起来的文学、读书频道,为了满足不同网民的文学需求,在内容设置上体现出多元性、丰富性的特点。如腾讯官网的文学频道,设置三大版块,"原创男生""原创女生",以及已出版的热门人文社科专著。"原创男生"下又细分玄幻、武侠、都市、职场、历史、军事、游戏、竞技、科幻、灵异、同人、短篇等细类,"原创女生"下细分玄幻仙侠、古代言情、现代言情、浪漫青春、悬疑灵异、科幻空间、游戏竞技、耽美小说等细类。在已出版热门、经典图书的在线阅读版块,设置付费、免费两种阅读模式,免费阅读的作品下设置评论版块,引进讨论区的功能,实现网上阅读传播的交互影响。除此之外,还设置咨询、公告、征文、排行榜、专题等栏目,为读者营造快捷丰富的阅读环境。总体而言,门户网站的文学频道追求为客户提供全息辐射的文学信息与多方位的立体阅读条件,根据用户不同的性别身份聚合同类型文学作品,使读者能够在海量文学作品中迅速找到符合自己阅读趣味的商品,也能够通过相应版块提供的多方位文学信息,全面综合地吸收作品。

2. 利用第三方平台形成内容优势

在门户网站的网络文学平台,都会设置第三方平台的出版作品,这些作品以阅读收费、链接购买网站、在线下载等方式为门户网站吸引盈利资金。第三方平台的作品主要以新书及热门、经典的人文社科图书为主。为了与专业的文学网站竞争,门户网站的文学频道不得不往更为专业化的方向集聚优势,不管是电商、电媒还是传统出版社,门户网站充分利用其资源渠道,拓展、加深与第三方的合作,形成优势聚集效应,从而获得较强竞争力。如"网易""腾讯"文学的情感类作品,"凤凰网"的历史军事类作品已形成专业化的出品水准,形成了自己的优势据点。

3. 作品风格思想格调较高

"网易"读书频道的网页介绍上"将目标读者确定为社会主流人群,力求做中国最有质量的网络阅读平台,囊括社科、历史、文艺、小说、财经和生活六大门类。既关注思想和格调,又强调趣味"。"新浪读书"的内容高端正统,经常邀请文化名人进行访谈、学术讲座,"凤凰网"读书频道有名家专业点评的书评写作以及知名文化人主持的"开卷八分钟"读书栏目。可以说,思想格调和阅读乐趣是门户网站文学频道主流风格的两道标尺。

三、博客文学

一般来说人们把 21 世纪的第一个十年称为 Web 2.0 时代,之前的互联网阶段称为 Web 1.0 时代。Web 1.0 时代的用户利用互联网的方式是被动接受信息,浏览网站提供的内容,最主要的方式是浏览门户网站。这一阶段信息传播的特点是一对多式的信息主导结构,即信息散播方处于一个顶点,下面的受众是广布的多点信息接收源,信息传递方式是单向的。随着互联网技术的进步,Web 2.0 时代改变了这种信息单向的传播方式,基于聚合内容技术(RRS)和标签技术,Web 2.0 建立了个性化的交互平台,典型的有 BBS、博客等。这一时期的网络信息传播实现了用户与用户之间的双向交流,新技术的采用降低了信息采集与再生产的成本,从而越来越适应快节奏的现代生活。

博客是 Web 2.0 时代最典型的互联网应用。博客又被翻译为部落格、网络日记等,是一种个人性质的网页。这种个人性质的网页往往依托一些大型网站存在,用户可以通过注册方式与网站订立协议,创建属于个人的网页,在上面发布消息。大部分博客以文字为内容主题,也可以插入图像、多媒体链接和其他网站链接,还会在页面设置评论版块,使读者与作者进行交流互动。博客最早出现在西方,1994 年贾斯汀·霍尔(Justin Hall)建立了个人网页,并在上面贴上各种信息,这是最早的博客雏形。1999 年开始,Pitas.com 开始提供免费博客服务,随后博客便开始热火朝天地发展起来。向中国最早引进博客概念的是美国传播学教授吉尔摩(Gilmore)在清华大学的演讲,"博客"一词是从英文单词 Blog 音译而来,是网络日志的意思,写博客的人称为 Blogger,也叫博主。2002 年 8 月,方兴东、王俊秀等人建立了中国第一家较有规模的专门博客网站——"博客中国",2003年年底该网站成为"中国第一博客"网站,2004年10月成为"全球第一博客门户"网站。2003年,木子美事件将博客这种新型网络形态推到大众眼前,引发全民热烈追踪,博客开始备受关注。2005开始,"新浪""搜狐""网易"等门户网站设立博客版块,举办博客大赛,创建名人博客等,进一步助推博客全民化进程,截至2012年,博客/个人空间的网民规模已达到37299万人,网民使用率高达66.1%,位居各类网络应用的第四位。

博客的性质是在公共话语空间里提供私人空间,因此博客文学的最重要特点在于私人性。与BBS不同的是,博客一个页面整合了全部个人想展示的信息,而非群体性帖子,这就为完整了解这个作者的文风、思想状态提供了一个集中呈现渠道。博客通过日期顺序自动将文本进行排列,在内容上往往混杂多样,既有个人私密生活的记录,也有较为严肃的文学作品,既有较为独立性的思想随笔,又有插科打诨式的网络嬉戏等。除此之外,博客的留言评论版块使博客也具备论坛式的交互精神,读者与作者可以在这个领地交互分享思想,创造交流的乐趣。

随着移动终端的发展,以业务聚合为特点的自媒体时代来临,标志着Web 3.0时代的开启,这对博客的发展造成了冲击,相应地博客文学也渐渐走向下坡路。美国IT网站PCWorld撰稿人吉尔·托马斯(Keir Thomas)撰文称皮尤研究中心(Pew Research Center,PU)(美国一家独立性的民调机构)发布的2010年美国互联网报告宣布了博客的死亡。该报告指出,十几岁的青少年开设自己博客的数量仅为2006年的一半,而18～33岁美国网民使用博客的数量也略有下滑。在中国,曾经风行一时的博客也遭受了发展困境。与新兴的APP相比,独立博客文学在交流的深度、频率、广度方面显然居于下风,新兴的APP提供了符合现代人碎片化阅读方式的作品,快捷便利;独立博客文学大多数是纯文字的,虽然也有多媒体链接,但毕竟是有限的。全媒体环境下,读者在阅读中更追求流光溢彩的感官享受,追求内容的影像化,大篇幅的文字堆积对受众的吸引力越来越小;草根博客缺乏关注与利益回报,使博客的主体——草根民众渐渐失去维护的耐心,这是博客文学式微的几大原因。

【本章小结】

网络与新媒体文学是以数字化信息技术为基础,以互动传播为特点的具有创新形态的媒体,如以电脑、手机等数字化媒介为载体进行创作、传播的文学作品。目前重要的网络与新媒体文学的重要题材类型有:玄幻/奇幻;武侠/仙侠、都市/言情、历史/军事、游戏/竞技、科幻/灵异、美文、剧本、图文等。其文本形态主要有三种:第一,纯粹的数字文本;第二,超链接的文学文本;第三,运用文字、图像、声音等综合手段创造的多媒体文本。与传统文学相比,网络与新媒体文学具有传统文学无法比拟的传播速度、更为低廉的传播成本优势。网络与新媒体文学的发展经过了从海外到国内的轨迹历程,近二十年以来,中国大陆网络文学迈开了它迅猛的步伐,出现了诸如"榕树下""天涯社区"文学版块、"起点中文"等专业文学网站。随着无线互联网和移动终端技术的成熟,手机文学也悄然在国内出现,并不断掀起时代文学阅读热潮。

【思考题】

1. 网络与新媒体文学的文本形态有哪些?
2. 什么叫作多媒体文学?
3. 简述汉语网络文学的发展情况。

第三章 网络与新媒体文学的基本类型

【学习目标】

1. 掌握网站文学的新类型。
2. 了解短信文学的新类型。
3. 了解微信文学的类型与特征。

21世纪以来,中国全面进入了"新媒体"时代。各种数字化的信息传播平台大大改变了传统的文学生产和传播方式,改变了中国文学创作与接受方式,改变了人们日常的文学生活方式,带来了许多前所未有的新文学现象。新媒体带来的文学变化,反映出的是整个社会的文学生产机制的变化——中国当下的文学生产活动主体与组织形式、创作观念与表现形式、发表渠道与传播方式、文学接受与批评方式,以及文学生活等方面。

第一节 网站文学

市场参与到文学的生产过程当中,无论是写作者的写作动机,还是作品的文本呈现,都打上了商业化的色彩。文学生产不仅具有意识形态性,还具有物质性,文学不仅作为一种精神性存在、审美性存在,还作为一种生产性存在。到了近代社会,写作者为了维持自我的生存与发展,必然与出版商、市场发生关系,其创造的文学作品也就具有了商品的属性。作者作为商品流通链条中的一个环节,不再是孤立的存在,他要时刻关注文化市场的需求,创造出符合消费者审美口味的作品。

文学网站作为新的文学活动平台,在其下正在形成着有别于传统文学生产的形式。网站成为文学生产、传播、消费的重要场地,为文学创作者和文学接受者提供了写作和阅读的场所,但更多地是作为经济化的文学活动平台,受资本运行规律的规约,确立着新的生产模式。一群有别于传统作家,通过网站或网络平台发布文学作品,并通过点击率和作品排行获得稿酬的写作者,即网络写手,在经济化的文学生产模式中应运而生。

目前,网站文学的生产主要通过写手与网站订立一种契约关系,写手通过持续不断地创作成为网站的签约作家,网站则向写手支付报酬。从各大网站的栏目设置来看,网站文学的生产模式,在某种程度上促进了类型文学的兴起,玄幻、仙侠、言情、校园、军事等出现在网站的标头,还有女生专区、男生专区的设置。这些分类相近的文学作品栏目是标准的文化工业产物,文学也如生活用品一般被批量化生产。阅读者的"欢喜"程度将决定写作者的方向与内容,网站也会主打出一些新的类型作品推荐给读者。写作者完全抛开对于文学写作的个人信仰,而彻底追求经济利益,通过"卖文"获得财富。"商业价值"在"审美价值"和"意识形态价值"之外成为新的文学评价标准。近年来的网络文学富豪榜上,唐家三少、天蚕土豆、我吃西红柿、血红、骷髅精灵、月关、辰东等 20 名上榜的网络作家,凭借自身的坚持不懈,在短短 5 年内敲出 1.77 亿元的个人财富。

20 世纪 90 年代,中国进入一个经济、政治和文化的全面转型时期,社会形态呈现出前所未有的异质杂糅和多重磨合的景象。在文学创作上,表现为文人们长期以来共同遵守的文法法则和审美判断被不容置疑地推翻了,文学创作的杂语化和杂体化成了后新时期文学的重要特征。从文学文体的层面来看,大量非文学的"文体"介入文本,显现出文体混杂、图文并茂的特征。跨文体写作成为这一时期最流行的写作方式。所谓跨文体写作就是要求文学创作打破传统文体学意义上严格的规定性和等级性,实现文体之间的跨越与联姻,甚至可以吸收一些非文学因素来一起建构作品。

网络使文学回归于民间,也使文学语言和表达手法由传统文学的字斟句酌、严守成规走向大众化、生活化。网络写手们摒弃陈规、放弃理性,以或戏谑诙谐,或率性纯真,或恣意宣泄的姿态来展示普通人最原始、最本色的生活感受,抒发内心情感,诠释对生命、对生活的感悟。与传统文学追求书面语、讲究语言的韵味、准确性或陌生化不同的是,网站文学语言往往运用日常口语和较短的句式、习惯用语、表情符号、数字符号等,使文学语言和日常语言的界限越来越模糊,文学与非文学之间的界限越来越淡化,例如"偶"(我)、"虾米"(什么)、"酱紫"(这样子)、"9494"(就是就是)等。下面介绍几种重要的网络文学类型。

一、网络游戏小说

网络游戏兴起于20世纪末期,短短十几年的时间里就已经发展成为一项令人瞩目的娱乐产业。网络游戏与单机游戏相比,通过使用不同的游戏终端使更多的人参与,更具有互动性和真实性。作为网络游戏小说蓝本的网络游戏多属于角色扮演类,这类游戏以具体、奇幻的游戏背景,复杂有趣的剧情和丰富的人物性格为网游小说的创作提供了肥沃的土壤。

随着网络游戏项目的不断丰富,有些玩家开始尝试以网络游戏为题材进行文学创作。网络游戏"传奇"从开始公测就得到了众多网游玩家的追捧,在这股浪潮之下,网游小说也应运而生。2003年7月,中国第一部网游小说《奇迹:幕天席地》正式出版发行。

网游小说作为游戏与文学相结合的产物,主要有两个特点。一是兼容性。网游小说的题材多变,除了借鉴中国传统小说中言情、武侠、传奇等因素外,几乎可以容纳日常生活所有的主题。在表现手法上,由于网游小说以网游为创作背景,相应地也吸取了网游的一些特点,往往把网游里中国的武侠、西方的魔幻、悬疑和日韩的动漫融合到小说创作中来,大大增强了网游小说的可读性。二是网游小说所体现的超凡想象力。网游本身就是人类想象思维的结晶,网游小说在网游的蓝本之下,又充分发挥了作者的个人感受和天马行空的想象力,编造的人物经历、故事情节越是离奇、充满悬念,点击率就越高,越受追捧。

二、网络接龙小说

网络接龙小说,顾名思义就是存在于网站上的由多人集体创作的文学作品。通常是由一个人起头,后来者根据前面作者创作的内容续接下去,可长可短,题材不限,在合情合理的范围内可以尽情发挥想象力。由于思维的差异,小说的发展往往因一些奇特的构思而妙笔生花,显得与众不同。网络接龙小说体现了集体智慧的结晶,每个人都能品尝到创作小说的乐趣。

网络接龙小说作为一种开放式、互动式的写作模式,彻底摆脱了作者单一化的思维方式,为大众提供了创作机会和交流学习的平台。由于网站没有准入门槛,没有编辑的审查,读者与作者的身份可以自由转换,读者不仅有阅读的自主权,而且还有批评和再创作的权利。这种独特的创作与阅读方式给人们带来了一种全新的审美体验。由于是集体创作,网络接龙小说往往缺乏周密的篇章布局,语言风格也会有或大或小的差异。所以,现在的网络接龙小说,能称为优秀的作品少之又少。此外,网络接龙小说还可以和网游小说相结合,形成兼具两种网络传媒特征的文学体式,同时也会提高网络接龙小说的商业价值。

三、超文本与多媒体诗歌

网络诗歌有广义和狭义之分。广义的网络诗歌包括传统文本诗歌的电子化以及网民原创,在网站上发表的纯文本诗歌、超文本和多媒体诗歌。狭义的网络诗歌则专指超文本和多媒体诗歌。

超文本是指用超链接的方式,将不同空间的文字信息组织在一起形成的网状文本。现在,超文本大多以电子文档的形式存在,其中的文字包含有可以链接到其他位置或者文档的链接,读者可以从当前阅读位置直接切换到超文本链接所指向的位置。我们日常浏览网页的链接都属于超文本。

多媒体诗歌就是在超文本诗歌的基础上,通过把多种造型媒介利用起来形成的集文字、声音、图像、数码摄影、影视剪辑等于一体的信息处理技术创作的诗歌文本。多媒体诗歌突破了传统的纯文本诗歌,在文字的基础上,用想象来构建意象的创作与鉴赏模式。例如,如果要创作一篇描写野外风光的诗歌,就可以将天空的蔚蓝、花朵的艳丽用图片或视频来呈现,将鸟儿清脆的叫声、草虫低鸣的声音用音频来展现,这样就可以充分调动读者视觉、听觉等感官,全方位、立体化地体验作品的丰富性,实现真正意义上的图文并茂。

四、网络戏剧

文学意义上的网络戏剧应该是指超文本戏剧(简称超戏剧),与网络小说、网络诗歌相比,网络戏剧发展最为缓慢,但同时也是涉及最多网络和艺术因素的一种文学新文体。

对于超戏剧与传统戏剧的区别,主要有以下几点。第一,在传统戏剧中,观众坐在暗处,观看舞台上的演出,故事以线性情节推进。在超戏剧中,观众是可动的,可以通过链接观看到同时运行的诸多场景的演出。第二,传统演出发生于舞台,超戏剧则发生于"真实环境",所以这种形式也被称为"实况电影"。第三,传统戏剧的观众不对焦点做出决定,只是观看舞台上所上演的东西。在超戏剧中,每逢情节分叉时,观众都必须做出选择。第四,传统戏剧存在主要人物与主要情节。在超戏剧中,这些则意义不大,因为所有演员任何时候都在台上,并且,如果作者构思巧妙,所有的人物都拥有自己所属意义的故事。第五,传统戏剧中只要一次细心的观看便足以"接受"整个演出,而在超戏剧中,需要多次观看才能了解整个故事情节。

超戏剧的根本是情节的并行性。它向观众提供多种选择，但这些选择未必能展现整部作品的内容。在分叉点选择了某一路径的观众，很可能完全不知道另一路径正在上演的内容。虽然传统戏剧也会有同时展现的情节，但这样设计的目的是以不同的模式经历来让观众更全面地了解整部戏剧的结构。虽然目前超文本戏剧仍处于起步阶段，且发展缓慢，但这种戏剧新文体依然有着其他文体无法比拟的发展前景。

五、博客日志

网络技术不仅为博主带来了表达自我、分享他人的空间，新世纪的博客文本也展示了独特的文体形式。在博客中，文本可以由文字、声音、图像、视频、超链接等媒介方式立体地建构而成。博客与传统日记最大的不同还是它的超文本特性及共享性。由于具有链接性，博客不是线性而是立体化地展示信息，少量的提示文字配加丰富的链接文本，是最具代表性的博客文体。博客的这一本质特点使每一个博客网页都是一个开放的变动不居的"活性文本"。

和个人日记的私密性截然相反，博客是共享的，每一篇博客文章的后面也都有"点击此处发表评论"的字样，网友可以对自己感兴趣的话题或者图片等随意发表意见，表达自己与博主相同或不同的观点，网友和博主可以实现真正意义的实时互动。博客的这种共享性、互动性与交流性也使得博客只能依附于网络而存在，无法形成纸质文学。

第二节 短信文学

短信文学的出现最早始于实用目的。手机普及之初，有些人在逢年过节时，用短信向亲朋好友发祝福短信。为了增强表情达意的效果，一些祝福短信开始使用文学化的手段,这是短信文学诞生的初级形式。比如:"送个'圆',祝你幸福美满心不烦;送个'缘',祝你美梦成真比蜜甜;送个'源',祝你快乐永远乐连连;送个'元',祝你一生美满不缺钱。"不过这些形式较为平易,不足以引起人们的关注。2002年后,短信文学才真正受到重视。2003年,新浪网推出中国第一个原创短信专栏,之后,一些以短信文学为主题的文学赛事不断兴起。如江苏电视台在全国发起"中国原创短信文学大赛",《天涯》杂志社与通信公司共同举办"首届短信文学大赛",铁凝、韩少功、苏童、格非等一些著名作家被邀请担任短信文学比赛的评委。2005年,出现了专门收集、发布短信文学的网络机构以及专业化的短信文学写手。由海南移动通信有限责任公司发起并投资建设的"大拇指短信文学网站"正式运营,这是全国第一家以短信文学为内容的专门网站。同年,全国首届短信文学研讨会在海口"E拇指文学艺术网"拉开帷幕,两小时的虚拟会议中,收到全国网友600多个帖子,在线浏览人次逾40万。短信小说《城外》《短信情缘》、短信文学作品集《扛梯子的人——中国首届全球通短信文学作品选粹》《谁让你爱上洋葱的》《手机不夜城》均已出版发售。

短短十多年的时间,短信文学迅速崛起,成长为区别于传统文学以及网络文学的新媒体文学样式,是文学领域里一支不可忽视的力量。作为一种新的文学现象,论者曾这样解释短信文学:它运用多种文体、多种文学形式,具有"短"(70字以内)、"不信"(区别于传统服务类信息)、"幽默或言情"三大特点。下面介绍短信文学几种代表性的类型。

一、短信诗歌

中国古典诗歌向来有短小精悍的特点,一句话中字数不会太长。这种字句精悍的特点在当下短信文学中展现得极其充分。一方面,短信文学接续了数千年的唐诗宋词传统,在骨子里渗透着一种古老的休闲文化的气息,非常切合东方文化气质上的内敛、文字上的简洁和对诗情画意的追求。另一方面,应该看到短信文学是在商业经济、科技发展的背景下为了满足大众文化需求而生产出的一种快餐式产品,一毛钱就可以激活一个人的创作热情与分享作品的愉悦之情,何乐而不为?就形式上来说,短信诗歌虽然保留了传统诗词短小精悍的特点,但几乎解除了传统诗词的格律要求,内容方面不刻意追求古典诗词韵味悠长、隽永耐读的属性,而是用来记录生活、反映新世纪人们的内心活动。一些较为优秀的短信诗歌,将汉字的音、形、义整合成完整的意境,重现了汉语方块字的形式之美、音韵之美,洋溢着独特的诗性之美。谐音、夸张、排比、拟人、比喻、对偶、顶真等多样化的修辞手法在短信诗歌作品中比比皆是。造句生动形象,文学气息浓郁,既能准确、生动地传达现代人之间的特殊情感,又折射出我们民族特有的睿智与幽默。短信诗歌可分为以下几种形式。

(一)民谣类

民谣是历代人民群众集体创作的口头文学形式,内容很丰富,涉及社会包括政治、经济和文化在内的方方面面。一个民族的民谣可以体现出这个民族的风俗习惯和人情习惯。一般来说有以下几个特点:语言上质朴平易,不用过多华丽的辞藻修饰雕琢;形式上大多短小精悍而非鸿篇巨制;题材上可以针对现实发出尖锐、深刻的声音,也可以充满丰富的文化内涵;表达上特别讲究富有音乐节奏感的韵律美。

短信这一功能,曾经被视为东方人的专利,因为它很含蓄。在欧美国家,短信利用率一直不高,只有中国、日本等国家才将短信作为主要联络方式。有专家论证,这是因为短信更符合亚洲人内向的性格——嘴里说不出的话,打字就能说出来。随着社会生活节奏的加快,人们奔波于事业、家庭之间,人与人之间的交往越来越疏离化,短信正好填补了在繁忙日常事务中对外情感的需求。一条祝福短信可以立刻拉近许久不见的朋友的距离;一条关怀短信能给亲人带来温暖;一条问候短信甚至可以给工作带来很大便利。中国向来有以亲情为本的家文化传统,国家治理的根基在家庭,而家庭维系的根本在亲情,亲情浓厚、家

庭稳固,天下才能太平。例如:

> 送你一盘鸭,吃了会想家;还有一碟菜,生活都精彩;配上一碗汤,一生都健康;加上一杯酒,事业更长久;再来一碗饭,亲人永相伴!

这条短信诗歌借用民谣的形式传达出普通老百姓对理想生活的向往与追求,而其中又以家庭生活为核心,凸显了中国千百年来的家庭伦理精神,洋溢着乐天、朴实的生命心态。形式上两句一转韵,朗朗上口。

又如:

> 一个月亮一个你,二个影子我和你,三生有幸认识你,四个西施不如你。

月亮、影子、你与我,这些频频出现在文学传统中的意象被现代爱情表白的通俗化口吻激活了,让人既联想到云南民歌《小河淌水》中"月亮出来亮汪汪"的朴素纯真,又联想到唐朝诗人李白《月下独酌》中的"举杯邀明月,对影成三人"可望不可及的孤寂落寞。而一个月亮又勾连出有闭月羞花之貌、沉鱼落雁之容的西施形象,四句话把对心目中爱人的柔情蜜意渲染得无以复加。

(二)古典诗词类

短信文学着力挖掘传统文化中的精华,充分吸收传统丰富的文化底蕴,巧妙运用传统诗词的表达技巧,使短信呈现出含蓄隽永、美不胜收的审美效果。例如:

> 冷冷清清,凄凄惨惨戚戚,思念朋友时候,最难将息。一条两条短信,送去我浓浓情意,天冷晚来风急,多加衣。冷风冷雪冷天气,冷不了,你我深深情意!

> 裁剪蓝天,当一枚充满感情的邮票,邀请明月盖一个思念的邮戳,嘱咐秋风捎去我的问候和祝福:但愿人长久,千里共婵娟!

前一首化用了李清照《如梦令》表达对朋友的深情,后一首借用了苏东坡《水调歌头》中的词句表达对友人的问候之情。有的短信不仅仿照古典诗词的形式,也在内容上贴合其含蓄蕴藉的风格,表现出东方人温情脉脉的气质,例如:

　　风吹红叶冷,月照碧波寒。远客空垂泪,小桥斜倚栏。手机惊别梦,短信报平安。来日仍多寄,相知意不残。

整首诗前四句采用整齐的对仗手法,"冷""寒"等形容词传达了离别之际的萧索伤感情绪,与古典诗词书写离别愁绪的意境相差无几。半夜里手机忽然发来的短信惊破了一场秋梦,原来是已在远方的友人发来的报平安信息。最后两句表达了作者殷切希望再次收到朋友信息的心情,深情婉致,令人感动。

(三)顺口溜类

顺口溜主要发源于民间,常常是老百姓随性创作的。顺口溜的最大特征即为顺口且幽默诙谐,通常较为朴素,通俗易懂。顺口溜是新时期民间文学的一种独特形式,反映了弱势群体的心声,也可以反映出弱势群体的身份特征和政治特征。例如:

　　医院四花:排队挂号头昏眼花;医生诊断天女散花;药房收费雾里看花;久治不愈药费白花。

本诗用诙谐的语言反映了看病难、看病贵的社会现象,把在医院就医的困境通过顺口溜形式非常幽默地表达出来,令人忍俊不禁。去过医院的朋友都知道,无论大小病症,只要去医院看病,从挂号到收费再到诊断、化验再到拿药,通常都要排很长的队,的确让人感到非常烦琐。"花"可以为名词、形容词,也可以为动词。这里利用汉语的多重词性,连续用"花"字贯穿全章,具有幽默、调侃的效果。

（四）现代抒情诗类

有一些短信诗歌的语言、意境、意象写得非常美，读起来与现代新诗并无差别。例如：

> 一匹马，被水墨钉在墙上/它的思念飘零/它的肉体和啸声/薄成一张宣纸。/我了解它的饥渴和焦虑/所以，这么多年来/我一直代替它/在城市的水泥地上奔跑/苦苦寻找/一棵鲜嫩的草。

这个作品由一幅钉在墙上的水墨马画，引发出对城市与现代生活的丰富理解。画上之马本来是没有生命的，但是借由人之眼，变成了一个具有人格力量的事物，诗人通过对它奔腾姿势的想象，表达了人与马对自然生命力的渴望。久居钢筋水泥地里的现代都市人，情感渐渐萎缩，感性逐步弱化，这段高度凝练的文字为世俗人找到了失落已久的重返自然、回归感性的冲动。

有些短信诗对流行文化进行借鉴、移植，洋溢着鲜活的时代气息，反映出当下社会生活中的心态。如：

> 如果爱情可以分期付款，我要预约一份你的爱。用我的生命作抵押，一辈子的关怀作利息，用我的一生作偿还。

这是一首充满时尚感的诗。纯粹的爱情本来应该花前月下与物质金钱无涉，但在这首小诗里，作者用银行贷款比喻爱情，用分期付款比喻个人对爱情坚守的持久，深刻反映出身处商品经济时代，在消费文化环境中浸润的现代人对恒久爱情的向往。

二、短信故事

短故事在中国文学史上有悠久的历史，如《笑林广记》《聊斋志异》《搜神记》当中就有不少短小精悍的故事。这些故事之所以广为传播，在于它的幽默性和通俗性。短信故事通过手机这个平台，以短信的方式进行传播。手机的普遍性使短信故事具有自由发挥的私人化特点,而字数的限制反而会带来限制的张力,激发创造力。对于什么是短信故事,有人这样总结:每自然段为70个字,段落结尾或幽默,或哲理,或双关,或言情;简化故事情节,淡化矛盾冲突,强化语言精彩,丰富标点意义;对白生动、夸张;采取蒙太奇手法;用环境隐喻内心的一种新文体。① 短信故事的篇幅短小,因此也就决定了所选取的题材一般不涉及宏大、严肃的主题,而多以小篇幅写小题材。按照题材来分,短信故事可分为以下几个主要类别。

（一）言情类

古典式爱情往往追求"执子之手,与子偕老"的爱情理想,传递着"此去经年,应是良辰美景虚设"的爱情坚守,但对于身处消费时代的人们而言,这种古典式爱情越来越像神话。齐格蒙·鲍曼(Zygmunt Bauman)曾深刻指出:"既然所有的吸引力在其诞生的那一刻就开始了令人烦恼的衰退,它们在刚出现的那一瞬间最具有诱惑性和享受价值。吸引力会逐渐消失,直到新的吸引力出现。"②消费者的生活就是一系列无止境的开端。这是现代社会普遍流行的消费方式和消费态度,爱情在这种消费文化影响下,也具有了"即时消费、立刻使用"的特征。消费型爱情,将爱情视为一场刺激性的游戏,爱情失去了古典意义上的历史感,它没有过去,也不必追问将来。爱情双方在无法把握的未来面前失去了抗争的勇气与力量,而是追求当下的享乐。消费型爱情无关乎道德,也无关乎个体内在生命意义的完整。他们抛弃了爱情的责任原则,选择快乐随性的方式,消耗爱情的伦理意义。现代社会的人,一方面以消费的眼光看待爱情,另一方面在灵魂深处渴望爱情永恒的神话,因此对于爱情,在理念和行动上出现了严重的落差和矛盾。

---

① 聂庆璞.网络写手名家100[M].北京:中央编译出版社,2014:253.
② 齐格蒙·鲍曼.被围困的社会[M].南京:江苏人民出版社,2006:141.

以言情为主题的代表性短信故事要属《城外》。这部小说共4200字，以两个人的60天情感经历作为过程，分60个篇章，每个篇章可以独立，相互之间又能形成联系。故事描述了两个人在婚姻（即围城，借用钱钟书的小说《围城》之名）之外，发生的一段不道德、不受法律支持的激情。这个故事极尽抒情之能事，充分展现了男女主人公在情与理之间的纠缠、不安，他们既享受所谓真爱的激情，又在道德责任的束缚下谨小慎微、惴惴不安。虽然作者千夫长想让这部小说形成"局面大，气象也大"的格局，但整个故事以情至上的内涵难以给人留下深刻的思考余地，即使展现了生命的困境，却也缺乏对处在困境中的人们经由内心挣扎所觉悟到的精神价值的挖掘，传统文学中的对人性的叩问以及对光明之路的展望在这个故事里稍显薄弱。

在短信故事领域里，还有大量的爱情故事充满了幽默、戏谑的意味。比如用曲解的修辞方式产生令人捧腹的效果。例如：

> 一只大老鼠误入花店，被一只小花猫追赶。老鼠发现无路可走，就随手拿起一束玫瑰花准备抵抗，小花猫看到了立即低下了头，羞涩地说："对不起，我还小！"

所谓曲解是指，在一定的语境中，利用一词多义或者音同义近对语义进行歪曲解释的修辞手法。这则短信里，大老鼠拿起一束玫瑰花做抵抗工具，小花猫则故意理解成大老鼠是向它求爱，因为玫瑰象征着爱情。又如：

> 护士查房时看到一位病人在喝酒，就走过去小声说："小心肝。"病人微笑着说："小宝贝！"

短信中护士"小心肝"的意思无疑是"要注意、要当心你的肝脏"，而病人则故意理解成情人或亲人之间用来称呼最亲热、最心爱的人，往往和"宝贝"连在一起的"小心肝儿"。

(二) 社会生活类

作为审美文化的文学,短信文学的触角不断延伸,扩张到生活的点滴日常中。如购物广场、楼盘广告,甚至到人们的穿衣打扮上。日常生活审美化是大众文化发展的趋势,短信文学将文学与生活的融合演变得更为广泛化。用手机可以随时随地欣赏文学作品,将支离破碎的时间变为可以吸取精神营养的机会,文学与个人生活贴合得十分紧密,文学的诗意更加平民化、生活化了。文学的生活化有利于文学得到更加新鲜的血液的补给,而短信文学能够把精神养料便捷地送到人们手中,大大强化了文学的社会功能。有很多反映生活日常事件的作品出现在短信上。例如《你愿意吗?》:

> 牧师:"你愿意娶这个女人吗?爱她、忠诚于她,无论贫困或者富有,健康或者疾病,直至死亡。即使你们因为买卖二手房而暂时离婚、再和别人结婚、再复婚也不离不弃、忠贞不贰,就像从来没有分开过,你愿意吗?"新郎:"我愿意!"

在传统观点看来非常严肃的结婚誓词加上当下社会发展中出现某些新元素,风趣幽默的同时把婚姻的功利性讽刺得入木三分。

(三) 时政类

短信文学的民间文化属性使得它常常以民间的话语方式来挑战、解构主流媒介的权力话语短信。以自己灵活快捷的特点对主流的、官方的价值取向进行回应,有批评对立也有补充与配合,但它们无意与主流媒体争夺话语权,更主要的是奉持娱乐的游戏精神。这个特点集中体现在时政类故事中,例如:

> 小孙退休欢送会上局长高度评价了小孙的工作,然后说:"小孙,退休后有什么要求,尽管提出来。"小孙犹豫良久,说:"我……有一个请求。"局长笑道:"你说吧。"小孙鼓足勇气,说:"请领导能否……叫我老孙!"局长呵呵笑道:"你这个要求并不过分嘛,小孙。"

这条短信获得"中国首届全球通短信文学大赛"小说类二等奖,获奖评语为:"一个欢送会,一个有关称呼的小小要求,让读者对小人物平凡的人生引发种种联想,对世俗和积俗有会心的揣摩。此文绵里藏针,在宽容、诙谐、放松之下具有温和的批判性,对官场文化生态是一个善意的修补。"虽然这位局长口口声声说这是个很小的要求,但多年积习难改,结语又一个"小孙"的称呼让人看到习惯、心态之难以破除,产生温和讽谏的作用。

三、短信戏剧

这里的短信戏剧主要通过人物对话的方式展示文本内容和文本结构,短信戏剧注意短信行为者的语言动作及其与短信要素之间的内在关联,并以此推动事项的展开。比如:

  鱼说:你看不见我的泪水,因为我在水里。水儿说:但我能感觉到你在流泪,因为你在我心中。

这条信息省略了对话背景,结构简单,只是更换了个别字词,但寓意深刻,道出了感情深厚的一对恋人彼此间真诚的依恋和执着。

短信文学用对话体为表达形式的有很多,但真正能够称得上集大成的要算王豪鸣的《大宝小贝》,全部由一对男女的对话构成,总数多达13000多字,展示了一对青年男女从邻居开始,相识到相恋最后发生矛盾直至分手的情节。在每一个片段中,男女主人公的对话为三句,第四句由所谓的"邻居""东西半球""超短裙"等角色充当,这些角色的话语往往非常幽默犀利,甚至带有讽刺和挖苦。比如:

(一)

  大宝:你好,我是大宝。
  小贝:你好,我是小贝。

大宝:真是有缘呐……

[邻居]:这下总算/门当户对。

(二)

大宝:你好漂亮啊!

小贝:都说我是华籍美人。

大宝:呵呵……

[华籍美人]:那得嫁一个/美籍华人。

这部作品突出人物的语言交流,使短信文学能够扬长避短、收放自如,同时用结句的形式提炼出每条短信的精华,其幽默和哲理令人过目不忘。宛如生活的细流,每一段均有各自的姿态和风景,由人物奏响交响曲,汇合起来又是一条贯通的大川,映现着生活的千姿百态。

近年来,随着层出不穷的网络与新媒体技术的发展,短信文学经过了几年的黄金期后,迅速走向落没。传统短信一对一、点对点式的联系方式显然已不能满足人们的日常生活需求,人们更愿意转向新的交往平台例如微信、飞信等,这加速了短信的末日之路。70字的短信,其衰落可谓伴随着"140字"微博的兴起。虽然两者功能并不相同,但随着智能手机的普及,微博、QQ等网络形式的兴盛,人们对通信应用领域的需求也随之转变——从单纯的双向通信,转为自我展示和更广泛的交往,短信文学的热度逐步下降。短信文学随着新媒体技术的发展而来,又伴随着社会科技的发展而走向没落,其文学价值有待时间的检验。但短信文学最大的意义在于,在手机时代让文学走进了千万大众的生活里,其通俗性、民间性、口头性为文学增添了鲜活的民间文学属性,这意味着文学本身的发展进入一个新的时期。

第三节　微信文学

2011年，腾讯公司推出了一款能够即时提供通信服务的免费应用软件——微信。微信是一款以消耗网络流量为主要方式、以QQ好友和手机通信录为资源、以智能手机的客户端为依托，通过快速发送文字、图片、免费语音、视频等内容，进行一对一聊天或多人群聊的社交软件。与短信点对点的传播方式相比，微信的传播是点对点与点对面传播的结合，这就避免了信息传递的单向、封闭、阻塞的弊端；公众号的定点推送保证了信息传递具有很强的针对性；朋友圈的信息分享只有在互加好友时才能获悉，保证了信息的私密性。据报道，2017年11月，微信的月活跃账户数达到9.8亿人，同比增长15.8%，2018年，微信月活跃用户突破10亿人，这也让微信成为中国首款突破10亿月活跃用户的互联网产品。

媒介的更新带来文学形式的变化，在微信强势的发展势头下，文学与微信的联系日渐密切。微信文学有着与其他新媒体文学不同的特点，这些特点来源于微信软件的技术构成，而正是这些技术决定了微信文学存在的特定形态与功能。从呈现方式上看，微信文学可以分为朋友圈文学和公众号文学两大类；从创作来源看，微信文学可以分为原创文学、既有文学以及两者混合的类型。原创文学指的是微信用户随时随地将生活感悟、心情随记、评论语言发送到朋友圈，甚至可以个人申请公众号进行文学创作。既有文学指的是传统文学和网络文学利用微信平台进行传播。许多文学类实体期刊纷纷登陆微信平台，网络文学平台也纷纷开通了微信公众号，如红袖文学、豆瓣阅读、晋江文学、盛大文学无线阅读等。大量的综合类网站也开通了自己旗下的读书频道，如：凤凰读书、天涯社区读书、百度文学、腾讯文学等。目前可以搜索到的重要的文学类公众号有"收获""小说月报""上海文学""当代""明天诗刊""人民文学杂志""青年文摘""读者""读者文摘""读者原创版""读者欣赏""今天文学""青年文学"等。这些平台每天会发送 2 到 5 条消息,大体上由这样几个板块组成:实体期刊目录、精品选读、文章节选、短篇小说、互动平台等。其优势在于兼具文学性与时效性,新鲜的文学事件、新锐作家能够及时地被读者知晓。除此之外,各大微信作家们活跃在微信平台上狂揽众多粉丝,著名的有:南派三叔、蔡澜、陆琪等。下面从呈现方式上简要描绘朋友圈文学和公众号文学的样态。

一、朋友圈文学

2012 年,微信开通了朋友圈功能,朋友圈的出现可以与好友共享即时照片、心情等动态信息。今天人们日常生活中无时无刻不在使用朋友圈。朋友圈文学主要以微信用户个体记录在生活中的所见所闻、所思所想,抒发个体在瞬间对自身、他人及公共事件的认知为内容。它的篇幅虽然不受短信或者微博的字数限制,但总体上较为短小,在时间的处理上与富于变化的长篇大作相比更为简单,呈现出碎片化、重复性等特点。朋友圈文学最初的形态以文字为主,图片分享功能开通后,朋友圈文学写作出现了语图搭配的现象,即编辑一段文字,再配上场景照片或者与语境较为匹配的图片。文字与图片在展现内容时相辅相成、互相补充,图片给文字带来了更鲜活的直观性与在场性,比单纯的文字表达更具有吸引力。

微信朋友圈文学具有即时性、日常生活审美、感性抒情的特点。朋友圈是通过 QQ 好友和手机通信录建立联系的人际关系网,微信中的好友大多数是自己熟知的家人、朋友、同学、同事,具有很强的用户黏度,是一个较为私密的社交平台。对很多人来说,他们乐于在这样具有私密感与安全感的空间里向他人展示自己生活的点滴状态。人们喜欢使用朋友圈时时播报生活实景,旅行、美食、毕业、结婚、节庆等场合都要发个朋友圈晒一晒,附加在这些日常生活上的灵感闪现的心情感悟,便具有了碎片化的文本特点。如这样的文字:

放过了年三十的鞭炮烟花,吃过了初一的团圆年饭,拱手送走马年之际,新的羊年就算真真切切地降临到了你我身边,踏踏实实步入了咱们生活。极为难得的是,一冬无雪的京城,还落下了翩跹的雪花,给羊年的开端拔得了一个绝好的彩头。不忍回望,马年的世界纷争不断,马年的中国烦扰频仍,马年的经济低增乏力,马年的餐饮愁胜于欢……就连成龙大哥都向媒体诉说了马年的不利,更多的名人也表达了类似的心声。羊年的翩翩而至,把岁月的日历翻开了崭新的一页,为人们的生活掀开了又一个篇章。羊,是极为温顺的动物,自古以来都被赋予了太多美好的想象和寄托。羊大之为美,羊鱼之为鲜;乙未之羊更是象征着阳光和安泰,寓意着顺心与和谐。岁月不居,世事轮回,值此羊年岁首,我们应弘羊之至善,顺运之宏势,谋计之精划,图业之大展。羊年,有太多的美好值得期待,有更多的精彩需要开创!

文字配图如图 3-1 所示:

图 3-1 微信朋友圈配图

朋友圈的语言风格往往以抒情为主,它不以人们对于情节故事、曲折突转或戏剧效果的期待为诉求,而是以多样化的形式再现人物的内心世界,连缀成

---

① 刘忠华.你我的微信世界[M].北京中国财政经济出版社,2015:11.

情绪化、意识化的情绪细流,如图 3-2 所示:

图 3-2　微信朋友圈配图

花儿鲜艳的色彩足以招引蝴蝶,所以"色彩外在,引蝶",而人单靠光鲜的外表却不足以致友。很多时候,内心朴素、简单的质地更能吸引到真正欣赏自己的人,所以说"黑白内心,引我"。从一朵花的色彩衍生出观人处事的人生经验,简约的句子里蕴含着丰富的哲理意味。①

二、公众号文学

2012 年,腾讯在微信推出公众号服务。2015 年 4 月 20 日,中国新闻出版研究院公布第十二次全国国民阅读调查结果,微信阅读被首次纳入调查。结果显示,中国成年人手机阅读群体的微信阅读使用频率为每天两次,人均每天微信阅读时长超过 40 分钟。微信成为用户在移动端的一个重要信息接入口,而这其中来自于微信公众号的信息又占据了大部分比重。微信公众号依托多媒体图文推送,具有互动方便快捷等优势。微信公众平台是给个人、企业和组织提供业务服务与用户管理能力的全新服务平台,根据使用对象和功能的不同可分为服务号和订阅号两种。服务号主要为企业和组织提供强大的业务服务与

---

① 张彤.微信光影碎片感悟——张彤的微信朋友圈[M].北京:人民日报出版社,2014:1.

用户管理能力，偏向服务类交互（功能类似12315、114、银行，提供绑定信息等）；订阅号为媒体和个人提供一种新的信息传播方式，主要功能是在微信侧给用户传达资讯（功能类似报纸杂志，提供新闻信息或娱乐趣事等），适用人群为个人、媒体、企业、政府或其他组织。微信用户可以通过扫一扫的方式添加服务号和订阅号，搜索自己感兴趣的内容。微信文学主要以订阅号的形式存在公众号中。

（一）微信公众号上传统的文学体裁

在现代社会，随着人们生活节奏的加快，传统的中长篇小说越来越受到冷落。相对于费时费力的传统阅读方式而言，人们更愿意选择省时省力的快节奏阅读方式。尤其是新一代青少年，更是新媒体阅读的主力军。休闲化、图像化、碎片化的阅读方式让读者可以在繁忙之余的碎片化时间读完一两部作品，因而更受人们欢迎。一般来说，为了适应新时代的阅读需求，在微信公众号上的小说以短篇为主，中篇、长篇往往以连载的形式出现。微信公众平台群发推送的消息以不同专栏、标题文字、插图排版的形式整洁明了地呈现在手机客户端。用户可以根据阅读兴趣点击标题进入相关内容，编辑简单介绍再引出正文。微信公众平台每条信息可达上千字，在一定程度上弥补了微博过于碎片化、杂乱化的缺陷，也满足了新媒体文学精致化、深度化的要求。

传统期刊《小说月报》公众号是推介微信小说的重要阵地，2017年发表了张悦然《大乔小乔》《茧》，王安忆《乡关何处》《红豆生南国》《向西、向西、向南》，彭扬《故事星球》等中篇。该公众号对应纸质新刊的内容，采取"预览"方式，提供小说精彩片段。《收获》公众号2017年连载石一枫《心灵外史》，阎连科《速求共眠》，傅星《怪鸟》等长篇小说。

诗歌方面，微信可谓现代诗歌最重要的生长集中地。微信公众号图片、文字、视频、音频等手段的叠加效应增添了诗歌的美感，扩大了诗歌的传播范围和影响力。诗歌微信公众平台按照创办主体的不同，主要有两种类型。第一种是传统诗歌刊物创建的公众号平台,如《诗刊》《诗歌月刊》《星星》等传统诗歌刊物都有自己的诗歌公众平台。这些平台一方面推送纸质版上的诗歌作品,另一方面又会选择性推送一些与诗歌相关的内容。2015年年初,《诗刊》公众号推出余秀华《穿过大半个中国去睡你》的诗,在其后的几天时间,这组诗在微信上疯狂传播,并引发了持续两个月的"余秀华事件"。在人们高呼"诗歌已死"、诗歌日益走向边缘化的时代,自媒体发展却唤醒了诗歌新的活力,不得不让人进一步关注诗歌这种文体与新媒体深度融合的前景与方向。另外一种类型,则是以"为你读诗""读首诗再睡觉"等为代表的微信平台。这些公众号每天会在自己的平台上推送一首诗,内容包括诗歌的文字文本、对诗人诗作的简介,更重要的是对这首诗朗诵语音的推送。"为你读诗"往往请一些社会知名人士进行朗读,这就在无形中提升了传播的影响力;同时允许读者亲自参与朗读诗歌,在朗读中可以自行选择配乐方式,还可以以标签的形式书写对于诗歌的感悟,然后分享到朋友圈中。

散文方面,一些国内外经典名家是公众号散文文学的主角,如老舍、汪曾祺、林语堂、梁实秋、余秋雨、川端康成等。精致富有意蕴的语言配上精美图片,在琐碎的日常叙事中为人们提供一方闲适的净土。2012年腾讯网"大家"频道设立,其目标定位于以签约知名作者、支付高额现金稿酬和营销个人品牌的方式,打造一个专营内涵厚重的思想文化类长文的特色化平台。经过几年发展,一层闪亮灵动的文学光泽和一个具有思想内蕴的散文作者群体已出现,如叶兆言、韩少功、徐小斌、冯八飞、宁肯、祝勇、潘向黎、陆波等。微信公众号"大家"分为"往期精选""大家电台""全部作者"三个栏目。进入公众号点开"往期精选",里面每天推送五篇头条文章,内容多为述评社会现象、文化热点、历史人事。

(二)公众号上的文学热点

公众号上涵盖文学的书评、讲座、文学奖项等都属于公众号文学的一部分。例如:《小说月报》公众号在电影《黄金时代》上映、社会上掀起一股"萧红热"之际,推出由批评家、汉学家等对作家萧红及电影的评论专题,为读者提供围绕文化热点的深度思考;"北大博雅好书"公众号经常摘录当代著名学者的讲座、访谈。节庆假日时期,也成为文学热点凸显的最佳时机。比如《小说月报》公众号曾经在三八妇女节那天开展读者"最爱女作家"微信线上评选活动。读者可以通过微信平台发送最喜爱的女作家及评选理由、作品感悟给编辑,由编辑整理后以专题形式分享,并为参与读者颁发图书奖励。这些来自读者的对作品的感悟往往也带有很强的文学色彩,可视为碎片化的文学评论。

【本章小结】

网络文学的新类型主要有:网络游戏小说、网络接龙小说、超文本诗歌和多媒体诗歌、网络戏剧、博客等。短信文学中最常见的文学类型为短信诗歌和短信故事,前者可分为民谣类、古典诗词类、顺口溜类、现代抒情诗类等;后者可分为言情类、社会生活类、时政类等常见范畴。微信文学从呈现方式上简要描绘朋友圈文学和公众号文学。

【思考题】

1. 网络文学中出现了什么新的文学类型?
2. 短信诗歌的主要类型有哪些?
3. 举例说明微信朋友圈文学的特点。

第四章 网络与新媒体文学的艺术特征

【学习目标】

1. 了解网络与新媒体文学的文本形态特征。
2. 掌握网络与新媒体文学的语言特征。
3. 了解网络与新媒体文学的叙事特征。

网络与新媒体文学以网络与新媒体为载体与传播途径,在艺术形式方面呈现出了与传统出版文学迥异的文本形态、语言特征、文学题材、美学风貌等,形成了新的文学艺术特征。

第一节 网络与新媒体文学的文本形态特征

网络与新媒体文学随着网络与新媒体技术的发展而兴起,网络技术的发展以及由此带来的创作与传播高度自由、视听相结合等因素深刻影响了网络与新媒体文学的文本形态,使之表现出了诸多新的特质,如文本构成的综合性、文本结构的开放性与文本形态更新即时性等。

一、文本构成的综合性

文本构成的综合性是指文本由图片、图表、图形、动画、影像、声音、音乐等多种构成要素综合所呈现出来的特性。传统文学的文本构成主要是文字,个别类型的文学作品还包括插画、注音等。网络与新媒体文学既有传统文学的文本构成要素(如文字、插画等),又有因网络与新媒体技术的发展而带来的新的文本构成元素(如动画、影像、声音等)。文本构成的综合性是网络与新媒体技术发展的必然。这些新技术包括图像图形信息处理技术、音频处理技术、视频处理技术等。[①] 这些网络与新媒体技术使得声音、影像、文字等各要素相互结合,打破了传统文学文本表现的种种界限,有效地将声画语言、光影色彩、多重虚拟空间、表情符号在文学文本中相互调配混合,极大地调动了读者视觉、听觉、触觉甚至味觉等方面的感知能力。

新的媒体技术使得网络与新媒体文学文本呈现出五彩缤纷的面貌——有的以图文并茂的形式吸引读者,有的是借助图片、声音营造出一种新的意境来传达美的追求……文本构成的综合性不仅丰富了网络与新媒体文学的表现力,也大大地满足了广大读者的猎奇追新之心。总体说来,综合性文本分为两类:一是超文本文学,一是超媒体文学。

1. 超文本文学

超文本文学被认为是网络文学与传统文学最根本的区别之一。欧洲高能物理实验室的蒂姆·伯纳斯·李开发了超文本标识语言,在这种编程技术的支持下,超文本链入的情节不占用原情节的发展空间,将有限的文本引向了无限的空间,打破了文本之内与文本之外的界限,颠覆了传统文学文本的封闭性。这种技术大量存在于网络博文、故事空间、互动性书写、接龙小说、超小说、交换小说、超文本小说等网络与新媒体文本之中。由于超文本文学只能依托网络存在,一旦出版为纸质文本,超级链接功能便自动失效,因此有论者认为超级文本

---

① 图像图形信息处理技术能对现实世界通过数字化设备获取的图像和计算机合成的图像进行处理;音频处理技术能对时间和幅度上连续的声音信号进行采样量化、编码。

是网络技术的发展为文学带来的最具网络特色的文学新质,是网络文学优于传统文学的特别之处,是网络文学最为显著的特质。

超文本文学的创作可以追溯到美国作家迈克尔·乔伊斯,他推出了超文本小说《下午》,开头有这么几个字:"我想我可能已见到我儿子在今早死去",读者只要点击上句中的不同词语,就可以读到不同的叙述情节。超文本的内容实际上包含着两个层次:第一层是源文本。它是读者能直观所见之文,如《下午》中的那句话就是(当然大多数网络超文本的源文本并非只有一句话),而且本身就是结构完整的作品。第二层是附着于源文本之上的层层拓展出的内容,即再生文本。源文本为再生文本提供其所依附的链接点,而再生文本则为源文本提供进一步的说明或引申。两者相辅相成,并行不悖。事实上,因为网上源文本本身也是线型叙述,它跟书面文本一样,只是其中多了一些链接点而已。简单地举个例子:我们在一条大路上散步,在这条大路的两边曲曲折折地布满了许多的小路,而这条大路本身就指向了我们要去的地方。在这个例子中,这条大路就是超文本中的源文本,而这些小路就是再生文本。我们沿着不同的路径会欣赏到不同的风景,就像我们选择不同的文本会体验到不同的故事一样。超文本文学突破了传统文学一成不变的线性结构方式,代之以灵活多变的非线性结构方式。链接的节点可以在源文本中,也可以在相关链接之中,这些节点均以不同颜色或加下划线的方式显现出来,如果你不选择这些节点就可以按照传统文本的阅读方式进行单线阅读,反之如果你点击了这些节点就会别有洞天,将你带入另一个阅读空间,开启全新的阅读旅程。因此,与传统文本相比,网络超文本实际上既继承了传统文本逻辑性、完整性的优点,又具备了再度创作、想象的发展空间,作者既可纵向叙述,也可横向链接,能轻松自然地在广度概述与深度细节之间来回穿梭。同时超文本具有的开放性使得文本呈现为开放的、未完成的状态,是一个多元的文本。这样一来为读者提供了多种阅读选择,使读者的阅读更具有随机性。

2. 超媒体文学

超媒体文学是将文字媒介与符号、视频、音频等要素结合起来的新的艺术文本，其构成要件大多数情况下比较松散，可替代性比较强。这种文学文本充分吸收图、声、影、符号等审美要素，形成了对人的感觉器官的全方位开放，使人立体化地感受信息对象的艺术魅力。超媒体文学的作品根据情节和情感表达的需要，在文字文本的背景上添置动画或旁白，增强文本虚拟真实叙事的能力，有的作品用歌声、音乐、音响等听觉效果来营造故事氛围，丰富情感的感受方式，加深情感的感受程度。比如超媒体文学作品《若玫文集》，注重采用温馨典雅的图片以及轻柔舒缓的轻音乐，尽可能地传达诗的本意。后来，微信文学、QQ空间文学也广泛采用了这种表达方式。当然，不管是超文本文学还是超媒体文学，它们都显示出对文字这单一文学元素的超越，日益趋向于注重视听感的多重感官的综合，不再像传统文学文本那样依靠单一的文字这一表意工具。

二、文本结构的开放性

网络与新媒体文学文本结构的开放性主要是指突破文本与文本之外、作者与读者、阅读与反馈之间的隔绝，实现文本一体化和互动化的特点。网络与新媒体文学的开放性是随着网络时代各项技术的发展而形成的，主要体现在传播方式、生产方式、文学文本、阅读方式、文学消费使用、载体平台等方面的开放上。网络与新媒体文学在传播方式上突破了传统文学依据书籍出版传播的单一模式，将写作、编辑、审稿、校对、出版、发行等创作传播的各个环节融而为一，改变了传统文学在文本上的作者中心结构，读者可以及时参与到作品的制作当中。在超文本文学上，任何一个文本都可以通过超文本技术链接到另一个文本，存续于与其他文本的关系之中，读者甚至可以将原创文本的内容和结构按照自己的意愿发展下去。在阅读方式上，传统的纸媒阅读转向电子化阅读，读者可以在电脑、平板电脑、智能手机等媒介上多途径阅读，可以在线阅读也可以下载阅读,极大地丰富了读者的阅读方式;在载体平台上,网络与新媒体文学突破了传统载体的物质有限性,摆脱了如竹、金属、帛、石、羊皮、纸以及近代的电子工具等具体物质材料所受到的时间和空间限制,以及这种限制对文学传播和创作的影响,消除了这些物质材料所能承载的信息量的局限对文学传承和文学创作方式的可能的束缚,打破了原有物质载体的地域性、民族性、阶级性限制,向所有人开放,是一种彻底的开放。由于载体平台的开放性,进入文学领域的创作者由传统的知识分子和精英阶层延伸至平民大众,创作者日趋全民化使得各个阶层的、多元的文学理念同时存在并充分争鸣,形成了不同思想观念的文学形态共存共生的状态,这是网络与新媒体文学的重要的特征之一。具体而言,网络与新媒体文学文本结构的开放性体现在以下两个方面:一是文本与文本之外的融合;二是作者—接受者二元互生性结构形成。

从文本构成来看,超文本文学冲破了个别作品的局限,它让众多文本互联为一个大文本系统,构成一种具有流动性的开放性结构,这就构成了文本与文本之外的关联。超文本文学处于多个维面的交叉点上,向多重时空辐射和伸展,具有无限大的结构空白和读者参与创造的空间,使作品具有了多样的可能性。另外,网络与新媒体文学文本上形成作者—接受者二元互生性结构。"作者的复数化乃是网络文本互生性的主体源泉,作者间的平等性则是这种互生性的保证。成功的网络文本都是集体创作的。作者能够以读者的身份与其他读者在回帖中评价自己的作品,而网络将这个过程记录在案,这乃是网络文本的迷人之处。正是在这个过程中,完整的网络文本诞生了,所以,网络文学天然地是互生性文学"。[①]

  首先,接受者直接参与到文学创作当中,作者的写作与接受者的写作交合为互生性文本。传统文学的接受者面对的文本是预先形成的封闭、完整的系

---

① 王晓华.在现代和后现代之间——文学艺术的转型[M].哈尔滨:黑龙江人民出版社,2006:98.

统，接受者无法直接进入文学创作的原始生成过程当中。网络与新媒体文学彻底改变了传统文学这一文本生成的方式，作者在创作过程中给予了接受者极大的创作空间。如迈克尔·乔伊斯的超文本小说《下午》，叙事人彼得在开始讲述故事时说，他很可能在那天早晨看到儿子死去。他在上班的路上看到发生了一起交通事故，有一辆很像他前妻的汽车被拖走了。从汽车轮胎的痕迹上看，有人在车祸现场受了重伤或者死去。他害怕直接了解真情，便绕着弯了解到底发生什么。在读者参与选择的情况下，故事继续展开，但交通事故的场景永远弄不清楚，不断插入其他的解释、衍生其他的可能性。另外，网络与新媒体文学的某些类型（如接龙小说）也是接受者直接参与到文学创作的。网络接龙小说体现了集体智慧的结晶，每个人都能品尝到创作小说的乐趣。网络接龙小说这种开放式、互动式的写作模式，彻底摆脱了作者单一化的思维方式，为大众提供了创作机会和交流学习的平台。1997年4月，加拿大在互联网络上举办了一个"全国小说"的写作活动。来自加拿大12个省区的知名作家在12个小时内完成了一篇集体创作的小说。小说的主题是"跨国故事"。第一位作家为小说开头：一对男女主人公去夏日的海滨度假；第二位作家接过这个开头又增加了一个人物——在海边小屋旁独自补网的老头儿，游客与老人交谈；第三位作家描写男子取出支票本，开出高价，收买老头，让他说出岩洞的秘密；接下去，一位作家描写出海的场面，颇具历险的色彩；女作家苏·斯旺（Su Swan）则又添上一位"超越时空的女神"——"加拿大文学女神"；下一位作家又将故事拉回到现实之中，让男女主人公面临小艇电池用光的危险；盖尔·鲍温（Gal Bowen）为前面几位作家编造的已经有些荒诞不经的故事找到了一个合理的解释——这原来是那个男子的一场噩梦。参与类似的网络文学的创作就如同加入了一次方向多变、旅途不定、终点站不明的旅行。

其次，作者与接受者的互生关系还表现在接受者以评论、评价的方式参与文学文本的生产过程。传统文学的评论都是在文学文本生产之后形成的，且评论大多脱离于文本而存在。读者在阅读作品时通常只能看到作者创作的文本部分,看不到其他读者的评论与感想。网络与新媒体文学作品的评论与作品是共存的,读者随时可以反馈,作者也可以对读者的反馈进行再反馈,甚至还能进行在线上的面对面交流。读者的评论、评价不仅能影响到作者修改与再创作,而且反馈本身也变成了文本的一部分,成为其他读者的阅读对象。另外,作者的创作感受,包括写作当中存在的困难、对人物的认知等可以直接发布在作品的评论当中,成为读者与作者之间互相理解、互相评析、情感沟通的渠道,密切了作者与读者之间的关系,改变了传统文学创作的单方面地、线性地接受或创作。随着网络技术和网络文学的发展,文本与文本之外的关联形态,作者与读者的互生性关系等都可以随着网络与新媒体技术的发展而呈现出多种生存方式。

三、文本形态更新即时性

世界文学产生几千年来,其文体的构成比较固定,形成了诗歌、戏剧、散文、小说等主要文体,各文本的内在构成要素也相对稳定,文本形态更新缓慢。网络与新媒体文学则不一样,它由现代传媒技术催生并随着现代技术的更新换代而不断变化其文本形态,从而产生了网络与新媒体文学文本形态的第三个特征——文本形态更新即时性。

网络与新媒体文学文本更新的即时性是指网络与新媒体文学随着技术发展而时刻发生文本形态的变化所呈现出的更新换代快的特点。网络与新媒体技术发展十分迅速。美国布朗大学在 1967 年为研究及教学开发了"超文本编辑系统"(Hypertext Editing System);1987 年,迈克尔·乔伊斯在美国计算机第一届超文本会议上发表了超文本小说《下午》,因而被誉为"超文本小说的祖师爷"。20 世纪 90 年代以来,欧美网络文学日渐兴盛,产生了较大的社会影响,超文本文学也开始进入大学课堂,文学进入网络与新媒体时代。1991 年 4 月 5 日,全球第一个华语网络电子刊物《华夏文摘》在美国创刊,其后电子信息产业高速发展的中国台湾形成网络文学发展潮流，探索网络技术与文学的结合，随后，中国大陆网络文学乘势发展，形成了当前比较健康的发展态势。网络与新媒体技术经历了 Web 1.0、Web 2.0、Web 3.0 等技术代系，出现了广电传媒、网络传媒、手机传媒等基本传播类型。广电传媒主要依赖可视可听元素，其文学形态仍然是传统的评说、评书式，是单一传导的关系；网络传媒的产生，催生了网络文学，新的文学形态借助于网络传媒传播速度快与范围广、存储方便且量大、大众参与性、互动性交流等特点，对传统文学产生了极大的冲击，形成了诸如博客文学、微博文学、QQ 空间文学等新的文学类型；手机传媒通过对网络技术的融合催生了影响巨大的手机文学，比如短信文学、微信文学等。可见，每一种新的传播媒介的出现都会对文学产生直接的影响。

不仅如此，同一种传媒技术的更新换代也会影响那个时代的网络与新媒体文学文本形态。以手机文学发展为例，手机经历了模拟手机技术时代、语音数字化的 GSM2G 时代、多媒体通信为特征的 3G 时代、无线宽带的 4G 时代以及高频传播的 5G 时代。在模拟手机技术时代，手机的功能主要是通信功能。语音数字化的 GSM2G 时代，手机的图片处理、视频处理等技术还未开发，文学类型主要是短信文学，其特点是文本上以文字为主、符号为辅，颜色单调，以黑白为主，是一种较为低级的新媒体文学。进入多媒体通信为特征的 3G、4G 时代，信息技术的进步使得移动网融合互联网的深度不断加强，使集无线传播文字声音以及电视图像于一体的多媒体成为现实，而随着"三网融合"的推进，手机终端的集合处理能力也随技术的进步而不断提高，为新媒体业务在手机终端的本地应用带来广阔的发展空间，应运产生自媒体文学、微信文学等众多文学类型。这些文学类型，其文本构成大大拓展，图片、声音、颜色、视频、图表等大量介入网络与新媒体文学中，呈现出新的发展力量，每一次传播技术的重大变革总能在网络与新媒体文学文体上投下鲜明的影子。

现代传媒技术更新换代即时化决定了网络与新媒体文学更新即时性——

载体平台的持续改变、传播方式的不断创新催生了新的网络与新媒体文学类型。

第二节　网络与新媒体文学的语言特征

语言是文学的载体,是文学文本意义、审美价值和社会功能实现的基本形式。网络与新媒体文学作为一种新的文学类型反映和体现了科技和艺术结合的时代文化要求,并在与网络技术结合的过程中形成自己的特殊性。

文学大众化、平民化是五四运动以来中国文学的自主诉求,但真正使文学走向民间,使文学语言走向大众化、生活化的是网络与新媒体文学。网络与新媒体文学的无规范的写作方式,消费的通俗化、快餐化,创作的自由化等,为网络与新媒体文学语言突破传统文学"求雅"的书面语提供了条件。在40多年的发展过程中,网络与新媒体文学已经形成了风格鲜明的语言风格,其特征如下。

一、视觉化追求

网络与新媒体技术是视觉艺术与信息技术的高度融合,为网络与新媒体文学语言的视觉化追求提供了技术保障。所谓视觉化追求是指网络与新媒体文学突破了传统文学以文字为单一载体的局限,不断消解文字,消解深度,追求图像直观效应,逐渐演变为符号、图片、文字等元素共生的艺术形式。

读图时代是现代传播媒介的革命性变革的结果,视觉文化对传统的印刷文化构成了巨大的挑战,并改变了人们的思维方式,人们由依赖语言的理性思维为主逐步转变为依赖视觉的感性思维为主。不仅如此,网络与新媒体文学语言上的视觉化追求反映了艺术审美上的一种新趋向。视觉符号本身作为一种直观的信息,因其生动的形象、浅显的表意要比文字更能在短时间内吸引受众,更易被受众所把握。视觉文化的生产、传播更加快捷、广泛,它冲破了语言和文字的隔阂,打破了雅俗二元对立的文化传统,延伸了人们的认知领域,使具有不同语言文化背景的受众都能进行沟通交流,增进彼此的了解。快餐化的文化时代,当视觉化符号本身所具有的多维、动态、具象性等特点,遇上了娱乐消费的个性特征的充分表达、工作之外的压力释放等需求时,这种趋向便蔚然成风。丰富的表现方式使人们在阅读过程中摆脱了阅读文字带来的枯燥、单调、费神费力,让接受变得轻松、愉悦。当然,不可避免地消解了文字的深度。

语言特征的视觉化追求在具体文本层面上的呈现表现为四个方面:一是图像符号,二是形象化符号,三是会意式符号,四是数字符号。上述四种符号或独立或融合地呈现在网络与新媒体文学当中,产生了图文并茂的视觉化效果。

图像符号嵌入网络与新媒体文学文本是网络技术时代的重要特点,数字媒介长于筑造视觉文化,而视觉文化长于打造"图像文本"。图像符号进入文学文本经历了黑白颜色到彩色颜色两个阶段,其所传达的内在不断延伸,打破了文字作为唯一表征符号的地位,构成文本的重要组成部分,营造出不同于传统文学的审美形态,更直观、真实。网络与新媒体文学比传统文学更加直观,更加形象,催生出更丰富的阅读感受。图像符号所形成的文化,已经从影响人们的思维方式到影响人们的阅读态度。在电子媒介的视觉传播时代,"读图"胜于读文,"读屏"多于读书。

形象化符号是一种为表达情感所创造出来的具有鲜明形象认知感的符号。人们在网络交往上无法感受到对方的情绪,创造形象化符号有助于正确地表达情感,于是,在网络上出现了大量表达情感的形象化符号。网络与新媒体文学为传情达意的需要,在创作过程当中吸收这一形象化符号语言进入文本,这也是网络文学与传统文学的巨大差别之一。这些符号通过键盘上的符号和字母进行简单的组合之后妙趣横生地表现出人的情感与思想,比如:"～o～!""Y(ˆoˆ)Y""(ˇ■ˇ)～""O(∩_∩)O"等。在网络语言的表情符号中,"∩__∩"表示眼睛弯弯的笑,"(ˇ—ˇ)"表示无聊或者是很无奈,"X__X"表示很痛苦的感觉,"●_●"表示熬夜变熊猫眼。只需对其中的某个表情符号稍作改变,便又是另一番含义,网络语言的表现力之强可见一斑。如":-)"或":)"是最普通的笑脸或表示微笑,很多人聊天时都会带上这个符号,表示此时此刻他正微笑着和你聊天。":-D"表示非常高兴地张嘴大笑,而":("或":-("则表示生气。由抽象几何图形构成的符号成了表达情感的最直接的辅助方式,使枯燥的网络语言有了活力,变得生动起来。

会意符号是指用特定字符表示抽象意义的符号。如"Zzzz……"表示在睡觉的意思,"♯％＊＄！&"则是用各种无意义的符号组合在一起,多用于表示不知所云或是骂人的话。网络与新媒体文学的创作过程中经常会有使用会意符号的情况,"＄_＄"用"＄"这个金钱符号模拟眼睛表示见钱眼开,"?_?"表示疑问的意思。网络和新媒体文学语言中有时也会出现汉字或者字母,但此处的汉字只是作为象形符号出现,不与特定的音义相联系。例如,时下非常流行的"囧"和"冏"都是用来模拟人脸。这些符号弥补了传统语言文字的不足,增强了网络文学的视觉表现力。它们犹如一个个调皮的小精灵向我们挤眉弄眼,大大降低了网民阅读的疲劳感,增加了阅读的趣味性和娱乐性。

数字符号是指用数字来表达特定意义的符号。如"9494"(就是就是)、"886"(拜拜了)、"520"(我爱你)、"7474"(气死气死)、"1314"(一生一世)、"168"(一路发)等,这些数字主要依靠与汉字的谐音传达当事人所需表达的意思。

语言文学是一种抽象符号,它必须通过文字的媒介间接地诉诸人的感官。网络和新媒体文学所用的符号则通过具象符号,更为直接地诉诸人们的感官。相对于传统的印刷文字媒体而言,它提供的是一种更为直接的感官消费。视觉文化的形象直观性最能调动人们的情绪,激发人深层次的欲望。

二、娱乐追求

恶搞、搞笑、娱乐是网络与新媒体文学语言不同于传统文学语言的另一个突出特点。网络与新媒体文学言说空间的自由性、创作主体的全民化、管控的无约束性、阅读的自主性等特质为网络与新媒体文学语言的娱乐化追求提供了条件。网络创作者的写作行为并不像传统文学作者那样正式、严肃，他们的行为常常是一种随意的、休闲的方式，无须肩负传统作家的责任感与使命感。因此，它们常常以随性、恣意的文字甚至以一种偏激的写作方式来吸引读者阅读。网络文学的创作常常体现为个人的情感宣泄与释放，多用调侃式的语气来排遣、释放生活的压力，通过大胆或十分随意的语言来表达对社会、生活现状的看法，用天马行空、不拘一格的构思来描述伤感、凄美或是浪漫的故事。在这种没有强制性社会担当的创作背景下创作出来的网络文学作品自然而然地呈现为一种零碎、调侃的戏谑风格。

　　网络与新媒体文学语言的娱乐追求常常是通过搞笑、幽默、自我戏谑、调侃、颠覆等方式来实现的。从文学的起源来看，文学与人类表达和交流内心情感的需求存在着密切的关系，而"游戏说"也常常被视为文学起源的原因。网络空间的自由性也为网络与新媒体文学的游戏性发展提供了条件，没有"主流"和"中心"的牵制，创作者可以毫无忌讳地通过调侃、幽默的表达方式来打破平庸、刻板、枯燥、乏味的现实生活，对现实社会生活中的诸多无奈和无助进行自嘲、自娱。

　　网络与新媒体文学简洁明快、幽默前卫的语言给人一种新奇的感受。例如，第一部最具影响力的中文网络小说《第一次的亲密接触》的语言便典型地体现了上述特征：

　　　　如果我有一千万，我就能买一栋房子。

　　　　我有一千万吗？

　　　　没有。

　　　　所以我仍然没有房子。

如果我有翅膀,我就能飞。

我有翅膀吗?

没有。

所以我也没办法飞。

如果把整个太平洋的水倒出,也浇不熄我对你爱情的火焰。

整个太平洋的水全部倒得出吗?

不行。

所以我并不爱你。

谐音也会使文学语言变得搞笑、幽默。在网络与新媒体文学中,谐音主要有三类。

一是同音字谐音。由于大多数网民上网时惯于使用拼音输入法来录入汉字,这就不可避免地出现大量的同音字词,这些谐音经常会先显示出来,为了追求速度,网民大多没有足够的耐心去逐个地翻页寻找和选择正确的汉字,于是干脆使用谐音词代替正确的文字,例如"这样子"拼为"酱紫","我"拼写为"偶","版主"拼写为"斑竹","睡觉"拼写为"水饺"等。这些原本错误的同音汉字、谐音词在网络上火爆流行开来,并成为约定俗成的固定网络用语。

二是数字谐音。有时,有些网民为了简化汉字的输入,同时标榜个性,一些汉字往往利用阿拉伯数字的读音来表示,如"拜拜了"谐音化为"886","无聊"谐音化为"56","一生一世"谐音化为"1314","帮帮我"谐音化为"885","救救我"谐音化为"995",还有"呜呜呜呜呜"谐音化为"55555"等。在汉字的录入过程中,不管输入法是什么,都可直接在键盘上输入数字,同时录入数字比录入汉字更方便快捷。一个个不时冒出的数字在文本中跳跃,使整个文本显现出灵动、新颖、鲜活的个性特点,因此,数字谐音往往得到广大网络写手的偏爱从而被大量使用。

三是音译谐称。谐称即打趣的称呼。如用"烘焙鸡"来称呼个人主页,用

"伊妹儿"来称呼电子邮件。

在上述三类谐音中,有些成对的谐音格外有趣,如"菜鸟"和"大虾"。"菜鸟"形容一个人上网技术很差,用来比喻网络新手;"大虾",谐音自"大侠",形容网络高手。论坛是网络交际的重要载体,在这里创造出来的网络用语自然最多,最常见的非"灌水"和"潜水"莫属。中文里的"灌水"一词形象生动,一些人为了获得积分在论坛里反复留言,在回别人帖子的时候没有做出交际性的评论,只是简单地表示"同意""支持",内容与主题无关,它在论坛里是"顶"的意思,这种"灌水"往往被认为是一种垃圾留言,被很多论坛禁止。"潜水"指在论坛、聊天室等只浏览不发言的行为,这样的人好似"潜水员",永远不浮出水面。长期"潜水"会导致论坛人气不足,这样最终会被管理员取消其成员资格,但在刚刚加入某一论坛时为了了解论坛的风格和讨论的主题而短时间的"潜水"是被接受和鼓励的。当然,也有同义关系的谐称词组,如"青蛙"。"青蛙"是"请哇"的谐音,"请哇"原来的意思是很丑很差劲,让人要吐了。时间久了,这个词慢慢演化成"青蛙"了。较早诞生的谐称词是"美眉",因为恰好"美眉"这个词中有个"美"字,而眉又是女子身上最能表现其女性美的部位之一,所以"美眉"很容易让人联想到美女。久而久之,人们见到"美眉"就理解为美女的意思。这些谐称的运用,听起来妙趣横生、灵动活泼、意味深长。谐称词的使用,把网络文学的语言装点得更有表现力和张力,文本变得更加丰富多彩。随着网络进一步普及,网络文学必将更加迅猛地发展,将会产生更多的谐音词。

戏仿也是使语言幽默化、娱乐化的重要途径。戏仿一般是仿拟已有的大众熟知的诗句、词句、段落等,也是追求语言娱乐效果的一种方式。网络作者极易运用戏仿的手法营造诙谐幽默的风格,给读者留下深刻的印象。如一网虫写其女友傍了一大款而与他分手,就仿拟崔颢《黄鹤楼》中的诗句:"昔人已乘奔驰去,此地空余多情郎。"考试成绩差时的用语则是"问君能有几多愁,恰似一纸红叉卷上留"。又比如对经典广告语的摹写:"大学生的最低目标是:农妇、山泉、有点田。"

颠覆是网络与新媒体文学语言娱乐化追求的一种重要方式。所谓颠覆既可以表现为一种思维方式、表现方式的陌生化,又可以是语义、经典人物形象本身的颠覆。比如"骑白马的不一定是王子,可能是唐僧;有翅膀的不一定是天使,可能是鸟人"。经典人物形象的颠覆,比如网上广为流传的《悟空传》,其中一段:唐僧回过头去,一个绿衣的女孩笑嘻嘻站在那里……"女施主你好漂亮啊!"唐僧说。"原来你是个好色的和尚。""不是不是,只是出家人不能说谎的……因为我想活着,我不能掩藏我心中的本欲,正如我心中爱你美丽,又怎能嘴上装四大皆空。"一个全新的唐僧形象跃然纸上,其幽默、诙谐、令人捧腹。

不同于传统文学重视"文以载道"的社会教化功能,网络与新媒体文学更像是一种悦耳悦目、悦心悦意的游戏,存在的原动力就是最大限度地追求感官上及心理上的愉悦感和快感。这里的创作不再背负沉重的使命感,更像是生活的调味品和文化的消费品。创作的自由还给作者,阅读的快乐还给读者。

三、简约世俗化追求

网络与新媒体文学语言有别于传统文学的语言表述,往往追求简约、形象、直观、活泼,形成了简约世俗化的语言风格。前文已经提到,网络与新媒体文学的出身平凡,选择的是走进大众、亲近大众的道路,追求口语化、通俗化、简单化的表述,不刻意追求语言的深度。因此,网络与新媒体文学常常不需经过深入琢磨就能让人体会欣赏,没有多余的修饰,大多数情况下只是平白如话的真情流露。普通大众常用的口头俗语大量地混杂于网络与新媒体文学作品之中,读者阅读起来有一种亲切感和熟悉感,既拉近了作者与读者的距离,又拉近了文学与生活的距离。

网络文学的阅读离不开电脑,从视觉生理上看,与纸张阅读相比,电脑阅读并不利于深度阅读。电脑屏幕上发出的光线具有一定的辐射,不像自然光那样自然柔和，人的眼睛不能长久地停留在电脑文本上。正是由于这个条件的制约，不少网民没法长时间在电脑前阅读那些文本较长的作品。这就要求网络文学的语言必须倾向规范简约性发展，于是网络写手在写作过程中多用短句，放弃冗长的段落格式，力求语言简练、明快、通俗易懂。

(一)放弃冗长繁复的段落，大量使用短句

纸质的文学作品的段落大多比较冗长。其段落的内容大多根据文章的内容组织需求来决定，将相关情节归入同一段落。不管是在散文还是小说创作过程当中，总是力求在一个段落中讲述比较完整的情节或事物、场景，作品当中的每一段落少则需要几十字，多则需要数百字。而网络与新媒体文学为了使读者方便在电脑屏幕上阅读，往往在段落的设计方面进行一番较大的改变，不采用大段的形容和描述，多将长段分解成几个小段落，段中字数较少，行数也不多。一部分作品独树一帜，打破常规，干脆直接抛弃段落格式，每一行都顶格书写，看起来与诗歌无二。段与段之间多用空出来的两行进行简单划分。网络文学不仅放弃冗长繁复的段落，还在句式方面，多用短句，大多时候会把长句支解成若干短句。

(二)大量使用缩写形式

许多人在聊天的过程中，对其中的"BT""PMP"等字母的含义感到不知所云、莫名其妙。其实"PMP"是"拍马屁"的缩写，"BT"是"变态"的缩写。还有以"GG"代替"哥哥"，以"JJ"代替"姐姐"，以"MM"代替"妹妹"等，通常用汉语拼音缩写的形式表现出来。如果文本中使用到英语单词，也有特定的缩写形式，例如用"u r"代替"you are"，用"BF"代替"boy friend"，用"GF"代替"girl friend"等，直接用英文中每个单词的首个字母来代替整个单词。这些缩写形式不仅便于网络写手在创作过程当中的文字录入，更方便网民在电脑屏幕前的阅读，减轻他们在阅读过程中的疲劳感，提高其阅读的兴致与舒适度。

网络与新媒体文学从一开始就不是为"文学而文学"的。最初网民的帖子都很短，只是简单地表达自己的观点和立场，属于聊天性质。然后才开始有网民用写文章的方式在网上表达自己的思想,随着这些具有文学形态的帖子影响不断扩大,网民们发现,自己阅读的兴趣在不断增长。网络文学之所以能最大限度地满足大家的心理需求,就是因为其所秉承的网络文化的价值理念、思维模式以及由此产生的语言习惯。

作家徐坤说:"网络在线书写就是越简洁越好,越出其不意越好,写出来的话,越不像个话的样子越好。一段时间网上聊天游玩之后,我发现自己忽然之间对传统写作发生了憎恨,恨那些约定俗成的、僵死呆板的语法,恨那些苦心经营出来的词和句子,恨它们的冗长、无趣、中规中矩。整个对汉语的感觉都不对头了。我一心想颠覆和推翻既定的、我在日常工作中所必须运用的那些理论框架和书写模式,恨不能将他们全都变成双方一看就懂的、每句话的长度最多不超过十个汉字的网络语言。"[①]独创词汇、电脑术语、符号语言以及特殊修辞等独特用法的层出不穷,使网络文学产生了简约世俗的语言风格。简约除了简短、直白外还包含着新异、自由等特质。世俗除了指用语的大众化外,同样包含了很多时尚和新异的元素,在这些简短、夸张的、新奇别致的、带有世俗生活气息的表达中,我们看到了这一代人的情感愿望、思维方式以及人生价值观念。所以,网络文学语言表达的随意、自由、标新立异,从某种程度来说折射了网络写手们对世界的理解和他们无拘无束的自在心态。

网络与新媒体文学作者具有较强的创作主观性,同时具有一定的随机性和随意性,网络与新媒体文学的作者一般不会像传统作家那样特别注重词语的锤炼、句式的选择,他们较少使用冗长、复杂的长句子,多使用简单句、省略句。作品常常分出许多的段落,每个段落行数不多,语句分行表述,句子长短不一,形成简洁明快风格。

---

① 徐坤.网络是个什么东东[J].作家,2000(05).

第三节 网络与新媒体文学的叙事特征

网络与新媒体文学与传统文学的信息媒体不同,前者根植于网络的比特属性,后者根源于原子形态,这使得网络文学在承继传统文学叙事的同时开辟出一些特殊的叙事模式,比如接龙叙事、自我叙事等。拓展出一些新的叙事题材,比如玄幻、穿越小说等。形成了独特的叙事特征。

一、比特叙事

比特是英文单词"bit"的音译,它是指计算机二进制数的位,由一连串的0和1组成。计算机网络就是将所需信息转换成"比特"来进行电子化处理和传播的,因而,比特被称做计算机网络所使用的数码语言。比特是信息的最小单位,它没有颜色、重量、大小,传播迅捷,可以无限复制,没有时空障碍,没有边界。网络与新媒体文学的生成方式是电子技术化机器叙事,即网络叙事方式是一种比特,尽管网络上的创作者的叙事工具仍然是语言,呈现方式仍然是文字,但是与传统文学的印刷文字存在本体上的不同:一是网络上的语言文字是机械书写与自动转换的结合,借助的书写工具已不是"文房四宝",书写的方式是线性书写、在场书写,网络上的语言文字是一种依据键盘以及键盘所蕴含的固化模式的机械书写,并同时能够自动转换;二是印刷文字是一种叙事媒介,是进入文学文本与内容的媒介,而网络语言不只是如此,它还是一种信息方式,既有语言文字的表现现实,又有自足自主的仿真符码的作用。这两者的区别,使得网络与新媒体文学形成了自身的独特叙事性,即比特叙事,或称数码叙事。

比特叙事是一种通过网络与新媒体技术,以数字计算机处理器和输入与输出设备、控制硬件运行的指令与程序的软件为工具,利用数码语言对"事"进行编码叙事。这就宣告了与传统文学叙事媒介、叙事方式的根本性区分:第一,创作者的身份是人与计算机的共同体;第二,读者的需要可以更加有效地得以满足;第三,人人是创作的一部分,互动化极为便利;第四,文学创作的手段比特化,使作品的生成、检索、编辑、传播、阅读、保存等更有效率。在比特叙事的艺术表现上,网络与新媒体文学的具体形态主要有两类,除了我们之前提到的超文本叙事外,就是多媒体叙事。

(一)超文本叙事

超文本叙事主要是采用网络链接技术,通过在关键节点诸如字词、句子等加上特殊的标记符号,比如文字加黑、加亮、转换颜色、加下划线、变换字体等,提醒和引导读者选用阅读路径。链接的内容不能直接被读者看到,而是通过链接点的形式存在于原文本中,倘若不点击它,就仍可以沿原来单线走向,继续向下叙事情节,倘若点击它,就可以再生成一个新的空间(在网上弹出一个新的页面),叙事转向其他。新线路可能还有其他的链接点,继续依此类推,而且有的线路的结尾,常标有"回到开头"字样,只要点击之,就可以自然回转到原切入处,再尝试其他的发展。超文本这种文本中链接情节再多,也不占用原情节的发展空间,这种文本的内容实际上至少有两个层次甚至多个层次,不管其链接点链接多深,总有两个文本:一是源文本,它是直接呈现给读者的文本;二是链接后的文本,称之为再生文本。源文本为再生文本提供其所依附的链接点,再生文本则为源文本提供新的叙事。两者浑然一体,相互成就,构成了超文本的多层叙事。

超文本叙事与传统的书面线性叙事文本一样具有明显的叙事线索,只是超文本叙事是以链接点的方式呈现,而这恰恰是超文本叙事的技术上的优势,因为以这种技术为基础而开展的线性叙事使得网络文本既包含了传统文本逻辑性、深刻性的优势,又具备了广度拓展的空间,创作者既可纵向叙述,也可横向链接,能轻松自然地优游于广度概述与深度细节之间。传统文学在叙事上也可以运用插叙、倒叙等手法或多线索结构,后现代主义的"活页小说"、现代主义的"意识流小说"等的文学流派已体现多线性叙事的特点,但由于书面文本的空间维度与时间向度限制,无法完全地表现出多线性叙事的优势。加之,书面文本的空间封闭、凝固、单一,容量有限,使创作者基本上无法在传统文本中实现清晰有序地体现大容量的多线性思维状态。源文本与再生文本在空间、时间上发生冲突。一方面是再生文本的拓展严重影响源文本原有情节的延续,阻断原情节的发展。一方面是源文本因为再生文本的出现导致很难接续,并制约再生文本的发展、延伸。网络超文本技术却能使多线性叙事成为现实,超文本小说、诗歌就采用多线性叙事。

超文本叙事作为一种依据网络技术的多线性叙事,其艺术表现无疑是出色的,然而还需注意的是,超文本叙事的出现使得创作者对读者关于文学阅读的控制变得模糊。读者面对具体的源文本,有没有点击链接,点击链接次序怎样,因人而异。文本上的一切既定的程式被消解,怎样的读者,挑有怎样的选择,就有怎样的景观,读者的阅读经验、期待视野以及接受心境等不同,因而形成了无数个不同的再生文本组合。阅读的自由性、选择性大大增强,个人的文学意见、文学感受、文学鉴赏得到前所未有的尊重。

超文本叙事是一种迥异于传统文学的新的文学叙事模式,随着网络技术日新月异的发展,网络与新媒体文学作品也越来越丰富,并被一些人认为是网络文学发展的新方向。但也有人对此怀疑:"超文本文学所具有的所谓文本资源的丰富性、文本多义性和阅读开放性如果仅仅出于网上随机选择、提取或组合,或者字典辞书式的资料堆积,而不是来自独特的精神创造,那它就极可能是苍白无力的文本拼贴,由此也就不大可能产生出伟大的文学了。"[①]然而作为网络与新媒体文学最为独特的比特叙事的核心组成之一,其所展示的是未来文学形态的一种可能性,同时也是网络与新媒体文学的最为本质的叙事特征。

---

① 王一川.网络时代文学什么是不能少的[J].大家.2000(3).

（二）多媒体叙事

如果说超文本叙事是网络与新媒体文学一种新的文学形式，那么多媒体叙事并不拥有绝对的独特叙事属性，虽然多媒体叙事同等地依托网络与新媒体技术。多媒体叙事是指网络与新媒体文学在叙事上依托文字这一媒体外，还充分将声音、动画、图片等通过数码技术、电子技术、多媒体技术有机地任意组合到文本中，并充当叙事的方式，最终形成复合符号的多媒体文本。传统文学主要依靠文字这一单媒体进行叙事，读者主要也是通过文字来进行艺术想象，感受文学艺术的魅力，网络与新媒体文学在文字这一媒体之外，还通过声音、动画、图片等多媒体手段展开叙事，从艺术感受上形成了声色胜景的多媒体叙事。

文学是语言的艺术，传统文学由于文字符号的单一使用性，在叙事上完全依托文字来展开情节、调整叙事视角等。当然传统文学在文字之外，还借助插图等呈现文本，使文本具有多样性，读者可借助插图而更好地理解文本。清代《红楼梦》便有多种带绣像式和故事情节式的插图版本问世，近代丁聪等著名插画家更是创作了多种插图版文学作品，以丰富作品的呈现方式。然而，这些插图版传统文学作品并没有改变文学的叙事，更多的是一种锦上添花，而且都是静态呈现，无法融入动画、声音等动态式叙事手段。网络与新媒体技术的发展，使得文字、声音、动画、图片的静态和动态相结合，形成多元化统合的多媒体文本，多媒体叙事也便同时得以生成。

多媒体叙事在文本的具体呈现上，表现为两种模式。一种是依照传统文学插图版文学作品的作用进行延伸，形成一个静态和动态相统合的多媒体文本，这种多媒体文本以文字为基础，整合了音乐、绘画等多种艺术门类，形成可视、可听、可感的综合性文本。如依据唐代张若虚《春江花月夜》制作的电子版本，在欣赏中伴随着江南丝竹乐以及画面，在音乐与画面中进入一种设定想象的艺术境界；如20世纪90年代网友制作的具有纪念性意义的《若玫文集》，作品内容全都是诗文,配上古色古香的图片,配着缠绵温柔的背景音乐,是诗、画、音乐的统合展示。另一种是声音、动画、图片等多媒体材料既是文本的内容,又是文本叙事的推力,推动着叙事的发展。这是一种更加纯粹的多媒体叙事,其所承担的是叙事的作用,是过程而不是结果。比如黑可可创作的多媒体小说《晃动的生活》,其被称为网上的电影式的文学。作者根据情节和情感表达的需要,常在文本的叙述中配以画面、动画设计、歌声、箫声、音乐等,从而使读者全方位感受小说主人公动人的情感故事。

当然,多媒体叙事在推进作品叙事的过程中并非是完美的,有学者指出"多种媒体的通道有时会相互干扰和妨碍,表现方式过于具体、形象,难于找到想象力挥洒的空间"①。多媒体叙事的确带来了全新的叙事手段,并丰富着文本的呈现与表述方式,但是也不可避免地破坏了纯文字叙事那种独处、沉静,显得喧宾夺主,热闹非凡。然而,必须得认识到,这是一种全新的叙事方式,其探索的空间还远未静止。

二、特殊的叙事模式

从纯粹的定义来看,叙事模式(narrative mode)是指在叙事作品中用于创造出一个故事传达者(即叙述者)形象的一套技巧和文字手段。网络与新媒体文学受其传播方式与接收对象等因素的影响,呈现出了迥异于传统文学的叙事模式。

(一)接龙体叙事模式

接龙体叙事根源于网络与新媒体媒介的游戏性特征,是一种大众参与、游戏性强、共同完成的首尾相衔接的叙事模式,主要有接龙体小说、接龙体诗歌。在中国古代,文人们有一起喝酒行酒令、作顶真诗的文字接龙游戏。

---

① 金振邦.网络文学新世纪文学的裂变[J].东北师大学报.2001(1).

如前所述，1997年，加拿大开始了一场最早的网络接龙。他们在互联网上举办了一个"全国小说"的写作活动，12位知名作家在12小时之内完成了一个叫"跨国故事"的接龙小说。另一次接龙小说创作活动来自美国的网上文学实验。这次网络小说的写作活动由著名的网上书店亚马逊公司主持，著名作家约翰·厄普代克（John Updike）与另外44名作家一起在网上合作完成了题为"故事由谋杀开始"的小说。中国也有一次这方面的尝试。1999年1月，新浪网与《中华工商时报》联合举办了为期一年的接龙小说活动，题目为《网上跑过斑点狗》，总共6万字。现在设有接龙作品栏目的文学网站已有很多，如"亿接龙""榕树下""文学咖啡屋"等。在接龙体叙事中，作者不是某一个人、封闭的、固定的，而是多个人、变动的、开放的，也使网络文学的主体显得更加复杂，从而更具有一种游戏的特色。

接龙体叙事是一种写作方式的实验，打破了传统文学作家一人独立完成的写作方式，还在叙事视角方面进行了有效的探索。这种叙事方式并不是当前的叙事主流，却是网络与新媒体文学叙事上的变化：由个体转向集体，由读者转向参与者，每个人都是创作者也是欣赏者，最终所呈现的是多种版本文本，各自生存着。

（二）无厘头叙事模式

无厘头是广东方言中的俚语，指某人说话做事都不合常理，不按规律出牌，让人难以理解。原始旨意上来看，无厘头应该是贬义的，然而近年来无厘头之风盛行，愈演愈烈，其词义也摇身一变含有嘲讽、戏说的意思，成为一种先锋话语。这种带有戏说成分的无厘头语言与网络语言的狂欢化、大众化和世俗化一相碰撞，简直如鱼得水，成为网络中特有的风景，甚至演绎成为一种独具特色的无厘头文化。关于无厘头文化，在网络上有着这样的解释："无厘头文化应属于后现代文化之一脉，及时行乐、无深度表现、破坏秩序、离析正统等，无不可以在无厘头电影中读出，无厘头的语言或行为实质上有着深刻的社会内涵，透过其嬉戏、调侃、玩世不恭的表象，直接触及事物的本质。"①

无厘头叙事模式是指通过人物无厘头的态度、行为、语言等手段表达认同凡俗和讥嘲神圣的叙事模式。巴赫金把民间对神圣的嘲讽称之为"贬低化"，当然这种贬低并不含贬义，主要是指物质化、世俗化和人间化。比如前些年流行的戏说三国，一场场政治纷争被赋予颠覆性的艺术内涵，使得呈现在读者面前的人物没有了原著中人性的崇高与伟大，而是充满小人物的恶劣与可笑，在这种恶劣与可笑的背后展示着更为深刻的人性内涵。

无厘头叙事风格主要体现在语言、行为、态度上，比如《悟空传》。小说《悟空传》源于古典名著《西游记》和现代香港电影《大话西游》。小说借用前者的人物关系与渊源，提取后者无厘头的叙事方式和语言，以古代西游人物演绎现代西游情节，表现现代人的思维模式和观念，是典型的无厘头叙事。《悟空传》深度挖掘原著中较为单薄的人物形象，展示给读者的是有血有肉的丰满人物，诠释的是现代人的精神世界。其叙事善于从小人物的视点以自我化的眼光观察事物，语言充满调侃、戏谑、荒谬与夸张。《悟空传》揭示了现代人在没有神话、拒绝英雄的时代才有的矛盾冲突、不安心理等诸多方面的心灵困惑。对于这些心灵困惑，文本给予的答案便是解构，它认为事物的意义不是已然如此的，而是在不断更新的过程中逐渐形成的。从内容上看，网络文学的这种无厘头叙事更多直指现代社会意识形态的异化，从而瓦解那些不断强加给人们并且不断压抑控制人们的核心话语，在这种解构的过程中使人们获得自身的解放。在《悟空传》中也表现了一些现代性主题如困惑、使命，在某种程度上可以说是对传统著作的超越。这个故事虽然只是一个神话故事，但其整个叙事却显得很真实、也很具有人情味儿，符合现代人的心理特点和审美期待。

---

① 高少星.万兴明.无厘头啊无厘头[M].北京:中国电影出版社,2002:01.

（三）自我化叙事模式

网络与新媒体文学另外一种被全新运用的叙事方式是自我化叙事。所谓自我化叙事，就是指在整个叙述过程中放任自然，作者完全融入叙事者，甚至可以说创作者就是在叙述自己故事的叙事模式。自我叙事主要要求作者创作时多采用自我化的眼光，从自我出发。当然，自我化叙事也可以从传统文学寻找到一种根源，特别是传统文学中使用第一人称叙事视角的文学作品。

自我化叙事模式是网络与新媒体创作者自由、开放的结果，也是现代社会人的自我意识觉醒的一种文学上的表现。在网络与新媒体小说《成都，今夜请将我遗忘》中，有以下一段话："回家后我给自己泡了壶茶，开始盘算怎样做赵悦的思想工作。首先我应该向她承认错误，在心里设计台词：'是我不对，我不该发脾气。你说的对，不就是一顿饭吗？没有什么大不了的。再说，我还可以给你打包嘛。'顺便说说花的事，想到这里有点心痛那三百多块钱。赵悦听了肯定感动，然后我就应该趁热打铁，提出本次访谈的主题宽容、克制、理解。在策略上，以攻心为主，重点进行鼓励表扬，捎带着来点批评教育，不到紧要关头绝不瞪眼骂娘。"这一段话完全从自我进行叙事，思考问题、言说的视角都是自我化的。在网络与新媒体文学叙事当中，创作者已经从传统文学所承担的沉重的社会责任中解脱出来，关注自我，言说自我成为他们的核心。

总之，不同于传统文学表达的单一性、封闭性，网络与新媒体文学从一开始便显现出表达的自由性、互动性、开放性，这促使创作者的叙述欲望得到完全彻底的释放，在叙事上呈现出"众声喧哗"的叙事形态、叙事模式、叙事题材等，形成了完全不同于传统文学叙事的新的叙事方式。

【本章小结】

网络与新媒体文学的文本形态具有文本构成的综合性、文本语体的泛化等基本特征。网络与新媒体文学的语言追求视觉化效果、娱乐轻松风格、简约直白、幽默世俗。在叙事模式上,有接龙体叙事模式、无厘头叙事模式、自我化叙事模式等。

【思考题】

1. 网络与新媒体文学的文本形态特征是什么?
2. 结合一些例子,简述网络与新媒体文学语言的基本特征。
3. 网络与新媒体文学的核心叙事特征是什么?

第五章 网络与新媒体文学的生产、传播与接收

【学习目标】

1. 了解网络与新媒体文学的生产特征。
2. 掌握网络与新媒体文学的传播方式与特征。
3. 理解网络与新媒体文学对接受主体心理的影响。

网络与新媒体文学犹如信息时代的一匹"黑马"在文学的天地尽情驰骋。其发展如燎原之势在中国席卷开来。面对这些,我们不由得要问:网络文学何以有如此的魅力吸引了中国数以万计的网民——有人愿写,有人愿看,甚至不惜掏腰包花钱付费在网上看?这是一个值得研究的问题。

信息技术及其传媒载体的迅速普及和数量庞大的文学网民,让时下网络与新媒体文学的读者规模、写手阵营和原创作品数量,均以令人惊叹的巨大增幅涌向文坛,形成了文学史上从未有过的文学奇观。传统艺术范式的文学与新生的网络媒介相交融而形成的技术引擎,势必推动中国当代文学形态转型,生成一种新的文学范式——"网络与新媒体文学"。这一文学范式,在其生产、传播与接收这一完整的文学传播链条上,有着与传播文学文本的高度统一性,也有着新的特征与发展。

第一节 网络与新媒体文学的创作与生产

1990年以来,随着市场经济的全面推进,新兴媒介如互联网的产生使文学

生产方式获得了解放,也使文学形态更加丰富多彩。高雅文学、通俗文学,以及各种媒体形态的文学等,共同组成了多色调的、斑斓的文学图景,其中最引人注目的莫过于网络与新媒体文学的出现。网络文学发展至今20多年时间,取得了令人瞩目的成绩。网络文学的异军突起,为文学的商业化和产业化发展做了最充分的注释。

随着各文学网站的相继成立,形成了激烈的市场竞争。各文学网站纷纷推行自己的付费阅读模式,竞争的焦点放在VIP制度的推行上。以"起点中文"网为例,为提高网站竞争力,2004年推出新版的VIP阅读器,提高稿酬标准。优厚的稿酬使得"起点中文"在当时国内几大具有竞争力的文学网站中占据优势,无论是在流量还是VIP会员人数上,"起点中文"已远远拉开了与其他网站的差距。但是面对其他几家文学网站的强势竞争,"起点中文"网所面临的资金短缺的问题也越来越突出。

就在此时候,大资本开始介入了文学网站的经营。2004年10月,总部设于上海的盛大公司,收购了"起点中文"网。继而盛大公司斥资数亿元收购了"红袖添香网""言情小说吧""晋江文学城""榕树下""小说阅读网""潇湘书院"等原创文学网站以及"天方听书网"和"悦读网"等。2008年,盛大公司正式成立了盛大文学有限公司,凭借雄厚的资本,实现了对国内网络文学的垄断,目前盛大文学占据国内网络文学市场份额的85%以上。资本作为文学的推手,加速了网络文学的商业化和产业化的进程。

除盛大文学有限公司经营的网络文学外,另一大资本后来居上,迅速占据数字阅读的霸主地位,这就是中国移动手机阅读基地。伴随手机阅读用户数量的迅速增长,手机文学出版成为继纸质出版和数字出版之后的又一极具优势和潜力的出版产业。中国移动手机阅读基地根据自身行业优势,创建了一种新的运营模式。这种模式以移动通信网络为主要信息传输通道,由运营商为主导,为用户提供一点接入的全网服务。中国移动手机阅读基地作为运营商,与国内多家内容合作伙伴合作,中国移动公司和内容合作伙伴(包括内容提供商、内容运营支撑方)按照一定比例分成。从出版产业发展来说,由移动通信运营商为主导建立的手机出版产业链,对整个手机出版的产业格局产生了重要的影响。

盛大文学和中国移动手机阅读基地对文学的资本投入,表明文学与资本已进入紧密结合的时代。文学与资本结合使文学在商业化基础上又向前跨出一大步,进入了产业化发展时期。从在线阅读付费到全版权运营,盛大文学走的无非就是一条资本扩张之路,同时也是文学产业化发展之路。所谓产业化,首先,表现在文学生产的规模上。盛大文学每年生产的原创文学数量巨大,在盛大文学的生产线上文学产品仿佛是机械制造一样,可以源源不断地产出,且所有产品都被类型化为特定的模式。其次,产业化还反映在文学产业链的拓展方面,作为产业链中的基础环节,原创文学在线阅读业务收入仅占盛大文学营收1/4的份额,其经济效益并不突出,似乎透视出文学自身在产业化运作中的地位大有随着产业链的扩展以及影视、游戏的兴盛而逐渐式微的趋势。或许正因为此,盛大文学才积极开展全版权运营业务。文学产业化一方面为资本运营开辟渠道,另一方面,也改变了文学生产的方式,使当下的文学生产具有突出的时代特征。

商业化和产业化是网络与新媒体文学在时代背景下的创作和生产特征,可从以下两方面更为具体地予以把握。

一、文学体制由政治化走向资本化

传统文学的生产方式中,最基本的范型就是政治体制模式:文学机构、作家甚至文学出版都是在体制内进行,由国家进行控制管理和监督。这种模式保证了思想文化领域的秩序化。网络文学产生之后,以市场为核心的机制形成,资本进入市场,便开始展现出追逐利润的本性。在以作品点击量、浏览下载量为评价标准的同时,文学生产采用了与生产商品同样的价值尺度,出版发行商从商品的价值实现来考虑资本运作,投资更具市场潜力的文学读物。代之而起的通俗文学和亚文学因大众文化时代的到来更具有商业价值,自然受到资本的青睐,读者也由于代表市场而受到更高的重视。网络文学甚至可以被改编成网络游戏,以获取可观的版权增值收入。例如,2009年7月,盛大文学旗下两家公司将网络小说《盘龙》同时改编为三大类型游戏,从而获得巨大经济收益。为了追逐更高的点击率,获取利益,作家尽可能迎合读者的口味写作,对市场的依赖性加强,这导致其网络文学作品的媚俗化。同时,市场商业的主导也让文学从体制的过分约束中予以解脱,相对程度上加强了文学的民主与平等。

二、文学创作由面向自我走向面向读者

文学的创作,作为文学生产最初始的环节,在网络文学的背景下,也经历了从自我定位到价值选择的多重转变。传统文学创作中,文学创作者都担当着社会的精英阶层,践行真理,实现真善美的统一。作家的地位处于社会金字塔的顶端,为普通大众传授精神价值。他们的创作以高尚的态度,尖锐的批评,激烈的热情,在精神世界探寻人世的价值,创造人类诗意的栖居环境。而网络文学,其突出的商业资本性,将文学生产纳入市场,产业化的格局使文学生产者的定位与选择发生了改变。"作家"不再是可而望不可即的精英阶层,不再只有曲高和寡的姿态,为了追求产业化的利益,他们开始以"雇佣写手"的身份出现,成为产业链条中的劳动生产者。在市场上,网络编辑和书商控制着文学生产者的选择,包括作品的定位与内容、包装与发行,等等。文学创作不再只是单纯的自我对世界、人生的思考,文学创作者必须明白读者需要什么,于是"偶像派"作家开始层出不穷,各种先锋噱头遍布各大文学网站。这种转变固然为文学生产带来了巨大的张力,刺激了文学市场的繁荣,但是文学创造者过分低俗化,也使艺术与生活的界限变得模糊。

网络与新媒体把众多作家与文学爱好者裹挟到了一个网络时代,为他们提供了一个新兴的、更为有效的传播媒介。网络的兴盛为写手的写作提供了极大的便利,至少为他们进入出版商的视野找到了一条捷径。新时期的写手们,再也不用像传统作家那样抱着作品为其发表而发愁了。只要作品在网上享有盛名,被出版商发现只不过是时间早晚问题。当纸质媒体和网络配合的时候,文学不可避免地走向商业化。但主要以年轻人为主的有限受众,又决定了网络还不足以独立承担起发现文学新人和传播优秀文学作品的责任,它必须与各种传媒、出版社、文学期刊等一起共同构建文学的传播机制,并在其中担当重要的角色。

更微观的分析,从作者角度来看,网络与新媒体文学的创作个性鲜明。在传统文学创作中,作家为了完成一部文学作品,往往是费尽心机,饱受煎熬。网络文学的创作是一种对心意的直接书写,作者面对屏幕,敲击键盘,将写作变成了一种乐此不疲的趣事。在传统的文学创作中,文学构思属于完全个人的行为,作家从自己的生活出发,发挥想象力,进行文学作品的创作。网络文学基于其特有的技术平台,使文学由个人的创作变为集体的书写。这个集体书写可以是网络作家写好之后上传修改,也可以是在创作过程之中,接受读者的评价,根据有效的评价和鼓励对自己的作品进行相应的调整。网络的发展,也使得文字、图像、声音等各种信息的结合成为可能。另外,超文本的文学创作也逐渐成为网络文学创作的一部分。每一个符号都是一个巨大的故事,凭借鼠标的点击,读者就可以进入一个又一个不同的世界。文本不再被确定,读者可以轻松自在地跟随自己进行阅读。

从内容角度来看,网络与新媒体文学的生产更平实。网络文学的内容以反映爱情生活、心情故事、校园生活等内容居多,写作、发表、传播、阅读等各个环节都是在线的文学活动。网络文学的作者,呈现出平民化的特点,谁都可以在网上涂鸦,甚至可以说是"人人都可以成为作家"。从网络文学的创作过程来看,一般是把文字与视频、音频结合起来制作成多媒体、超文本链接式作品,作品不会定格,发表之后,评论接踵而来,甚至出现了由作家与网民共同续写的接龙式作品。

传统文学的意义主要体现在维护统治阶级利益,教化人性,尤其是对经典的解释,更是高高在上地对社会道德和文化进行说教。网络文学将"文学性"进行了偏移性的回归,其基本特征是通过对传统经典语句的模仿、打乱、戏弄和颠覆,百无禁忌地说出自己想说的,获取那种畅所欲言的快感。不管是对人物形象的塑造还是在话语方式上,网络文学作品几乎都是将经典中的人物平民化,关注小人物、小角色,将口语、俗语与书面语言进行对比,唤醒人们对于现实生活的领悟,让文学脚踏实地地回归老百姓生活。网络文学作品在情节设计上,常常采用荒诞不经的手法,让人忍俊不禁。《陋室铭》是唐代铭文经典,为刘禹锡所作。在新媒体传播方式下,网友对这一经典作品进行改写。《微信铭》《交友铭》《老人铭》等当代版《陋室铭》系列刷爆了朋友圈。这些作品反映普通人的生活细节,蕴含当代人的生活感悟,如《微信铭》:"路不怕远,有网则近。友不悲疏,有言则亲。斯是微信,任君纵横。消息走千里,杂帖转万群。欢聚无饮宴,畅叙有幽情。可以传语音,通视频。无欠费之愁苦,无延时之揪心。彩屏装世界,锦袖藏乾坤。尚书云:何微之有?"这种由媒介、受众共同介入和推动的写作特性,使得格局宏大、主题严肃的传统作品越来越罕见,但这些小而新的作品,会像碎片一样拼凑出时代的全貌。

因此,不难看出,相对于传统文学而言,网络与新媒体文学在创作和生产方面,对于商业化和产业化的拓展,有着更为突出的特征。

第二节 网络与新媒体文学的传播

如果说网络文学是对作者发表、出版权的解放,实现了"每个人都是艺术家"的平民梦想,那么关于表现形式方面的各种实验,就可以说是写手们超越现实与自我愿望的一种发泄和表达。在这众多的网民中,有的在为生活四处奔波,有的在为未来积极地筹划。生活的快节奏,使人们的生活重心发生了转移,不断涌入的外来思潮也影响着人们的思想观念,因而精英文学不再是社会唯一的代言人,其精英地位渐渐受到冲击。人们更多需要的是可供轻松消遣的大众文学。由此便出现了民间大众的喜剧风格逐渐消解取代政教合一、革命意识形态的崇高风格,慵散的享乐与世俗幸福感成为大众消费文化的基调这一趋势。网络文学正是清醒地意识到了这一点,并恰好满足了人们的这一需求。它根据网民的喜好或者说网民的审美情趣创作出了大量的反映爱情生活、心情故事、校园生活、魔幻世界等的作品,让人们借以娱乐、消遣、回味,或是憧憬以逃避现实生活中的种种压力。有需求就有市场,只要读者喜欢,就会有成批量的作品问世。这正如痞子蔡的《第一次的亲密接触》一炮走红,而后出现了"第二次、第三次、第 n 次的亲密接触",而这种让人啼笑皆非的作品的出现,无不说明网络文学的成长与读者需求的紧密联系。

由于网络的极度开放性和受众的多层次感进一步扩大,网络作家的创作趣味向媚俗和"媚雅"两个方向发展。网络与新媒体文学为迎合读者的口味,一方面,继续在言情、侠义、恐怖幻想等传统的休闲文学中求发展;另一方面,也不乏一些佼佼者希望提高自身作品的价值。跻身主流话语的渴望使他们开始在文本上下功夫,而不仅是以新奇、紧张的情节取悦读者。如安妮宝贝的作品表现奇异的恋情、隐蔽心理、瞬间的感悟等,充满了灵性的流露和智慧的闪光。而今,网络与新媒体文学已不再仅仅喧嚣于网络,其创作主体与受众、市场、评论界都已经形成了彼此互动的关系,是一片自由而广阔的天地。

传播形式由纸质化走向网络化,是网络与新媒体文学当前最为重要的外在特征。媒介载体的变革总会给文学生产方式带来巨大的变化,网络的兴起是对纸质文化的颠覆性转变。无论是纸质之前的原始载体还是纸质载体,都存在一个可感可触摸的物体。网络文学写作的电子载体则不同,电脑屏幕是它外在的形式,它真正的载体是磁盘上的电子数据。这是一个虚拟化的世界,作者、文本、读者就是在这样一个虚拟世界里进行沟通与交流。相比较而言,网络化技术平台上的文学有着其无可比拟的优势。纸质媒介以书籍和报纸杂志为主,这种物质上的属性决定了信息传达的平面与静态性,传播范围与容量有限,速度较之而言比较慢,而且对文学作品的读者素质要求较高,受到较大的限制。而在以网络为代表的新媒介中,能进行多方位的信息传播,容量较大,传播速度相对而言也比较快,读者能从视觉、听觉方面进行接收与互动,对文化及认知能力要求较低,极大地符合了产业化时代的快捷便利与市场的要求。

新媒体时代,人类所有的网络行为都可以被数据化,而这些数据又能完全被收集、存储、交换和分析。人们在不经意之间产生的数据总量大到我们难以想象的程度。据有关研究报告,我国数据总量正在以年均50%的速度增长,预计到2020年将占全球21%,一个大规模生产、分享和应用数据的崭新时代正在到来。网络与新媒体文学在发展过程之中当然也生产了大规模的数据,这些数据对网络与新媒体文学意味着什么呢?

以PC和移动终端为主要载体的网络与新媒体文学产生巨大的相关信息数据库,比如新媒体小说阅读量排行榜、新媒体作家数据库、读者阅读时间和习惯、哪些文学章节被反复阅读等。与此同时,因为网络媒介的公开性和"无门槛"标准,网络与新媒体文学的阅读者和创作者数量达到了文学史上前所未有的奇迹。通过中国互联网网络信息中心最新的报告,截止到2017年6月末,网络文学网站用户已增加到3.52亿人次。这表明有过半网民都是网络文学读者。这样大规模的用户群保证了巨大的数据量,也使文学网站拥有了所有与网络文学相关的数据。网络文学带来的巨大经济效益成为对网络文学进行大数据分析的资本基础和动力。

盛大文学董事长邱文友认为,事实上国内文学网站在10年前就在运用大数据思维了:文学网站上有200多万名作家,700多万部作品,怎么在茫茫作家之海中找出下一个唐家三少？靠数据分析。此外，在网络连载过程中，作家跟读者之间有互动，这些信息也是有用的，比如作家本想让甲娶乙，可是绝大部分读者希望甲娶丙，这时候作家可以选择，是按原来思路，还是按小说可能延伸的商业价值去改写结局？所有决策的因素、动机和方式，也是需要进行数据分析。

在印刷时代早期，能够读懂文字的人较少，而能够进行文字创作的人更少。于是，大部分读者在媒介变化之中让渡出了文学话语权，失去了"二次创作"的权力。在这种媒介变迁下，即从声音媒介到文字媒介，再到纸质印刷媒介的过程中，作者和读者逐渐处于二元对立的间隔之中。作者与读者之间的间隔，将读者限制在静止和严肃的阅读状态中，不仅不能进入能指的迷宫内享受文本的愉悦，而且除了接受或拒绝文本的可能性外没有任何其他的选择。在传统纸质媒介时代，传播形式类似于"皮下注射论"一样单向、有效和毫无阻拦地影响读者。读者对作者作品的反馈形式主要有两种：一是专业阅读者或者专业书评人在阅读作品之后，通过纸媒发表相关评论文章；二是当阅读进入商业时代之中，读者通过购买的选择性来反馈作品在大众之中的受欢迎程度。

然而，随着网络媒介的崛起，网络与新媒体文学的创作和阅读颠覆了这种二元结构。读者与作者可以平等参与文本创作，读者可以随时随地通过跟帖、转帖、戏仿甚至小说接龙等形式在文本之中凸显其话语权。作者的内涵从传统型的个体创作者转变为以作者为起点、网络读者集体创作的概念。在这个过程中，作者从绝对高高在上的主体，到作为自己作品的第一个读者对作品进行修改，再到逐渐关注读者的感受、根据读者的喜好斟酌性地调整自己的创作，最后到新媒体阶段作者与读者之间交互性逐渐加强，甚至作者把自己的创作权让给读者；读者也不再是以前沉默的、被动的阅读者，而成为对文本有着积极建构的主体。网络媒介的快捷、平等和自由的特性，使得文学创作者和读者之间的互动性前所未有：作者的品位培养着读者，读者的审美塑造着作者。网络与新媒体文学使得作者与读者之间存在着极大的"双重肯定"，作为文学活动的总体乃是对作者和读者的自由的双重肯定;读者的自由通过作品得到承认,而作者的自由也在读者的阅读中被肯定。阅读活动同时肯定了作者和读者的自由,因而构成了整个文学活动必不可少的重要环节。这种肯定还能随时传递给对方,使得整个文学活动在一种"热血"状态下完成。

当文学从新媒体之中升级到大数据时代时,作者与读者的关系在真正意义上返回到原始诗歌所拥有的二者混融状态。传统意义上的读者和作者在作品中的合一与大数据时代的网络与新媒体文学创作十分接近,因此,我们将大数据时代的作者与读者关系称为"再混融化"。

大数据让网络与新媒体文学回到"去作者化"的共在混融状态:在传统声音媒介时代,读者与作者共同创作、修改诗歌;到了纸质媒介时代,作者的地位上升;在网络与新媒体文学时代,读者可以对作家进行积极主动的反馈,但这种反馈呈现出信息零碎化、评价随性化以及无法把握其地域、身份、族裔的不完整状态;到了大数据时代,网络与新媒体文学借鉴《纸牌屋》的数据挖掘模式,可以对读者信息进行全数据收集整理,以最大的吸引力呈现一个文本(其中包括一种可能性,即同一个故事开头,针对不同人群有不同的故事演进和情节,乃至人物设置)。

大数据带来的"链接"包含两个层面:第一个层面是受众对作品的评价和喜好可以通过新媒体即时反馈给作者和内容生产者,从而使其调整作品的内容和形式;第二个层面是通过大数据汇集用户在新媒体上阅读作品过程之中所产生的数据,比如多少读者读到哪一页放弃了阅读,哪些读者对小说中的哪些角色感兴趣,阅读时嵌入什么样的视听材料更有助于提高文本的阅读兴趣等;最后,通过大数据分析,寻找到受众的真正审美情趣和需求,从而提供更符合其口味的作品。

因此,在这种意义上,大数据时代带来了艺术创作者与接受者之间的审美合一。但是大数据时代造就的作者与读者的混融与原初诗歌中二者的混融内涵不同。原初诗歌时期，创作者与阅读者（传播者）是通过感性的、游戏的和个性化的方式在作品中交汇在一起的，作品的审美趣味代表的是小范围部落的选择。大数据时代，通过全数据挖掘，作者与读者之间的混融是通过理性数据分析达成的，它试图通过艺术图像与数据分析的结合构建人类的普遍性审美，这种审美是一种平均意义上的审美，类似于科学家通过合成肖像法绘制的"平均相貌"。

无论如何，大数据时代给网络与新媒体文学研究带来一种新实证研究路径。迈阿尔[①]认为，文学的实证研究像灰姑娘一样总是被人们忽视或反对，早晚会有一天，实证研究将统领整个文化研究领域。人们会通过实证来研究理论观念，反思文学的本质和文化地位。网络技术的发达与网络与新媒体文学的繁荣促成了大数据分析对于网络与新媒体文学的数据实证性研究。

因此，不难看出，相对于传统文学而言，网络与新媒体文学在传播方面，对于大数据工具及其应用场景的挖掘，有着更为突出的特征。

第三节　网络与新媒体文学的消费与接受

随着文学网站、个人主页、电子文学刊物的出现，网络文学得以蓬勃发展，"网络文学"渐渐成为人们关注的文学现象，其兴起的背景包容着时代和文化色彩，同时也与姚斯（Hans Robert Jauss）的"接受美学"的观点有着惊人的吻合。

以姚斯为代表的"接受美学"酝酿、出现于20世纪60年代末期，鼎盛于20世纪70年代到80年代前半期。"接受美学""既不是美学中美的本质或美感一般形式的研究，也不是文艺理论的鉴赏批评研究，而是以现象学和解释学为其

---

① David S. Miall. On the necessity of empirical studies of literary reading. Frame[J]. Utrecht Journal of Literary Theory. 2000(43-59).

理论基础,以读者的文学接受为旨归,研究读者对作品接受过程中的一系列因素和规律的方法论体系"。"接受美学"的一个基本观点是,文学作品的历史生命存在于历代读者的阅读与接受中。古典作品是在历代读者的接受、反应、评价中获得其每一时代的"当代的存在"即现实的生命的。同样,古典作品的思想艺术价值也不是恒定不变,而是随着历代读者的接受状况而变化的。因为价值总是相对于主体需求而言,它是主客体间的一种需求与满足需求的关系。

从中国的网民构成来看,绝大多数是40岁以下的年轻一族。而且目前文学类网站数目庞大,形式也是多种多样,在搜索引擎"百度"输入"中国文学"这样的字段,起码可以有上千万个相关网页,网民的数量也是非常庞大的数字。众多的网民主要是青少年。这么多的网站和网民,他们的整个状态是和网络共生的,就是说他们是和网络同时成长起来的,他们没有主流媒体这个概念,他们认为网络就是主流。他们不关心,也不想知道中国的文学期刊。因此,这批人最大的特点就是和网络共生,网络就是他们的家。在他们的心目中,网络就是主流媒体,他们很少关注传统媒体,也很少关心文学的社会价值。因此,他们的写作状态基于其自身生活观念改变而发生了变化,世界观、人生观与上一代人出现了明显的断裂。但他们也具有自己的优势——他们完全摆脱了某种束缚,进入了文学的自由天空。

"接受美学"还认为,不只是文学作品历史地、社会性地决定着读者;同样,读者也反过来支配、造就了作者和作品。伊瑟尔(Israel)在《读者作为小说结构的重要部分》中就这样说:"在文学作品的写作过程中,作者头脑里始终有一个'隐在的读者',写作过程便是向这个隐在的读者叙述故事并与其对话的过程。"安妮宝贝、李寻欢、俞白眉、沙子和邢育森等作家在网络上都享有盛名,俨然是令数万人痴迷不已的网络红人。他们的作品不单纯以文字,还以声音以及其他视觉效果为表达方式在网上发布,数以万计的网民纷纷跟帖,有支持,有批评,有建议,而作者便根据这些决定作品的走向,有的甚至不惜改变原有的思路以赢得更多网民的支持,颇具有交流和互动性。这诚如姚斯所强调的那样:"在作者、作品和读者的三角形中,读者绝不是被动部分,绝不仅仅是反应连锁,而是一个形成历史的力量。没有作品的接受者的积极参与,一部作品的历史生命是不可想象的。因为,仅仅是通过他的中介,作品才进入一个连续的变化的经验视野之内,在这里面发生着从简单接受到批判性的理解,从消极到积极的接受,从公认的审美规范到超越这些规范的新创造的永恒转变。"①

"接受美学"认为,艺术的接受不是被动的消费,而是显示赞同与拒绝的审美活动。而网络空间提供了作者和读者及时交流的自由平台,读者被放到了重要的位置上。有的网络文学就是由原创作者和跟帖者共同完成的。作者和作品之间看似牢固的关系在此削弱了,因而文本具有极强的开放性,充分实现了作者和读者的互动,这样一个流动的交互过程,其内容是不断变化、更新的。这也即是说,网络文学只有原始版本,没有最终版本,它与其后的回应与更改构成一个整体。

网络文学的全民参与性,瓦解了精英意识,恰与现代大众文化中的快速浏览的急切心态、能量发泄式的狂歌劲舞方式,以及深层无意识的非理性冲动趋势走到了一起。正如网络作家今何在所说的,它完全是出于自己的一种表达欲望。因为自由,写作真正成为一种个人的表达而不是作家的专利。网络文学追求最大限度的自由,自由是作者和网络文学富有生命力的一大动因。网络文学的创作是一个流动的过程,人人可参与的特点极大地调动了人们的写作欲与阅读欲,真正地把读者与作者的关系紧密连接起来。可以说,"接受美学"的反对孤立、片面、机械地研究文学艺术,反对结构主义化的唯本文趋向,强调文学作品的社会效果,重视读者的积极参与性,从社会意识交往的角度考察文学的创

---

① 彭金梅.驰骋于信息时代的"黑马"——从"接受美学"看中国网络文学的盛行原因[J].怀化学院学报.2009(6).

作和接受,这些积极因素都被网络文学所借鉴。因此可以说,每个网络写手的功成名就不但与自己的写作功力息息相关,更与广大的网民读者的跟帖与追捧、兴趣与文化修养紧密相连。没有网上读者的点击率,便没有网上好的作品的诞生。

因此,网友对网络与新媒体文学的接受,也必然是一场浩大的消费行为,从接受角度来看,文化审美已悄然转化为消费。文学的本质特征是审美,审美是人类对世界的一种特殊掌握方式。传统文学的发展,使得文学具有浓厚的经典意味,精雕细刻的文学创作也使文学的审美价值得以升华,从而在历史洪流中留下很多经典性作品。网络文学依赖于技术的发展,其特有的技术存在方式使文学的审美本性转化为消费性质,精英文化中的小圈子审美转化为具有普适性的艺术生活消费化。

互联网技术的发展和人类科学技术的进步,使普通人只要具备一定的技术,具备上网的条件,就可以上网宣泄自己的心情。文学作品有了一定的流动感,艺术欣赏变成对感官世界的满足与消费。大众文化传播也导致大量的信息可以被读者自由获取,高雅文化被低俗化,转变为具有消费性质的大众文化。

经济社会的发展,使得消费成了现代社会的一种心态。网络文学的消费不在乎现实世界的差距,直接达到消费的后现代社会。每一个在网络上浏览的读者都可以感受到空间里图像的游戏,互联网的流动性与不断更新使得大量的"伪文学""非文学"存在,文学欣赏也成了大量信息堆积下的简单浏览性消费。文学语言具有陌生化的特征,网络文学语言就是将文学语言转化为大众所能接受的实用性语言,摒弃文学语言的隐喻性与捉摸不定,将其变成我们日常生活交流中所能接触到的语言,那种高高在上、曲高和寡的文学被网络文学彻底颠覆。处于实用地位的日常用语进入文学的殿堂,虽然降低了文学的深度,使得文学的价值弱化,但网络文学也因此走入了读者的生活。新时代的读者多是有知识与热情的年轻人,他们对精英文学中的一些"假正经"感觉到厌倦,能与他们产生共鸣的无疑是同他们一样的平常语言、小人物生活。因而,文学语言须与时俱进,将网络文学语言吸收进去,丰富完善其陌生化特征,使得文学的审美转化为一种消费,才能让文学散发出更强的生命力。

实际上,从网络与新媒体文学的消费和接受来看,技术不仅改变着人类的存在方式、思维方式和价值传递方式,而且技术成为一种霸权,任何艺术、宗教和文化,不与技术联姻,不成为技术中心的附庸,就不具有价值。因而技术成为网络文学迅速发展的基础,它是技术和文学联姻的结晶。在这样的大背景下,网络文学另辟蹊径,开创自己的空间,大受读者欢迎是必然的。互联网的自由、开放、平等、信息流动快的特点使得网络文学的发表无须像印刷文学一样经过审核,自由而便捷。超文本链接技术和多媒体技术真正让读者形成了全方位的感官享受和审美体验,充分调动了视觉、听觉、触觉来欣赏文本。在网络文学中,更多的是文字与动画、音乐、图像结合起来,这是技术时代带来的全方位的审美享受。超文本性消解了作者的中心地位,而原创者运用超文本链接技术,很可能使其作品发生质的变化。这样就势必导致"媒介不仅影响受众范围、接受情境,也间接影响了接受水平、欣赏品位和接受效果,作者势必根据自己的交流目的调整创作策略,以引导和控制读者"。另外,互联网技术的发展使得作者与读者的距离不再遥远,读者对写作者的要求、作者对读者的尊重极大地促使广大网民积极参与作品创作。

网络文学紧随时代的生活气息、鲜活的表达方式、给现代人带来的心灵慰藉,是文学迫切需要补充的血和肉。从互联网文化传入中国发展到今天,在这个过程中,文学利用网络这样一个传播的平台,尽情地展现了自己的姿态和魅力。但是网络文学在给文学带来了勃勃生机的同时,也导致大量文学泡沫产生。如其情节总是充满新奇、悬念和迷离,修辞总是反讽和夸张,网恋套路、侠义套路、幻想套路成了网络文学的定式,读来读去不过是"小学生的天真,中学生的文笔,大学生的感觉"。而这一切无不与人们"除了去追求一些有实际效用的具体目标外,不想去发掘自己的能力;他没有耐心去等待事物变得成熟,每件事情都必须立即使他满意,即使是精神生活也必须服务于他的短暂快乐"[①]相关。时至今日,网络文学的创作也与其他产业一样开始向功利化的方向发展。尽管不少评论家都曾强调过网络写作的非功利性,可事实并非如此。网络文学引起关注不久,各大出版社就纷纷将网络文学结集出版,使之进入商品流通领域,从而在其文学性之外附加上将对之产生深远影响的特性之一——商品性。同时,不少成名的网络写手通过自己的特色写作名利双收,这已是不争的事实。李寻欢就坦言:"至于能不能成为一个传统作家,也就是说按传统的方式去创作,去出书,我想得到了当然也好,我不拒绝名利。"但现在,随着网络文学的传播渠道的日益多样化,评论文章也越来越多地见诸报刊,这就在无形中对网络作家起到了一种或多或少的规范作用。因此,网络写作也就不再仅仅是一种面对自我的写作。安妮宝贝就深有感触地谈到,网络写作已不再是一种个人行为。这样,网络作家将受到诸多力量的牵制,这导致创作面貌日益复杂化。

文学接受由欣赏性走向消费性,是网络与新媒体文学发展至今必然的结果。文学作为一门人文学科,从古至今被赋予了各种强烈的精神内涵。文学作品遵循历史,追求美的自由,同时有着关怀人心、教化公众的重要作用。文学创作者也以追求艺术的完美与精湛、寻求人性的终极关怀为己任,呕心沥血地创作出各类经典作品,流传千古,散发艺术的魅力。从古到今,由中到外,优秀的文学作品都具有极其丰厚的历史意蕴与隽永的艺术品位,发人深省的同时让人感受到情感的释放。而进入网络时代之后的文学作品自身的审美价值却发生了颠覆性的转变。根据伊格尔顿的艺术生产理论,把艺术看做生产,使艺术生产与消费的关系更加紧密起来。"艺术品的生产决定着艺术品的消费,但艺

---

① 王欣.电影音乐的审美认知与接受——大学生视野中的"电影音乐"受众调查分析报告[J].浙江艺术职业学院学报.2012(4).

品的消费对其生产有巨大的反作用。"消费改变了艺术生产者之间的关系,影响着艺术生产者对生产方式与生产内容的选择。为了刺激大众的消费,生产者必须竭尽所能,追求大批量生产复制与不断创新,以短暂、时尚、娱乐的审美趣味取代深刻、晦涩、理性的探寻。高高在上的精英文学退回到琐碎嘈杂的大众生活,以与时代同步发展的现时性描绘日常生活,或者是以刻意扭曲的娱乐性吸引着大众的眼球。打开各个网络文学网站,映入眼帘的就是其分门别类的小说类型,如武侠、言情、穿越、盗墓等。作者根据当下人的心理和不同身份的读者阅读口味与要求,确定作品的类型进行自己的创作,而读者也仅是凭借自我的兴趣爱好选定小说进行阅读。

网络文学对接受主体的心理影响表现在使接受主体的情感趋向自由性。

其一,从媒体传播这个意义上讲,在网络文学中,创作主体和接受主体同一。网络这种媒体使传统意义上的"受众"获得了空前的解放,拥有了真正意义上的主动性,"受众"的概念严格地说在网络传播中已不再单独存在,因为任何受众在网络上都可以变成传播者,在接受主体上网浏览、点击,进而跟帖的同时,也就完成了接收与创作这两个动作,这时,创作主体和接受主体就同一了,那么接受主体的情感呈现出"自由性"。接受主体心理"自由"的指向,使生活在焦虑中的人们在一定程度上得到了解放。

其二,由于接受对象本身都带着创作主体的情感色彩和倾向,所以接受主体对此产生的情感活动实际上是受到诱导的。比如四时风光本是无情之物,个体在一般的认识活动中也可能动情,这情究竟是怎么样的,就完全取决于个体自身的经历处境、思维性格和情绪状况。但是在艺术接受中,由于四时风光已经带上了创作主体的情感色彩,因此接受者的情感活动便受到一定的诱导。文艺作品对人的情感陶冶作用,原因就在此。那么,网络文学以其全新的自由特点进入接受者的视界中,其作品包含了作者创作主体的自由精神,它必然对接受者产生诱导,使接受主体的情感和创作主体一样都趋向于自由,网络文学以其诸种特点风靡全球,迅速流行(从网络小说作者的知名度可以看出),其原因正是在于其似曾相识的真实、诚挚的情感能引起接受者的共鸣及心灵的震颤,接受主体在接受的过程中就改变了其原有的接受心理图式,使情感从不自由向自由发展。网络文学的接受者和创作主体一样,不会再去被政治、社会环境、道德等束缚住,在网上好像一切都是没有对错的,只要是作者的真情实感就可以了(反动的言论不在此讨论范围)。"作品凡能真正激发起读者情感的,就在实际上已在一定程度上打破了读者的审美经验期待视野。"从中我们可看出,没有情感的碰撞和共鸣,就不可能达到改变审美体验的结果。在碰撞中,创作主体的情感通过语言的方式影响着接受主体的情感,那么其结果也就是使接受主体的情感和创作主体一样都趋向于自由。

所以我们可以说,网络文学对接受主体的影响就是使其情感达到"自由"。而其作为一种重要的文学表现形式,就像我们无法预测社会生活的变化一样,我们也不能对网络与新媒体文学的发展给出确切的答案。但是我们应看到,它的流变不单单是文学自身的事情,还是民族文化心理变迁的折射,是广泛的社会现象的有机组成部分,是新世纪民族文化形态的标志之一。因此,从这个意义出发,我们可以说网络文学对于接受主体的影响就是对接受主体的"人性的重构"。

【本章小结】

网络与新媒体文学的生产具有以下几个特征:文学体制由政治化走向资本化、文学创作由面向自我走向面向读者。以网络为代表的新媒介中,能进行多方位的信息传播,容量较大,传播速度相对而言也比较快,读者能依靠视觉、听觉轻松获取信息,对文化及认知能力要求较低,非常符合产业化时代的快捷便利与市场的要求。网络文学对接受主体心理影响表现在使接受主体的情感趋向自由性。从媒体传播这个意义上讲,在网络文学中创作主体和接受主体同一。由于接受对象本身都是带着创作主体的情感色彩和倾向的,所以接受主体对此产生的情感活动实际上是受到诱导的。

【思考题】

1. 怎样把握网络与新媒体文学的"商业化"和"产业化"特征?
2. "去作者化"对网络与新媒体文学的传播会产生怎样的影响?
3. 与传统文学相比,读者对网络与新媒体文学的消费和接受有何异同?

第六章 网络与新媒体文学的美学价值

【学习目标】

1. 掌握网络与新媒体文学大众化互动美学特点。
2. 理解网络与新媒体文学带来的"融入式沉浸"的审美感觉。
3. 了解网络与新媒体文学把科技美学化的意义。

第一节 小众/大众 精英/通俗的融合之美

在 20 世纪中国文学史上,文学(艺)大众化是一项伴随着中国现代文学兴起壮大的实践举措。从五四运动提出平民文学,到 20 世纪 30 年代"左联"的文艺大众化运动,40 年代毛泽东文艺座谈会上的讲话中文艺为广大工农兵服务的方向的确定,再到 50 至 70 年代的工农兵文学。从五四精英知识分子启蒙立场到无产阶级专政的政治属性,文学大众化置于这两种意识维度中不断被推进,这一过程构成了中国现代文学史的一个重要面相。无论历史上有过何种嘈杂热闹,可以看到,文学大众化的倡导乃是一种自上而下的意识形态行为。启蒙主义者打破僵死的贵族文学,建立明白晓畅的平民文学,其终旨在于用明白晓畅的语言普及现代文明知识,扫除中国现代文化转型艰难步伐中的沉疴病灶;而政治家提出的大众化,是为了确立新社会的阶级属性,突出工农兵阶层的主体地位。在这样自上而下的过程中,文学大众化显然并不是一个来自全民意识觉醒的自发行为,但在网络时代,这种情况得到了逆转。文学史上的文学大众化包含了两层意思:一种是创作大家喜爱的文学作品,这种创造方式是精英知识分子放下身段俯就民间的表达方式,塑造满足百姓精神需求的艺术形象;二是大众自己创造属于自己的文学。在具体实践中,前者实现得较为充分,后者应该说直到网络时代来临才真正得以铺展开来。

如果说文学创作是表现自己感情经验的一种形式的话,那么文学史上的文学大众化只能是化大众,而非真正意义上的大众文学,因为它并不是来自大众本身的创作。从1994年中国介入互联网,到2015年中国网络文学的用户规模高达28467万,短短20多年的网络文学发展历史,几乎为每一个使用互联网的人提供了发布作品的便利。这种全民参与创造、消费、鉴赏的文学盛景才是真正的大众文学。网络文学的横空出世打破了精英意识统治的传统文学格局,改变了旧有的文学观念,引进了新的创作技术,带来了全新的阅读感受。网络高强度的交互性与即时分享性搅动了民众的创作热情,全方位打开民众与文学的接触渠道,让文学变得日常化、世俗化。新的传播方式打破了精英掌控的传统渠道,消解了传统文学的严肃地位,网友们用匿名的方式,用散漫自由的笔法肆意驱使内心的欲望与情感,权威、秩序、中心被拆散,平等、自由、狂放的精神被网络这一媒介极大激发出来。

"大众"是一个具有历史内涵的概念,在各个时期对这个词语有不同的解释。大众一词来源于英语mass(本意为块、团),与folk(百姓)相比,后者指的是具有个性特征的各种各样的人,而大众则被抹去了个性特征,指的是众多无差别的人群。这个词出现于20世纪初期,随着资本主义财富的积累,一些民众也开始享受上层社会享用的高端艺术场所,出现在这样场所的一类人群被媒体称为"mass",带有贬抑色彩。在中国,大众一词往往与人的阶级属性相关。一为贫苦阶层,认为大众是处于社会下层的广大平民百姓,毛主席曾说大众是工农贫苦人民,是"工人、农民、兵士和城市小资产阶级"①。二为现代市民阶层,如有学者指出,"古典文化中的民间文化和现代文化中的大众文化实际上是完全不同的两个文化范畴,首先,大众(mass)这个概念是一个现代范畴,与传统的俗民(folk)概念截然不同。从社会学角度来看,大众文化首先是和大众的形成密切相关,而大众的形成又是现代社会工业化、都市化的必然产物。随着工业化,现代都市出现了。城市吸引了大批人口的迁入,大批的农村人口进入城市,而城市里原来的居民也发生了变化,于是便形成了奥尔特加所说的'平均的人'——现代都市大众。这和传统社会中分散地居于乡镇甚至乡村的俗民完全不可同日而语"②。大众与民众、平民等词的含义有着很大的交集,然而其内涵、外延不一样:平民相对于官方,大众相对于精英。大众出现的时代背景已经决然不同于传统社会,是现代社会产生的新事物,因此西方研究者们把大众文学也视为现代文明社会产生的一种文化现象。"大众艺术媒介是现代技术最新发展的产物,大众艺术不仅用机械手段生产,而且可以在任何条件下得以复制……不仅可以被复制,而且就是为了复制而创作的。它们具有工业消费品的特征,可以归入被称为'娱乐产业'的商业范畴内。"

网络文学无疑属于大众文学,它的大众化倾向主要表现在以下几个方面。

(一) 文学制作过程全链条的大众化

这体现在文学的创作主体、受体、传播方式、商业化生产等各个方面。从创作主体来说,这些网络作品的产生很多时候并不具备传统文学家心系家国的情怀,往往只是借此倾吐一己之悲欢。在这样的情况下,文学颠覆了记录人生、探究生命本质、改良社会风俗的宏大要旨,成为一把双刃剑。解除包袱使文学创作更加轻松、更为自由,作者想写什么就写什么,想怎么写就怎么写,这促发了

---

① 毛泽东.毛泽东选集第三卷[M].北京:人民出版社,1991:812.
② 周宪.中国当代审美文化研究》[M].北京:北京大学出版社,1997:64.

想象力的腾飞,滋养了新的文学样式的出现,鲜活而又富有生命力。在受体方面,网民阅读网络文学作品,是为了在忙碌的工作学习之余进行消遣,这些文学作品被创作出来就是为了满足广大民众的精神需求的。在网络上发布传播原创作品,通过论坛形式张贴,与虚拟世界的邻居共同写就作品,深入的交互影响甚至引发全民参与、关注的热潮,彰显了网络文学广博的社会基础。进入传媒高度发达的现代社会,网络文学的大众化倾向还表现在生产机制上。自从2002年"起点中文"网率先在国内实行付费阅读的商业化机制以来,随后其他知名文学网站纷纷效仿,投入资本运作的大潮中。文学成为摆在橱窗里销售的商品,跟随市场经济的指挥棒转动,这在传统文学生产机制中并不存在。网络文学作品动辄上百万的图书印数,时髦新鲜的影视跟风,与之相关联的符合年轻人口味的动漫产品,经济产业的链条从付费阅读延伸到无线平台,利益空间从国内拓展到海外。与这种大批量生产机制相适应,网络文学形成了类型化写作的特点。类型化写作的出现说明该类型拥有大量需求者和有大量专业的生产者。类型化写作给网络文学带来了内容上的丰富性,玄幻修真等新型文学题材火爆市场,同时,越来越细的类型划分致使网络文学的叙事结构、功能要素趋于单一。读者在掌握了一种类型文学之后,便形成相应的期待视域,不断出现的相似类型会给读者带来一种似曾相识的熟悉感,这种熟悉感钝化了读者参与阅读时的思考自省程度,但同时,写手们利用多变曲折的情节、浮夸绚丽的语言、超越现实的多重想象力紧紧抓住读者的注意力,使其在阅读审美时获得一种短暂、强烈、有力的震撼感,这种在情感上短暂而强有力的冲击正是网络文学最大的魅力。

(二)创作素材、艺术手法的大众化

网络文学善于利用民众熟悉的文学经典、传统神话、民间故事、街谈巷议构筑文学大厦。今何在的《悟空传》、雷立刚的《小倩》、当年明月的《明朝那些事儿》等深受好评的网络作品都是建立在民间熟悉的神话故事、明清志怪小说以及野史掌故基础之上的。天下霸唱的《鬼吹灯》,更是开辟了一个以盗墓为主题的文学类型。它以中国传统风水理论作为渲染,深度挖掘民俗要素,把盗墓、僵尸等传统志怪小说和神话故事里的奇幻景象搬运到现代社会语境中来,并利用广博的民俗知识构建故事基柱,例如"摸金校尉"这一名称本来在三国时期存在过,但并没有什么行业规则,作者以想象力加以点缀,规定"鸡鸣不摸金""东南角点蜡烛"等,并通过胡八一、胖子、Shirley三人的配合协作明晰了一整套关于摸金行业的行规、信念、组织纪律,让读者在眼花缭乱的奇幻旅程中滑翔,却又因熟悉的民俗内容放弃对故事真实性的怀疑,在真假虚实之间沉醉。

(三)作品精神呈现追求自由的民间立场,以通俗有趣为宗旨

情动于中,言之于外,文学本来从最初的形态来看就是个人表情达意的艺术方式,这是文学与人心相互契合的本初状态。随着社会结构的固化、等级制度的建立,文学作为一种意识形态被附属了诸多社会意义。它规定了什么样的文学是高雅文学,什么样的文学是鄙俗文学,也规定了某种文学样式背后人群的身份等级。由是文学版图被分为来自官方的主流意识形态文学、来自精英知识分子独立思考的严肃文学、来自民间的俚俗文学。网络文学有天然的民间气质,它被草根们借助现代媒介创造出来,颠覆了传统文学崇尚的价值观念。很多网络写手在陈述创作心态时都坦言自己只是纯粹想写,并没有经世致用、留得清名在人间的道德包袱。萧鼎曾表示过,自己当初写《诛仙》只是为了逗朋友玩儿。慕容雪村也说,写小说只是玩儿,自己的真正精力是放在当公司高管上。

戏讽、幽默、纵情、宣泄,这场来自网络的大众狂欢类似巴赫金所说的群体狂欢。巴赫金认为,中世纪文艺复兴时期民间文化中的群体狂欢洋溢着颠覆等级制、主张对话平等的精神。这种精神具有开放、未完成、变易、交替的特征,是摧毁一切旧有与更新一切事物的精神。"不可否认,呼啸而来的网络文学撕开了日益庞大的文学体制——迹象表明,官僚作风和市侩习气已经成为文学体制封锁文学的桎梏……文学在日益精致中逐渐丧失了率真的品质,这时,网络文

学重新缩短了抒情言志与作品发表之间的距离。许多网络作家都体验到了相似的快意:颠覆文学的等级制度。"[1]更为重要的是,作为意识形态的文学体制格局的改变,将深远影响到文学体制背后的社会关系,带来社会关系的调整。

自由民主氛围是酝酿网络文学生命的环境,甩开文以载道的传统文学观念,网络作品呈现出真、俗、趣相融合的审美品格。所谓真,就是真实表达自我,绝少掩饰。网络的匿名特性给予这种真实自我宣泄以很大的空间,这种无须注意现实不良后果的情绪宣泄对现代人来说是一种心理上压力释放的安全渠道。在虚拟世界里,抹掉了身份的ID就是一道掩护自我隐秘内心的盾牌,在这块盾牌下,作者可以无拘无束地抒发自我的生命体验,甚至包括深层次的内心欲望、幽暗地带的情感纠葛、人性深处的黑暗盲点等一些在正常渠道难以言说的事物,这些被遮蔽的压抑、边缘性的心理感受理应被文学接纳。俗,指的是用大众喜爱的语言、表达方式讲述情节故事。在网络文学作品中很难看到苦心经营、艰深高奥的字眼,有的都是世俗世界中的日常用语,就连《诛仙》等玄幻类的文学作品,在人物对话中都充满了生活感很强的日常用语。网络作品的语言大多数是直白晓畅、一览无余的,但一览无余不代表平铺直叙、毫无韵味,作者往往用比较简洁的短句,形成一种阅读上的急促感,在表达上力求画面感,在短促而又频繁转换的镜头切换中形成一种强烈的语感震荡,俗而不陋。趣,就是网络文学追求轻松娱人、幽默诙谐的品质。为吸引大众的目光,网络写手不时在文本中刻意制造娱乐效果,抖包袱、说段子成为网络文学常见的调侃手段。在一篇名为《教我如何不服你》的散文中,作者如此表达对于妻子的爱意:

> 这个世界上,我不仰慕奥黛丽·赫本,我不驻足莎朗·斯通,可是老婆,我不得不服你。只有你,是最忠贞的女人。你的一生都在追寻袜子、发卡、耳钉、电话,对失踪的东西你毫无怨言,耐心备至,忍辱负重,坚韧不拔,

---

[1] 欧阳友权.网络文学评论100[M].北京:中央编译局出版社,2014:22.

偶尔心灰意冷,仍是从一而终——追寻。只有你,是最执着的女人。这么多年雷打不动,不完成指标绝不罢手——每年丢一块手表,两只皮夹,钥匙三四串,零钱一大堆……你说,人生的真谛,是轻装前行。你是容易受伤的女人。时不时弄伤手指,碰伤膝盖,摔伤手臂,划伤面颊……你一次次承受痛苦却永不言悔……[①]

这篇散文模仿了诗歌《教我如何不想她》的诗化口吻,对妻子的缺点进行了包装式的夸赞,实际上达到了寓贬于誉的用意,令读者读之莞尔,对这位妻子细微的生活缺点有了深刻的印象。

除此之外,改变文字表达方式也是网络文学强化趣味的方式,"这样子"说成"酱紫","555"表示哭泣,"MM"表示漂亮女子,版主称为"斑竹",攻击帖称为"板砖"。另外,各种表情符号也能增加文字的趣味性。

网络文学鲜明的大众化倾向与传统严肃文学、精英文学形成了对比,但这并不意味着两者之间毫无交集。在网络文学中也有充满严肃意味的作品,如关注底层人民生活的打工文学、关注社会边缘人物的现实主义作品,既延续了传统严肃文学注重关注民生的情怀,又具有网络文学的特点。尽管很多网络作家表示,自己的创作动机出于娱乐偶然的居多,但也有一些网络作家写作的目的近于传统严肃文学。邢育森说:"我写东西绝对不是为了愉悦读者,我是有着强烈的社会责任感和终极关爱的创作目的的。"[②]很多时候,网络写手们在承担了传统文学创作意识时,他的作品往往更为大胆直接。邢育森以一部《活得像个人样》蹿红网络,与《成都,今夜请将我遗忘》中的陈重一样,主人公的"我"不堪社会竞争压力的逼迫、现实物欲的引诱,过着几乎丧失精神领地的堕落生活。在纵情放荡的生活中宣泄苦闷,却造成人格的紧张,形成更深层次的孤独失落。

---

① 秦宏声.爆笑网文集锦[M].呼和浩特:远方出版社,2003:411.
② 欧阳友权.网络文学发展史[M].北京:中国广播电视出版社,2008:70.

他渴望找回身心健全和谐的自我意识,却在令人失望的爱情波折中陷入悲怆,个人意识支离破碎。然而,他并不放弃对于完整自我意识的寻求,最后走进医院,在生死之辩的语境下找回了失落已久的自我,也明白了怎么活、活着的意义是什么。至此,"我"完成了自我精神的治愈。"我"是现代人的一个缩影,在他身上,凝聚了现代人一般的生存困惑,但其孜孜不倦追求精神的胜利,深度的自我反省意识与严苛的自我批判精神却又是现代人缺失的。有人指出这部作品具有王小波杂文般的愤慨激荡与真实,在网络文学中品格较为严肃,可以看到在他作品里渗透的担当意识与人文情怀。

  大众化的网络文学与严肃文学、精英文学形成了互通融合的趋势。一方面,由于网络文学发展迅猛的态势使得高傲的传统文学不得不敞开大门;一方面,网络文学与高雅文学的接触提升了网络文学的影响力与质量水平。传统印刷媒体、主流电子媒体、官方机构、学术机构等代表主流社会意识形态与精英高雅文学产生地的团体认识、接纳网络文学经过了很长过程。1996年,《中国时报·资讯周报》刊出"网络文学争议"专栏,这是网络文学第一次在传统纸媒上亮相,随后1999年中国作协开设"网上发表"栏目,说明官方主流电子媒体对网络文学的接纳拉开帷幕。针对传统文学设置的茅盾文学奖,在第八届文学奖后,规定"持有互联网出版许可证的重点文学网站"即有资格推荐作品。网络文学参与官方文学奖的角逐,占据总参选作品的2%,数量虽少,意义却十分重大。中国作协吸收网络文学作家成为协会当中的成员,并组织建立各处单独的网络文学协会,这标志着主流社会对网络文学的接纳进一步扩大。随着2013年"中国网络文学研究会"的成立与网络文学研究论文、专著的不断涌现,学院派渐渐向网络文学抛出了橄榄枝。2015年10月,《中共中央关于繁荣发展社会主义文艺的意见》出台,明确指出"大力发展网络文艺",既为网络文学正名,也指明了其发展方向。高雅/低俗、官方/民间、精英/大众,网络文学与其他领域文学之间的交融正在加速进行。二者之间的美学品质相互融荡,既保持了网络文学瑰丽宏肆的想象、趣味化的语言、多重向度的叙事带来的审美奇异、多重媒体环境下的沉醉式感官体验等优势，又汲取严肃文学的承担意识，这样网络文学才会收获既轻盈而又深沉的品性，既能飞翔远空又能贴合大地，提高审美耐受度。

第二节　多面向的互动之美

数字化时代，艺术家提供的不是传统意义上的艺术作品，而是一个艺术语境，在这个语境里，读者可以与作者进行双方互动，共同参与完成文本，使作品既包含了作者本身的意象情感，也包含参与者的意象情感。科技带来互动式创作经验的同时，也改变了传统意义上的阅读性质、文本性质和心理接受方式。

网络文学的互动性体现在三个维度上：作者与读者、读者与读者、作者与计算机之间。由此形成的网络文学作品在美学上具有一种意义敞开的、未完成的永在性。

（一）作者与读者

英伽登[①]的现象学理论认为，作品作为作者与读者双方的意象活动而存在，它既不是纯粹物质性的文本，也不属于主观精神范畴。语言对于现实事物来说具有描写的有限性，再精细的语言都无法呈现现实事物的精确性，而只能提供一个大致的框架与情状。分布在这个框架以外的内容就形成了大量的"空白点"。而读者在阅读的时候利用想象与经验去填补这部分空白，两相结合完成文本意义的设置，这个过程称为"具体化"。读者根据自己的偏好决定以何种方式填补，哪些信息内容重要，哪些信息内容应该忽略，从而造成一千个读者当中有一千个哈

---

① 英伽登（Roman Ingarden，1893—1970），当代波兰现象学哲学家和美学家，现象学美学的主要代表人物。

姆莱特的阅读体验,尽管这种具体化过程并不总是被读者意识到。

如果说,"接受美学"所强调的这种共同创造文本意义的互动是对文本结束之后意义生成层面的解释,那么网络文学的文本互动性不仅体现在创造后,更体现在创作作品的全过程中。在创作之初,网络作家对作品的受众定位以及市场接受有清晰的判断,网络作家乐于更多的读者喜爱自己的作品,难免摆脱不了受众的喜好的影响。在创作过程中,考虑到读者阅读速度和阅读习惯,网络作家往往会设计符合阅读心理的要素。除了独立创作,交互程度更为深入的交互写作,难以避开公众的口味,读者的意见倾向往往能直接导致故事情节结构的转变。在超文本写作中,作家甚至主动将话语权力让渡给读者,让读者亲身参与文本创作,从中择取异样纷呈的文本内容。读者的反应决定了作品内容的去向,这是贯穿整个网络文学创作过程的机制。共同创作会带来一起建构文本的愉悦感,这种分享性的愉悦感以及共同创造时心灵契合的快乐,只能存在于互联网之上。

(二) 读者与读者

由于互联网的即时性,读者与读者之间也能形成相互作用的意见流。传统的读者意见往往滞后于作品,对于作品意义的阐发是一个历史性过程。但在网络文学的创作里,这种历史性的过程可以速化为瞬间。读者与读者之间多层次多样化的互动联合起来完成对作品本身的创造,在这种信息流的碰撞中,文本的思想价值和美学意义从多角度被阐发,文本的价值也在不断的意见流中深化、增强。

(三) 作者与计算机

计算机书写带来了与纸质书写不同的感受,弹钢琴般的快速输入速度提供了更为高效的产出结果。在传统写作过程中,由于笔的运用,字词书写的速度无法企及思维语言的速度,在慢于思考的书写过程中,文字的聚合功能能够被充分利用。按照索绪尔对语言单位的划分,聚合是指各个字词之间从纵向上通过意义相似或能指相似或联想关系形成的一组词语开放集合;组合指的是在一段话语之内,按照一定的次序排列各个词语之间的关系。诗性语言的聚合性强于散文,实用文的组合性强于文学作品。但在快速写作的屏幕上,与思维语言并置的输入节奏则更偏向于语言的组合性而非聚合性,这使得网络语言风格整体趋于直白、平实。不仅如此,计算机书写还带来了新的美感体验。这不仅在于书写载体的变化,更在于机器与人之间的关系以"互动"为特性取代了纸、笔与人之间纯粹的物质属性。也就是说在传统写作关系里,纸、笔与人之间不存在可以转化的能量界面,但计算机与人之间却可以形成互动能量关联。简言之,不是作者在操纵计算机,而是一方面基于计算机稳定的后台处理演算系统得出的数据结果,一方面基于人—机互动程序,人与人之间的不同将带来结果的巨大不同。多年来,人们通过鼠标给计算机输入指令,但技术的发展让我们与计算机的交互方式变得越来越自然,越来越"肉身化",人的身体可以与机器之间进行能量互涉交换。比如微软设计出的传感器,就是让用户通过手势和身体姿势向计算机输入信息,随着技术的发展,姿势、表情、动作甚至情绪等人的身体、心理属性均可以为计算机存储记忆,并通过相应程序形成对应任务。虽然目前技术还未能达到人—机互动的自然模式,但技术发展的趋势却能使在线敲键盘的写作演变为肉身写作、感知写作。基于个体差异的自然肉身式写作将会带来极其个性化的写作样态。计算机媒介通过个人对其所处的环境开放,而环境影响身体,身体可反作用于写作,从这个角度来说,新技术带来的写作环境是嵌入式、开放式、交叉感染式的。

  网络文学存在的以上三个方面的互动性为它带来了永在路上的进行时态,永远被阐释的意义接续,永远不能终结的开放结局,永远不可复制的滑翔过程。正如有学者指出的那样:"关于我们所生活的数字时代的任何论述都是未完成的,同时也是无法完成的。"[①]过程的延长,结局的消失,使我们在阅读网络作品

[①] 邱志勇.非偶然的意义生成:信息演算与互动创造张力下的新媒体美学[J].现代传播,2015(09).

时收获关注艺术作品过程而非结局的视角,并保留欣赏未决的心态,在未知的期待中习惯拥抱未完成式的美学,这是网络艺术带来的特殊美感经验。

第三节 融入式的沉浸审美

网络文学带来了一种全新的融入式沉浸感受。融入沉浸,辐射到了作品生成方式、呈现方式、阅读过程等层面。

(一) 作品的生成方式

首先,从作品生成方式上来说,网络把文学对世界的模拟转化为虚拟。传统文学中,用文学构筑起来的世界与现实世界之间存在着对应关系。当我们阅读某一部作品时,会在意识层面形成一个与现实世界相似的模拟世界。在西方,由亚里士多德总结而得出的"模仿说"对文艺本质的定义影响深远。模仿包含三个层面:一是模仿事物本来的面目,二是模仿人所想象的样子,三是模仿事物应该有的样子。亚里士多德推崇最后一种模仿,认为文艺的本质在于按照自然的本质规律进行创造但却要加入主体的主观意识,予以理想化。在中国传统文论中也有相似的表达,如《易传·系辞》上说:"圣人立象以尽意。""象"指的就是具体可感的事物形象,与现实世界相对应;"意",就是自己的主观、情思。传统文论中的"象"是对现实的模仿,并通过语言媒介,再现现实情境,创造虚构艺术世界。网络文学却不仅仅是依靠模拟创造艺术世界,而是通过虚拟的方式,创造与现实世界类似、背离、甚至是无法与现实世界相对应的艺术情境。

"虚拟",是计算机与互联网、图像、文字、音响、传感、显示等技术融为一体,对现实进行数字化处理的一种创造行动。从人的创造性活动来看,经过了几个阶段:首先是对现实的"虚拟",比如原始洞穴中的壁画;接下来是对现实可能性的"虚拟",这就是"理念中的世界",也是传统文学文本所呈现的故事世界。进入赛博空间后,"虚拟"超越了传统文学再现的功能,不再仅仅把世界转化为符号信息后进行平面呈现、逻辑化组合,而是将想要呈现的事物,处理为 0 与 1 的字符串,这些字符串便是堆砌文本的质料;再通过作者与受者实际上的操作行为,进行质料的重组聚合,这样生成的场景事物既有可能符合模拟现实的逻辑,也有可能在毫无关系的事物间建立联系,背离逻辑,光怪陆离却又自成一体。总之,网络文学既延续了传统文学再现现实的模仿,又在其中加入了虚拟技术,从而呈现出新的美学特色。例如网络与新媒体诗歌《蜘蛛》。

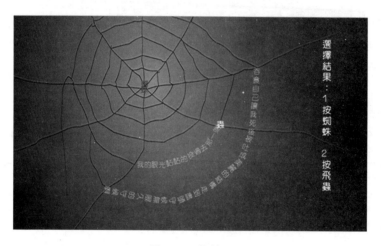

图 6-1 《蜘蛛》

点开文本,一张巨大的蜘蛛网在文本正中,蜘蛛网残破,点击鼠标,蜘蛛就会吐出词语来连接断了的网,诗句为"我的眼光黏黏地投过去那一端,吞食自己让我死后被吐成美丽的结构走到尽头守候无限久的守候啊"。网补好后飞来一只虫,此时蜘蛛与虫子同时闪动,文本设置了两个选择:一是点击蜘蛛,蜘蛛就从网的正中央走到虫子边吃掉虫子,随后诗句消散,网还在;一是点击虫子,整个蜘蛛网与诗句同时消散,就剩了一根丝线,由虫子拴住下坠的蜘蛛。这首诗意蕴非常深刻隐晦,把蜘蛛比喻为生活在现代社会的人类,飞虫则象征着个人不断追逐的欲望。诗人想借蜘蛛结网的行为暗示人的一生,终其一生,耗尽自己,只为攫住一只不幸粘住的飞虫,而岁月生命就在这当中一点一滴消失殆尽。如果首先选择点击蜘蛛,那么文本的结局是蜘蛛捕获了飞虫;如果选择点击飞虫,则蜘蛛被飞虫拴住,飞虫赢得了胜利。到底是人在捕获欲望,还是最终人反被欲望吞噬,最后既没有结出想要的死后"美丽的结构",联网也失掉,什么都不剩下? 诗歌旁边还有一篇名为《蜘蛛》的散文诗,全文如下:

  坐着这位置是在钟面上。每天,我的眼光黏黏地投过去,只为攫住那一端,让我沾着眼光抵达十二点钟,吞食自己。让我死后被吐成美丽的结构,一张网。

  在无声的钟面上:

  六点的方向指往摆动之间。我明天要往右摆,后天要往左摆,用一条蛛丝吊着。绕着钟面走,走到无止的尽头,捡起时针,放在十二的位置,结果,不是时针刺入心脏,就是分针的一阵阵哭泣。

  坐着这位置是在钟面上。时间在我死后才开始,十二条蛛丝分别系住十二个钟点,张成巨大无比的网,守候,无限久的守候,只为守候一只不幸粘住的飞虫,尊敬地向它说:我已吐尽了啊!

两相参照,与这首散文诗相比,超链接文本在主题意义的揭示上给予了读者更多的启示。蜘蛛网是再现,而点击鼠标的设置则是虚拟,读者不同的选择行为为文本制造了不同的意义属性,通过选择的比较,读者可以获得一种关于自身生存悖论的反思。如果没有这种超链接参照,仅仅凭借文字的铺陈,那就无法获得从另外一种视角审视疲惫而徒劳生命困境的感情。

（二）作品的呈现方式

  从呈现方式上来说,网络文本的数字属性使它可以同时包容音、画、字等多重表意方式,动静结合。多重表意方式的叠加,会造成一种使感官全方位调动的沉浸式快感。文字与音乐是时间艺术,具有抽象性特点;图像是空间符号,具体鲜明。不同艺术表现手段相互参照,优势互补,打造出更为震撼的接受效果。传统审美理论认为,人的审美快感主要来自视觉与听觉,而视觉、听觉可作用于想象力,因此这种审美快感是非介入性的。网络文学的审美不是非介入的、想象的,而是介入式体验性质的。也就是说,网络文学的审美快感来自于各个感官作用的配合,不仅来自视觉、听觉、触觉、嗅觉,还有更直接的肢体动作。精密的传感技术能够在文本世界里制造出与现实情境中体验到的类似的真实感受,使模仿走向仿真。进入仿真世界,在审美时不必再与现实世界相互参照,它本身就创造了一个与现实平行的世界,网络文学文本可以为读者提供出虚拟现实的感知环境,此时这一文本就不再属于客观世界的模仿和副本,而是一个与自然世界平行的具有存在性地位的新的"可能世界",处于其中的主体不需要再以客观真实的自然世界为参照,完全被人工仿像和艺术氛围所环绕,完全与客观世界相隔绝,感知、意识完全浸蕴在这个"可能世界"中。

沉浸是一种心理状态,陷入沉浸状态的人,全神贯注投入某一项活动当中,不受外界因素干扰,这种体验让人高度兴奋,充满乐趣,持续力增长。专心的程度越高,对身边事物的投入渴望就越强。投入冲动带来的相应的协调行为牵涉到人际交往的体验。超链接、交互文本其实都是人与人在虚拟情境下自我选择的人际协调举动,通过这种举动,人身被全方位容纳进文学创作欣赏序列中。

(三)作品的阅读过程

除了科技作用于人的各个感官使沉浸得以生成以外,即使是单纯的文字文本,网络文本也能带来沉浸式的感受,这种沉浸感受来自超文本内容的互相渗透。在传统纸质印刷物中,情节的展开遵循线性秩序而在一个平面排列,文本的叙事视角几乎不能随意发生变化,在后现代文化语境中出现了碎片文学、多声部小说,打破了传统文学单一的叙事视角、按线性顺序排列的情节内容;多重叙事视角交互转化、人物之间逻辑关系淡化;不同场景之间交互叠加、互相渗透。网络超文本文学接续了碎片文学的诸多特点,并且在阅读互动中,加入动态构建过程,因此更能造成内容上的相互融合渗透。

如摩斯洛坡(Stuart Moulthrop)的《雷根图书馆》这本小说,其中设置了蓝、绿、黑、红四个空间,每个空间都有一个主角,但这四个空间并非依次出现在屏幕上,而是随机状态,进入其中一个空间后,发现这四个空间分别有七页内容。每一页上方都有个环景图,环景图下方是文字,分为固定文字和非固定文字。读者在操作阅读的时候,非固定文字会起三次变化,第四次之后该页的文字才会固定下来,而这固定下来的文字就是该小说的定本。在三次变化中,非固定文字均随机从同一语料库里抽取,因此,读者在阅读某一页时,会看到四次内容不同的文字,其中固定部分不变,非固定部分却截然不同。对读者来说,前三次的随机变化,形成了某种阅读背景,对第四次定本的接受建立在前三次的阅读理解之上。不断变化的文字内容之间形成了内容互相渗透,在相互叠加中参与文本意义的完形过程。

在传统阅读过程中,读者被动接受来自作者设置的路径;但在网络文本中,读者主动探索故事的可能性,可以任意选择进入作品的路径和方式。这样,原本是平面设置的故事单元被切割成立体并置的故事单元,文本内容的互相渗透,也使得对作品的单一性理解越来越困难。纷纭变幻的内容会造成一种氛围,即裹挟着读者的想象力、联想力,形成浸润式的氛围。

第四节 电子技术的诗意之美

网络文学的产生是一场技术与艺术联姻的结果,技术性与审美性是网络文学的两个基本本质属性。在这两个维度上,网络文学既接续了传统文学所积淀的文学审美属性,又在技术的簇拥下,生成了新的审美形态,获得了新的美学价值。诚然,网络文学也许无法创造出传统文学的深度诗境,以及融解其中厚重的人文情怀,但网络文学却有自身独特的诗意生成方式,即用电子诗意置换了传统诗意。这电子诗意的营造,正是技术审美化的境界。

随着现代科学技术与理性主义的普及,社会物质生产迅猛发展,社会结构组织日益精细，制度建设趋于完善，理性似乎像上帝一样统治了整个世界。近现代西方思想家们开始反思技术与理性对社会发展的负面作用，产生了理性批判思潮。科技的飞跃发展的确给人的生活带来了便利舒适，从这个层面上来说，科技本身似乎无害；但科技的发展还衍生出许多问题，如人与自然的紧张对立酿成的生态危机，工具理性使人丧失了自由，并沦为毫无心灵慰藉的"空心人"。这些问题躲藏在科技繁荣的背后，引起哲学家的思虑。法兰克福学派学者马尔库塞（Herbert Marcuse）认为，工业发达时代是一个技术至上的时代，技术带来现代社会的快速运转，同时也给人的生存带来消极作用。现代社会通过技术机制操纵控制人的本能及真实需要，并通过宣传工具，使社会的政治的需要变为个人的需要。人在舒适的物质环境下，渐渐丧失了思考与批判的能力，技术吸空了人的精神能力，使其成为无法积极思考的单向度的人。如何使人从技术压抑中抽身而出成为具有丰富立体心灵的人？马尔库塞认为，要使技术审美化。技术审美化就是让人从技术理性的奴役中解脱出来，激活人的本初感性，在美的尺度中融合理智与情感，再进而将这种主观意志变为现实。

科学与艺术本就是人类的天性。当人类在孩童时期，未知科学却已学会如何审美，美妙而神秘的宇宙景象激发了人类的求知欲望，从而生发出科学。在人类审美与求知欲望未曾间隔的时代，二者相融相促，人类身心和谐发展。但随着社会的进步与分工，艺术与科学走上了两条疏离的道路。科学与艺术都是人类最高意识活动的两面，它们肩负着相同的使命，一种是用情感追寻宇宙的秩序，一种用理智探索宇宙的永恒。科学与艺术二者不能脱离对方发展，否则社会文明将依然处于压抑人的状态。

互联网给科学与艺术的结合带来了一种契机。科学技艺创造了承载人类精神世界的产品，它将丝毫不差的理性程序与人类的诗意激情相结合，将汹涌澎湃的内心世界化为比特，毫无阻碍地奔驰在信息高速公路上，使科学、逻辑、抽象与感性、美善、具体的品质互相黏着。技术化的手段使人真切感受到触手可及的感官画面,将前所未有的艺术品鲜活展露在人们眼前;多媒体技术的综合运用,重新开启人类新感性,创造把握世界的新方式;海量存储与瞬间共享极大地解放人的生存局限,挖掘人的生命潜能。在网络上,人的精神需求得到极大满足,创造力得到极大解放,枯寂的心灵再次逢春萌动。

网络艺术作品的美学价值就是将技术审美化,网络文学同样如此。技术审美化对科技文学的发展都有着重要的意义,这表现在以下两个方面。

（一）为科技注入充盈的感性形式

当科学迅猛发展到一定阶段,出现了技术至上的工具理性,这种价值观认为新的科学技术与工具手段是人类生存的终极目标,除此以外的价值追求都无关紧要。但事实一再证明,脱离了人类生存的诗意,科学技术只能成为反噬人的洪水猛兽。技术对象无法替代审美对象的原因在于技术对象的感性形式无法为其提供意义,而互联网则提供了这种契机。互联网突破了人们共享精神财富的时空藩篱。低门槛的进入口径,使大众成为文学创作的主体,打破了精英知识分子对话语权的垄断地位,衍生出欣欣向荣的大众文化产品。毫无拘束的广阔天地,任由主体挥洒激情。网络匿名特性使创作者在面对自我内心时更加坦率真诚。高强度的交互写作,连接了分布在社会各个阶层的网友,在互相砥砺欣赏中收获心灵交契的由衷喜悦。网络科技的快速迅捷特性携带了自由、民主、喜悦等新感性意义,这种感性意义在于技术本身:正是由于计算机技术、互联网技术、通信技术三者的联合,才有了这种能够普及新感性意义的可能性。技术让现实世界中人与人之间的制度壁垒在虚拟世界轰然倒塌,让平等对话成为现实,这就重新塑造了人与人之间的关系。从西方的审美理想来看,和谐代表着最高的理想状态,这种追求从古希腊的均齐完整延续到当代哲学。和谐指的是人与人自己、人与世界的和谐:当人解除压抑内心的理性束缚,可以自由而诚实地面对内心时,他与自己的身心是和谐的;当人打碎制度禁锢,通过平等渠道表情达意时,他与世界是和谐的。艺术作品的审美对象所揭示的是人与人互为主体的平等关系。只有在这种平等关系中,个人才能与周遭世界以及自己和谐共处,才能获得一种丰富的自由和快慰。

(二)营造文学世界的新的感性形式

一部好的艺术作品要打动观众,使其获得不凡的审美感受,首先要有辉煌灿烂的感性形式。网络文学作品中淋漓尽致的想象境域,多媒体互混的立体感官冲击,可视化技术打造的如真如幻的仿真环境,细腻的传感技术将人对艺术品的审美从外在性想象变为肉身经验式的探索,其中的迷离、刺激、惊喜、震惊,是传统文学审美经验无法比拟的。技术为文学开辟了新的感性形式,文学作品的意义内在于这种感性形式中。麦克卢汉指出,电子媒介能够恢复被印刷媒介破坏了的感官比例,实现感官再综合。网络解放了人的感官欲求,人在声色冲击下释放被理性压抑的感觉接受本能。正如舒适的房屋、温暖的衣物使人类躲避了自然的灾害,但也阻隔了人与自然的融合,遮盖了人面对世界时候的自然感觉,而网络就是一场解放运动。马尔库塞说:"个人的感官解放是普遍解放的起点,甚至是基础。"这种感官解放是人作为一个感性个体,全方位地囊括各个器官的感受综合而成的。综合的感性感觉,为想象力的产生提供经验,只有借助这种综合鲜活的感性,想象力才能摆脱理性世界的常规压抑,营造另外维度的审美王国。在这样的审美王国里,非独占性的潜能欲望得到释放并且与自由和谐的意识和平共处,个人身心与世界平静相对。就目前的网络文学发展情形来看,还没有达到建立新的审美王国的地步,但网络的确突破了传统文学的影响潜能,通过解放人的各个感官,建立新的感性形式,借助新的感性形式营造新的想象力等审美方式,改变了文学对人以及社会的影响,从而在美学上为当前时代的生存困境提供了修补手段。

当下,国内网络文学创作欣欣向荣,层出不穷,应该说在这些作品中技术优先、人文精神缺失的现象较为严重,虽然亦有不乏将两者关系处理得较为成功的作品,但数量并不多。创作者当意识到网络文学本身的美学价值与属性,在借助新兴科技成就网络文学的独特品质时,不能遗忘网络文学属于文学的大范畴,它必须与传统文学一样遵守艺术规律,坚守文学传播延续人类精神文明的使命,精进文学修辞的技法,创造美善真为一体的新时代文学。科技只有承载着人文精神的内蕴才能寻找到腾飞的方向,而文学的人文精神只有借助科技的力量,才能以新感性形式解放人的潜能,重新塑造想象力,从而创造更合理的人与社会关系。这虽然已超出文学本身的效用,但其深远的重要性却不容忽视。

【本章小结】

网络与新媒体文学鲜明的大众化倾向与传统严肃文学、精英文学形成了对比,在虚拟世界里,大众文学与小众文学、精英文学与通俗文学相互融合。网络与新媒体文学的互动性体现在三个维度上,作者与读者、读者与读者、作者与计算机之间,由此形成的网络文学作品在美学上具有一种意义敞开的,未完成的永在性。网络文学带来了一种全新的融入式沉浸感受,这种感受辐射了作品生成方式、呈现方式、阅读过程等诸多层面。

【思考题】

1. 网络文学的大众化倾向表现在哪几个方面?
2. 什么是网络文学的融入式沉浸审美感受?
3. 科技与美学之间的对立会给网络文学的发展带来怎样的警示?

第七章　网络与新媒体文学作品赏析

【学习目标】

1. 学会鉴赏《诛仙》等玄幻类小说的艺术特质。

2. 了解安妮宝贝作品的艺术风格。

3. 掌握网络诗歌的发展样态。

第一节　网络小说

网络小说林林总总，包罗万象，但它们共有的一个重要的特点是其视角趋于两极：虚幻世界与现实生活。写手们要么纵身于玄奥的虚幻世界，要么着眼于琐碎的日常生活，写尽现实人生的疲累。在这一章节，分别从这两种题材里择取一部代表作品进行赏析。

一、玄幻小说——《诛仙》

玄幻小说是在数字网络时代兴起的一类新型的文学样式，它的诞生与电脑游戏、数字媒体的发展密切相关。最早在中国写玄幻小说的是香港中文大学毕业的黄易。20世纪80年代，金庸、梁羽生等人相继封笔，随后古龙离世，中国港台武侠小说创作陷入低谷，中国武侠小说创作陷入一片惨淡无光的空白时期。其时恰逢电子数字传媒刚刚兴起，这为一批武侠爱好者提供了作品发表的平台。黄易在网络上发表了一系列充满奇特虚幻意境的作品，以其曲折的情节和超凡的想象在20世纪90年代便吸引了日点击量高达24万次的受众群。借由互联网的普及，玄幻小说创作开始大行其道，短短十多年间，便成为一个引人注目的文学现象与文学品类。21世纪刚开始的几年，玄幻作家或作品不时出现在百度、谷歌等一系列热搜榜名单上，《诛仙》《搜神记》《小兵传奇》等玄幻小说更是受到年轻一代的热捧，图书出版商频频向网络写手抛出橄榄枝，动辄上百万的印刷销量使玄幻小说成为网络小说的一个热门文学标签。尤其是《诛仙》，引燃网络小说阅读热潮，阅读网络小说的，几乎人人都知道《诛仙》，玄幻武侠小说迷更是沉浸在《诛仙》的玄幻世界中流连忘返。

玄幻文学有属于自己的美学准则和文本特征。玄幻文学呈现的是一个与现实世界截然不同的"架空"世界，在这个世界里，其中的人事不但不受自然世界的物理法则、社会世界的理性法则和日常生活规则的制约，且往往颠倒了自然世界和社会世界的秩序。相比传统的武侠小说体现的邪不压正和遵循儒家不轻言怪力乱神的精神传统，玄幻文学动摇了邪恶正义的界限，并将魔法妖术等奇特法力作为作品的核心元素加以渲染。它是结合了东方神话传说、传统志怪小说、武侠文学、西方奇幻小说（Fantasy Novel）、日韩动漫、好莱坞电影等资源，利用当代传媒科学技术条件，充分调动时空想象力而形成的一种新的文学体裁。

《诛仙》的作者萧鼎，是著名网络小说作家。《诛仙》被誉为"后金庸时代的武侠盛典"和"还珠楼主《蜀山剑侠传》的姊妹篇"。出版后四年内销售超千万册，该书还被陆续改为同名漫画、网游、电视剧出版发行。该小说构筑了正教、魔教相对立的总体框架，正教又以青云山、天音寺、焚香谷为修真炼道的支柱开展故事。

> 张小凡原本是青云山附近草庙村的一个资质普通的小孩子，过着平静安乐的童年生活，但有一天，他突然遭遇了人生的重大转折。天音寺得道高僧普智希望能够打通青云山与天音寺武功的隔膜，前来青云山向青云掌门

解说佛道双修、共参生死的建议，却因青云的门第之见被拒。随后普智在草庙村被一个神秘黑衣人打成重伤，在弥留之际，为了达成心中融合佛道两家武功的宏愿，他设计血洗草庙村百姓，并将天音寺大梵般若神功、佛法镇压的噬血珠传授给张小凡，造成了张小凡与其好友林惊羽的悲惨情状。青云山出于道义同情，收留了张小凡和林惊羽，他们分别被实力较弱的大竹峰首座田不易、实力强劲的龙首峰首座苍松道人收入麾下。张小凡身上兼练青云山道教和天音寺佛教两门功力，由于在修行方面进展缓慢，常被师门冷落。在一次偶然的机遇中，张小凡获得了摄魂棒，其与噬血珠及张小凡精血三者融合成为一根形似烧火棍的法物，成为他的法宝。随后一向被师门遗忘的他却在青云门七脉会武的比赛中，为大竹峰取得了前所未有的位列前四名的好成绩，结识了小竹峰弟子陆雪琪。

比武结束后，青云山派出得胜的四名弟子去万蝠古窟中寻找魔教踪迹。在这次艰险的任务中，张小凡解救了陆雪琪，使陆雪琪对张小凡心存感念，还结识了魔教宗主的女儿碧瑶。他与碧瑶在空桑山坠入滴血洞，在洞里几乎濒临死亡，两人相依为命，在患难中产生了真切情谊。张小凡在洞中得到了天书第一卷，为日后武功精进获取了资本。

随着魔教势力的崛起，他们在流波山隐秘行动，正教之人纷纷出来阻挡魔教行动，探查后发现魔教在流波山想要抓住神兽夔牛。在与魔教的激斗之中，张小凡为了解救师姐田灵儿不惜同时使出青云太极玄清神功和天音寺般若神功，这一举动引起了正教的怒火。因天音寺神功向来不外传，加上张小凡身边带有邪气的烧火棍法宝，一时他成为众矢之的。在青云山大殿上张小凡被会审，掌门逼问张小凡缘由，张小凡为了守住临终前对普智的承诺，宁死不说。田灵儿、陆雪琪等人纷纷为张小凡据理力争，让命悬一线的他深深感动。此时，由于苍松道人的背叛，魔教大举进攻，直逼大殿。为了挽救青云山，道玄真人祭出诛仙古剑，打退了魔教来袭；随后天音寺法相说出了是普智血洗了草庙村,只为了让孤苦无依的张小凡和林惊羽能顺利被青云山收留的真相。张小凡震惊,自己誓死捍卫的承诺,到头来却是一场残忍的骗局,他精神大受刺激。不料此时魔教再次回攻,在激战中,道玄真人驱动诛仙剑,为了斩除祸患,用诛仙剑劈向张小凡。在这千钧一发之际,碧瑶用自己的精血化为厉咒挡住古剑威力,随后她的魂魄消散,只留下一缕在合欢铃中。张小凡悲痛欲绝,叛离青云师门,投入魔教鬼王宗即碧瑶父亲门下,改名为鬼厉。改变身份后的张小凡性情大变,嗜血成性,成为鬼王手下一个冷酷无情的杀手。他想尽办法想要找回失散的碧瑶的魂魄,却始终未能成功,心中饱受爱情痛楚。

张小凡在鬼王宗手下习得天书第二卷,功力日益精进,在死泽寻宝过程中,与陆雪琪一道坠入宝库,获得天书第三卷。两人相逢相对,却因为彼此立场不同,在情感与道义之间纠结惆怅。魔教内部的纷争激烈,兽妖复活,大举屠杀人类,魔教诸派悉数被灭,鬼王宗退出中原保存实力。后兽妖与魔教再次进攻青云山,道玄真人不得不起用天机印,反被天机印戾气所伤。被戾气所伤的道玄真人,凶险非常,入了魔教,欲前去劝说的田不易被道玄真人挟持。在诛仙剑侵蚀下,田不易也入了魔,当他砍杀张小凡时,被陆雪琪杀害。张小凡被诛仙剑所伤,却被天音寺僧人救活,被带到天音寺感化,普泓帮助他驱除内心邪念,引发天刑厉雷,闪现天书第四卷。洞悉天书第四卷且原谅了当年欺骗自己的普智。

鬼王重回中原,秘密启动用神兽精血熬制而成的四灵血阵,企图借助它的威力消灭正教。鬼王获得了深不可测的修罗之力,而碧瑶仅存的魂魄在血阵的混乱中失踪,一心想要恢复碧瑶魂魄的张小凡痛苦不已,整日心灰意冷地躺在草庙村萎靡不振,后来在陆雪琪的照顾下渐渐恢复生机,重新回到青云山幻月洞府,成为诛仙剑的主人,并得到天书第五卷。

鬼王侵入青云山,此时道玄真人已去世,正教眼看就要被毁灭。这时张小凡驱动诛仙剑迎击鬼王,将鬼王打败,挽救了苍生。张小凡消灭魔教后隐居在草庙村,后与陆雪琪意外重逢。

(一)主题

小说展现了张小凡从一个草庙村少年成长为武力无边修道大师的成长历程,其中始终贯穿着一个主题,即主人公苦苦追问的"天道"。作者试图通过主人公的经历来表达对天道的思考。"天地不仁,以万物为刍狗;日月无情,转千世屠枭雄。"老子《道德经》里的意思是天地是没有偏爱之情的,它对待万物就像对待祭祀的贡品,因而人生应该顺应无为,而作者用这句话表明的却是天地无情,时间残忍,人生充满艰辛困苦,失去了原籍中的哲学意味,有种一吐现实块垒的生存感伤。天地无情,令英雄揾巾失泪,那么道义何在?这是小说进一步思考的问题。在传统武侠小说里面,正派与反派之间的对立冲突清晰明了,正派代表着济世救民匡扶正义的力量,而反派则一般扣上祸害苍生无恶不作的罪名,但在《诛仙》里,这种正邪对比、黑白分明的界限被悄然松动了。正教看似一派平和,但事实却与魔教一样暗流涌动,充满了勾心斗角。把张小凡引入青云山的普智和尚,本来是正教分支天音寺以苍生福祉为己任的修真和尚,却因个人私愿,残忍屠杀了整个草庙村的无辜百姓。张小凡本性淳厚善良,但因普智的欺骗,受到来自师门的追杀,堕入魔教,嗜血成性,却对少年以来就伴随自己的小猴子温柔相待、对因自己而死的碧瑶深情执着,在冷酷的秉性中不时闪耀善良真挚的光芒。苍松道人名为正教威严极高的龙首峰首座,却因师兄万剑一的死多年来对掌门道玄真人耿耿于怀,在情绪作祟下为魔教入侵青云山大开方便之门,并与魔教站在一起攻击正教,可谓正教里的叛徒。焚香谷作为正教赫赫有名的分支,竟然在私下里与兽族勾勾搭搭,行为不轨。相反,魔教虽然穷凶极恶,但在凶狠中却不乏重情重义之人。碧瑶的情深不渝自然是小说最为着力之处,连炼血堂的野狗道人也可谓道义凛然。当张小凡变身为鬼厉,想要兼并炼血堂到鬼王宗门下时,向来阴险毒辣的野狗道人即使付出生命的代价也不愿背叛炼血堂，这番忠心最终打动了张小凡。在死泽寻宝路上，野狗道人遇见算命姑娘小环，被小环所救，因而不惜自己淋雨把伞给小环用，后来一路追随小环浪迹天涯。在善良的小环面前，野狗道人也绽放了他的天真。黑石洞里，三尾妖狐为了与她心爱之人——六尾妖狐死在一起，不惜结束自己性命，二妖临死前相拥而泣的场景令张小凡动容，正教口中无恶不作的妖孽，却比正教之人还重感情！更令他感到震惊的是六尾妖狐说的这段话："你们修真炼道，到如今长生还未修得，却彼此争斗得不亦乐乎。所谓的正道邪道，其实还不是只在你们自己嘴里说的？无非是胜者为王，败者为寇罢了。"

小说对正教与魔教都有批判，这改变了传统武侠小说中泾渭分明的道德评判。事物的两面性、复杂性被呈现在读者面前，引人思索。弱肉强食构成了世界的进化规律，但这种规律是否过于残忍？在一个以胜败决定生死的世界，强力无疑是大家梦想渴求的。当我们生活的世界一味地推崇至高无上的威力，是否会使生命本身更加沉重？毕竟大多数人的生命中不乏生活的艰辛和生存的卑微体验。

《诛仙》承认弱者的痛苦，也肯定正常人性中黑暗的合理性。人性中的恶不能简单地认为就是绝对负面的，因为这些黑暗既能吞噬人、麻痹人，也能唤醒人心中的正念去统治、去管理。直面这些黑暗，并通过克服、控制、涤除的方式去正确引导，黑暗亦能够为更坚实的光明提供能量。正如在小说里展示的那样，不仅人具有两面性，法器宝物也具有双面性，诛仙剑能量无可比拟却又具有噬人的魔性。最上乘的武功，也是融合正道、魔道、妖道为一体的境界。张小凡学了天音寺的般若神功、青云山的太极玄清道、魔教天书五卷，最终成为一代宗师。小说似乎展现了这样一个逻辑：只有接纳了不同路向的真实的自我，才能成就最强大的自我。当然，人性中的黑暗面必须在正面部分的疏导下转化。小说最后部分，张小凡驱动诛仙古剑，却没有被戾气所伤，其中一部分原因在于他在天音寺受到普度，消释了心魔，用谅解克服了仇恨。

(二) 艺术特色

1. 瑰丽的想象

想象力是《诛仙》大获成功的一个重要特色。《诛仙》具备传统武侠、仙侠小说的基本要素，比如道法仙术、门派斗争、武林秘籍等，但相比较而言，传统武侠、仙侠小说即使具有幻想成分，故事框架依然有强烈的现实色彩。超逸独立的武林高手选择远离红尘的清静之地修炼养性，心中却系着人世沧桑，人与人之间的关系在现实生活层面上可以成立。人物修仙却不成仙，即使故事涉及了神、妖之类的异族，其中心依然放在尘世人情的发展上。传统武侠、仙侠小说的人物具备儒家心载苍生、济世救民的承担精神，以及墨家侠肝义胆的风范，是入世的。

《诛仙》则是出世的，它不仅完全虚化了故事发生的时空，还在人类之外幻想出魔教、兽族，划分了等级严格的修炼程序，角色可以随时御空飞行，缥缈难寻。由传统的东方神话故事、志人志怪小说脱胎而出，再加上西方魔幻小说的缀饰，《诛仙》凭借着高度艺术化的想象力，在异度空间里开辟了一段奇幻之旅。西方魔幻小说是以中世纪流传的神话历史故事为背景，以魔法为基本要素的小说类型。风靡全球的英国作家约翰·托尔金（John Ronald Reuel Tolkien）的《魔戒》被誉为魔幻小说的集大成者，书中的魔法、矮人族、精灵族、巫师等异域想象元素无疑为新世纪网络写手们提供了更为广阔的幻想空间。而《诛仙》是一部既具有东方神韵、又具有西方魔幻元素的杰作，其高超的想象力体现在以下几个方面。

(1) 时空的想象力

作者架空了故事展开的现实背景。

时间：不明，应该在很早、很早以前。

地点：神州浩土。

> ……………
>
> 青云山连绵百里,峰峦起伏,最高有七峰,高耸入云,平日里只见白云环绕山腰,不识山顶真容。青云山山林密布,飞瀑奇岩,珍禽异兽,景色幽险奇峻,天下闻名。

高耸天际的青云山,凶险腐朽的空桑山、沼气密布的死泽、充斥荒蛮异族的南疆边陲……这些古老神秘的奇幻场所是不同时代、不同空间的组合,在纵横捭阖中为读者呈现一帧帧精美绝伦的画卷。时间同样也被抽离了物质属性,如青云山开宗立派的前辈动不动就活四五百岁,决然不符合人的生理规律了。

时空问题是人类认识问题的焦点。唯物主义观点认为,它独立于人类意识之外而客观存在,体现为事物与事物之间的关系,人类可以通过意识去认识它,却不能决定它。唯心主义的观点与之相反,认为时空是来自心灵意识的产物。离开人的心灵意识,时空也就失去了本质属性。总之,时空代表了人类对世界事物关系的认识,时空观念的更迭,也反映了人类文明世界的进步历程。文学家对时空的观念与科学家和哲学家不同,这表现在文学家可以通过自由的心灵重塑时空。文学家对时空的精心组合,创造出超越现实生活的巧合、奇迹,体现了作者对于世界的独特感受。《诛仙》的空间想象,自成逻辑又可以无限推衍。自成逻辑指的是作者赋予各个空间的事物各自维系的逻辑与发展规律,各个事物的功能效力、生活习惯各不相同,在没有外物入侵的情况下,单个空间按照自己的逻辑稳定运行。如青云七峰分置七脉共传香火,每脉都自成门派。入门弟子要遵守十二教规二十戒条,按照由易到难的过程修习太极玄清道,太极玄清道又分玉清、上清、太清三个境界,这三个境界之下又分别分为三层修为。作者把一元化的世界划分为具有秩序逻辑的无穷空间,故事的发展被拓展为多重领域,主人公穿梭于不同的空间单元里,受制于不同空间单元的秩序规定,由是可以演绎出丰富多彩的生命历程。"一元的空间打造成多层空间之后,各空间拥有各自独立的时间逻辑,随着原有空间的打破,时间逻辑发生变化或是产生交错,从一个空间进入另一个空间,又因两个空间时间逻辑与规律的不同,同一时空参照物的不同,叙事的展开以一个时空的视角来观察另一个时空,奇幻世界的时间逻辑一反现实世界的线性思维,将线性的时间发展逻辑转变为一种趋向环形的发展方式。在奇幻文学的叙事时空里,因为各自独立的时空在某种条件下会出现交叉,今世与前世、来世便可以沟通。""由于惯性,他自身的时空规定性还是让他以原来的时空逻辑看待另一新的时空,这种视角上的差异性就会产生神奇的对比,奇幻效果便产生了。"[①]

  自成逻辑而又无限推衍的时空观念,为文本带来了新的美学意义。人物穿越于不同的时空幻境里,就像重新生活了一遍一样,收获到另外一个世界的生命感受,这是生命内涵的扩充方式。一个人可以同时是不同时空幻境下的任何一个,这就使人物具有了多重面相,能够展示在不同境遇下的人物性格,充分发掘人物性格的丰富性。如果说传统文学中的奇幻色彩是为了营造精彩纷呈的想象氛围,对于现代作家来说,则是为了深入人物性格中的隐秘部分,在多样戏剧性情境下刻画人物性格。进入现代以后,一体化的历史进程随着自然科学的发展逐步瓦解,相对论的诞生撼动了传统哲学的时空观念,现代心理学唤醒了沉睡在潜意识里的深层思维,逻各斯中心主义被后现代思潮冲击得摇摇欲坠,人的主体身份受到质疑,人的本质也被重新审视。在这个意义上来说,《诛仙》的时空观念包含了现代文化培育出来的反传统特质,"现代主义描写文学人物的方法,要求用完全新的、反传统的态度来对待叙事时间,要求放弃纪实性和按照顺序叙述事件的原则。现代主人公不生活于历史之中(因为历史是无意义的,它不能揭示生存的奥秘),而生活在神话时间里。在后一种时间内,过去和现在并存,而且呈现为两者本身无法区别的将来。所有发生的事既在任何时

---

① 蒋勇.奇幻文学的叙事时空[J].重庆三峡学院学报,2010(01).

候,又不在任何时候;既在任何地点,又不在任何地点发生。"①

(2)事物的想象。光怪陆离的事物为小说营造了浓郁的邪魅氛围。据统计,小说里出现了100多种动物,如夔牛、黄雀、火龙、黑水玄蛇、三眼灵猴等,有不少出自《山海经》之类的典籍,也有些是凭空杜撰的。有其他不可名状的器物、植物300余种。几乎重要角色都拥有一件属于自己的法器,如诛仙剑、斩龙剑、天琊神剑、赤灵剑、寒冰剑、轩辕剑、离人锥、六合镜、浮屠金钵、天机索、合欢铃、玄火鉴、琥珀朱绫、伏龙鼎、斩相思、无字玉璧等。尤其是张小凡手中的宝物——烧火棍更是离奇,它由世间两大邪物噬血珠和摄魂棒以张小凡精血为媒炼融成一体,威力极大,使用时黑气弥漫,可吸人精血,使人血尽干枯而死,能克阴灵鬼怪。

2. 凄美炽烈的真情

《诛仙》问世十余年了,根据读者反馈,绝大多数读者认为《诛仙》最为成功的地方在于描写了令人动容的真情,唯美空灵,凄艳深沉。作者曾感叹,每次他到网络上去看读者们的留言讨论,多数都是对书中人物情感的思考与倾诉,同时也有对幻想成分的喜爱,但更多的,是读者朋友们感动于书中人物的情感际遇而流连此书。打动人心的情感际遇到底包含哪些呢?

该小说着力最多的情感描写是爱情。魔教鬼王宗宗主的女儿碧瑶是张小凡感情世界里最重要的一个女子。她出身魔教,本应该与来自青云山的张小凡势不两立,却在山海苑客栈相遇,结下了一段感人肺腑的情缘。在滴血洞与张小凡一同面对死亡威胁时,两人忘记身份对立,向彼此袒露善意,碧瑶更是对张小凡说出了私密的过往,悲惨的亲情变故让张小凡对这个魔教女子产生了最初的好感。之后,碧瑶一直暗地追随张小凡,在张小凡几次遭遇生命危险时挺身而出,不顾父亲和幽姨的反对,甚至不顾生命安危,深入正道领地,只为见心上

---

① (俄罗斯)切尔诺娃.现代主义文艺理论译丛[M].北京:中国文艺联合出版公司,1983:353.

人一面。她心地善良,温柔体贴,性情开朗明快,嘴硬心软,既有老练稳健的一面,又有天真纯然的少女的乖巧。她热情似火,敢爱敢恨,一往情深,虽死未悔。虽则木讷胆小的张小凡意识到碧瑶对自己的感情,却碍于彼此立场不同,屡屡逃避碧瑶的好意,令她失望沮丧,但这并不能阻挡碧瑶如火的真诚。对"碧瑶为了避免张小凡被诛仙剑夺命,竟然挺身而出将全身精血化为厉咒"的描写尤其催人泪下:

> 这声音震动四野,天地变色,唯独那诛仙奇剑却仿佛是诛灭满天神佛的无情之物一般,依旧毫不容情地向他击来,眼看着张小凡就要成为剑下亡魂,粉身碎骨。
>
> 忽然,天地间突然安静下来,甚至连诛仙剑阵的惊天动地之势也瞬间屏息……
>
> 那在岁月中曾经熟悉的温柔而白皙的手,出现在张小凡的身边,有幽幽的、清脆的铃铛声音,将他推到一边。
>
> 仿佛沉眠了千年万年的声音,在此刻悄然响起,为了心爱的人,轻声而诵:
>
> 九幽阴灵,诸天神魔,
> 以我血躯,奉为牺牲。
> ············
>
> 她站在狂烈风中,微微泛红的眼睛望着张小凡,白皙的脸上却仿佛有淡淡笑意。
>
> 那风吹起了她水绿的衣裳,猎猎而舞,像人世间最凄美的景色。
> ············
>
> 那个风中的女子,张开双臂,向着漫天剑雨,向着夺尽天地之威的巨剑。

三生七世，永堕阎罗，

只为情故，虽死不悔。

与碧瑶的热烈不同，陆雪琪对张小凡的爱情显得冷静得多，但不言不语的表象下藏着一副深沉的灵魂。在万蝠古窟中，与魔教妖人拼死搏杀时，张小凡为救陆雪琪受伤，体力不支落入死灵渊，陆雪琪却为救张小凡与其一同掉入万丈死灵渊，在死灵渊下与张小凡对抗阴灵，相互搀扶。当张小凡被青云门问审即将丧失性命之际，她不顾众人疑惑的目光站出来说愿意以性命为担保。张小凡变为血公子后，两人多次在途中相遇，却为了彼此的情分始终没有动手，宁愿静静对峙整整一个夜晚。陆雪琪的爱情是理性克制的，她为张小凡月夜舞剑、拒绝李洵的提亲、关键时刻提醒鬼厉肩负的责任、冒死为鬼厉抵挡八荒火龙的神火……她虽表面冰冷如霜，内心却有炙热的火种燃烧，她深明大义，宽容豁达，情深义重。

无论是碧瑶还是陆雪琪，她们的爱情都接续了传统武侠小说里对爱情忠贞不一、至死不渝的品格。在情爱描写上《诛仙》有创新之处，如传统武侠文学的爱情一般都是止于礼仪的精神恋爱，这种精神恋爱摒弃了欲望成分，但在该小说中，对女性的描写透露着男性审美眼光，夹杂了欲望成分。如《风雨》一章中，张小凡在流波山上被师父田不易罚跪，恰逢风雨飘荡，一个少年孤立无援跪在地上，无人问津。碧瑶不惧危险，为张小凡撑起雨伞，"她轻飘的衣裳边上，也湿了好几处，走到跟前，越发看得真切，那几处被水淋湿，柔柔贴在肌肤之上，若隐若现"。这种充满男性审视眼光的对女性服饰、身体的叙事，不时闪现在小说里，肯定了人性中欲望成分的存在。

忠贞、真挚是该小说爱情感人至深的品格。当代社会浮躁喧嚣的文化环境助长了金钱、物质、权力对人心灵的扭曲。摆脱物质层面的束缚，纯粹追求你情我悦的爱情几乎是现代年轻人的共同心愿。《诛仙》提供了这样一个唯美爱情版本:爱情不问出身,不在乎门第之见,只因彼此内心纯然的吸引走到一起并缔结一世情缘,成为安抚现代人破碎疲乏的情感生活的一缕清风。

3. 剧本化的文学语言

《诛仙》的语言最大的特点在于画面感。任何文学家都需要诉诸形象构建画面来形成叙事内容,网络文学尤甚。为了吸引观众,必须以简单明了的语言勾勒鲜明的画面形象,对读者造成连续性的印象冲击,《诛仙》的语言正是以视听思维方式来写作的语言。这种语言特色表现在以下几个方面:

(1)可视性强,用画面叙事。如开篇写普智在草庙寺遭遇黑衣人袭击的这段:

> 夜深。一声雷鸣,风卷残云,天边黑云翻滚。风雨将欲来,一片肃杀之意。老僧仍在草庙之中,席地打坐。抬眼望去,远方青云山只剩下了一片朦胧,四野静无人声,只有漫天漫地的疾风响雷。

短短几句话就交代了时间、地点、场景、人物,渲染了人物心情与环境气氛,注重对动词的描述,简短有力,画面感强。这种语言类似影视文学的剧本语言,寥寥数语,大刀阔斧,而情境毕现,在小说里处处可见。如果说文学的抒情特性诉诸的是感情的体验方面,那么具有画面感的叙事语言诉诸的就是人的感官方面。画面不断刺激人的感官,带来的是直接便利的感官享受,而不需要调用深层次的审美机制,符合网络读者的审美诉求。

(2)注意段落之间的转场处理。转场语言是在两个以上段落或场景之间进行切换的语言,这种语言能实现推进剧情、设置悬念、构建内容联系的作用。《诛仙》每一章以关键词的方式提炼内容,章与章之间的连续方式尤为讲究。现举出一些方式。如情绪转场式:这种转场方式就是利用人物的情绪起落进行转场,比如在上一章中人物情绪落入低谷,在下一章开始便用高昂的声音调动方式把剧情由低拉高。如在第二十二章七脉会武的比赛中,热热闹闹的擂台赛摆开,张小凡本想和一直暗恋的师姐去给本门师兄加油,却在人群中看见师姐与她的意中人齐昊交谈甚欢,言笑晏晏,这一瞬间张小凡的情绪跌落谷底,第二十三章便以大大咧咧友善热情的曾书书对张小凡打招呼开始,把张小凡从失落的情绪中带出来,引他去看陆雪琪的出场。再如戛然而止式:在两个具有紧张关系的段落之间戛然而止,引出下一段对紧张关系的纾解。如第四十七章,张小凡和碧瑶在滴血洞脱困以后二人告别,张小凡去寻找师门,却遇到了乔装的碧瑶父亲,自称万人往。万人往对张小凡说出他随身携带的烧火棍是魔教的宝物后,张小凡愣住不语。小说在这个地方戛然而止,并不细致描写张小凡翻江倒海般的情绪涌动。在下一章开始,万人往对张小凡讲解这噬血珠的来历,让张小凡对正邪之分在内心深处有了一丝裂痕。这样精心设置的转场形式能最大限度吸引读者的注意力,调动阅读的兴奋点。

(3) 文字干净、利落、清爽。《诛仙》语言简洁有力,描写人物神态,取其精髓,往往寥寥数笔就神态尽现。作者注重对人物动作、语言的描写,而少大段内心独白式的抒情,善于构造细腻的动作神态细节来展现人物内心世界,这就使得小说语言风格有行云流水般的洗练爽利,而无臃肿累赘之感。

4. 娱乐性的情节构造

玄幻小说之所以能够拥有大批追随者,在于这种新的文学类别能给人带来精神享受,表现在玄幻小说惊险刺激的情境、充满异域风情的奇观、现实中无法实现的理想、诙谐有趣的娱乐。《诛仙》无疑与其他玄幻小说一样,是一部亦庄亦谐、充满娱乐色彩的网络作品。

为此,作者在小说里安排了诸多娱乐元素:如陪伴张小凡生活的调皮捣蛋的猴子小灰、大黄狗;师门里颇具幽默气质的曾书书,和以骰子为御空法器的杜必书(赌必输);招摇撞骗的江湖相士周一仙等。这些人物的穿插为小说活跃了气氛,增添了笑料,舒缓了节奏,增强了可读性。

除此之外,小说对于女性的描写也充满了娱乐性的特点。一方面,为了塑造女主角清丽可人的形象,下笔庄严肃穆;另一方面,为了写出逐步深化的情感对人内心发生的影响,却又对女性作男性审美的描写。庄严、欲望、精神、肉体,小说似乎在全方位对读者施加作用力。

《诛仙》是人们在现实事业、爱情无法实现的一个理想。武侠小说的主人公往往都是些来自社会底层的人物,他们要想在社会等级秩序下开辟出属于自己的世界,就不得不走向一条在逆境中奋斗的坎坷道路。为此,他们要忍受常人难以忍受的痛苦,品尝常人难以品味的辛酸,张小凡也是如此。他出身农家,资质平庸,却凭借自己淳厚的天性,收获师门的真诚关爱,通过自己略带傻气的执拗精进武功,取得了武林至尊的地位,从一个懵懂少年成长为手执诛仙剑的高手。那些渴望通过个人努力改变命运的年轻人,便在张小凡身上寄托了他们终有一天能功成名就的梦想。在这一点上,《诛仙》填补了现实理想的缺失,契合了当下年轻受众的心理需求。

二、都市言情——以安妮宝贝作品为例

(一) 都市言情小说

都市小说指的是小说发生背景为都市,以都市人生活情感为线索组织内容的文学类型。都市小说伴随着城市化进程,在中国本土诞生于20世纪二三十年代。新文化运动后,出现了一批以都市为描写背景的文学创作,如鲁迅《伤逝》、郁达夫《沉沦》等,这些作品描写在都市生活生长的新型知识分子在文明冲突下的生存困境,但数量不多。20世纪三四十年代开始,随着中国都市化进程的加速,在沿海地区的上海等地出现了十里洋场的繁荣景象,都市文学开始逐步兴盛。当时的都市文学格局有两个创作重心,一是北京,一是上海。在北京,京派文学家们用怀旧的情绪倾吐对于中国传统的依依惜恋。在上海,则涌现了大批不同特色的海派作家们:以茅盾《子夜》为代表的左翼文学家群,在社会变革层面描写都市不同阶层之间的力量角逐;以穆时英、施蛰存为代表的新感觉

派,流连于都市五光十色的绚烂,展露沉迷其中的都市情绪,揭示现代人隐秘的内心世界。20世纪40年代以后,政治因素占据了整个国家文化建设的核心,都市文学渐次凋零,直到"文化大革命"结束,改革开放以后才又出现了新时代的都市小说。它们来势汹涌,云蒸霞蔚,以上海为主要写作对象的作家依然是其代表,如王安忆、卫慧、棉棉、安妮宝贝、郭敬明等。

言情小说指的是小说内容围绕男女爱情展开叙事的小说类型,可以溯源到中国传统文学的唐传奇。明代"三言二拍"拟话本小说充满了言情色彩,这与市民阶层兴起,反对程朱理学压抑人性的思潮有关。从明末以来,中国言情小说出现过三次高潮,分别是以才子佳人模式取胜的明末清初言情小说、以鸳鸯蝴蝶派别为首的民国初年言情小说和中华人民共和国成立后以琼瑶为代表的新时期言情小说。言情小说的主题单纯,就是写情,其重要美学功能在于给市民提供怡情消遣的文化产物,因此容易出现类型化、庸俗化的叙事效果。明末清初的才子佳人恋爱故事虽然具有冲破封建礼教束缚的进步意义,但依然要归束于传统礼教之下,追求大家长制度认可的大团圆模式;鸳鸯蝴蝶派作家们突破了写情局限在闺阁的做法,把社会性内容引进爱情里面,为爱情增加了社会内容,拓展了爱恋的容量,这一点在后起的左翼文学"革命+恋爱"模式中被继承,并在后来的政治格局中愈演愈烈,甚至社会性内容冲淡了爱情本身,又或者说爱情依附于社会性内容才能成立,爱情失去了独立的美学身份。琼瑶的言情小说在改革开放之际之所以受到大陆读者的疯狂追捧,就在于她的爱情小说还原了爱情至上的品格,她把爱情从社会因素里剥离出来,纯粹聚焦于两人炽烈火热的情感,加上古典诗词的点缀,给人一种温柔细腻而又情怀隽永的享受,故而能在大陆掀起"琼瑶热"浪潮。但随着消费社会的建立,这种甜而腻的琼瑶爱情也渐渐失去了市场。在网络时代,新一代都市文学写手依靠自己独特的文学表意方式吸引受众,在更为细致的审美需求推动下,诸如穿越类等新型言情小说形式走红网络。

都市小说与言情小说的联姻催生了都市言情小说这种品类,即以都市中人与人之间的感情经历为主题进行创作的文学作品。虽然都市小说在20世纪20年代就出现了,但成熟的都市言情小说出现在20世纪80年代以后。都市言情文学的主要创造者和消费者通常是被称为"小资"的一群人。"小资"这个词自20世纪90年代开始频频出现在公众视野里,是"用来指称起源于上海的都市青年白领(准中产阶级)及其优雅趣味,成为流行趣味的最高代表,并与白领丽人、旗袍、个性时装、酒吧、卡布奇诺咖啡、孤独、忧伤、经典、格调等语词密切联系。某个网站在其主页上这样描述小资群体:'他们享受物质生活,同时也关注精神世界;他们衣食无忧,同时也梦想灵魂富裕;他们追求情调、另类、高雅,他们钟情品位、精致、浪漫;他们是时尚的先行者,是文化消费的主力军'"①。

他们运用掌握的文化资本和传媒渠道操纵消费社会的文化走向,引领社会文化时尚。他们既是老百姓文化消费的买主,又是大众精神诉求的主要供应商。他们缺乏传统知识分子的批判精神,缺少宗教般的超越情怀,是工具理性时代的技术人。这就决定了由"小资"生产、消费的都市言情文学是在政治资本、商业资本、文化资本之间相互构制的产物,也决定了它世俗化、平庸化的文类属性。

(二) 安妮宝贝小说主题:爱情、孤独、虚无

安妮宝贝小说的主题几乎都是爱情——城市边缘人的爱情。城市边缘人指的是那些"不归属任何一个团体,没有固定工作、居住地和城市,靠某种专业能力谋生,长期处于孤独和不安定之中。他们有着强大而封闭的精神世界,性格分裂而且矛盾。他们始终在思考,但和现实对抗的力量并不强大。所以有时候他们显得冷酷而又脆弱"②。这些城市边缘人被社会主流体系抛弃,成为游

---

① 朱大可.21世纪中国文化地图[M].第1卷.南宁:广西师范大学出版社,2003:229.
② 安妮宝贝.访谈录:它如同深海[M].北京:作家出版社,2002:125.

荡在社会角落里的黑影,他们要么是从小被家人遗弃缺失父母兄妹关爱、没有承担责任意识的被损害者,要么是主动与世界疏离、只为自己而活的精致利己主义者。女主角一般是喜欢穿着白棉布裙子的、名为安或安生的女性,男主角则是被称为乔或林的十指纤长、目光如水、温柔而苍白的男性。城市边缘人是生长在"潮湿土壤上的腐烂花朵",他们离群索居,深居简出,既渴望与人交流,又不屑与人交流;既渴望爱情,又逃避爱情。他们放浪不羁,白日消沉,晚上浪迹于酒吧、歌舞厅、音像店等地,宣泄生理欲望。他们蝇营狗苟而又卑微脆弱,自以为拥有最坚实的心脏,其实最不堪一击。夜晚降临,在喧哗热闹的街头,这一群面无表情匆匆行走的路人,与华灯初上的城市盛景形成了鲜明的对比,他们是霓虹灯闪烁下的阴影,城市越沸腾,人物的内心就越枯寂。疲惫、飘忽、不安定感、冷漠症,这些都是城市边缘人的性格标签。

为了摆脱孤独,每个人都在寻找爱情:《八月未央》《暖暖》《告别薇安》中的主人公都渴望通过爱的光芒照耀冰冷的心灵,渴望爱的温暖驱逐孤独的黑暗。他或她飞蛾扑火般投入爱情,是为了完成对孤独的救赎。从生存实质来说,人与人之间可以建立同情、仁爱、互助的感情联系,但每一个人说到底还是一个生理学、心理学意义上的个体,渴望通过爱情或宗教的形式来破除孤独的桎梏,将自我与他人相间隔的障碍抹除,从而达到灵肉一体的大欢喜,这恐怕是对爱情的幻觉。当亲历者经历爱情幻觉的破灭之后,这种无家可依的孤独感受将会更加深刻。爱情犹如彼岸花朵,此边看来绚丽夺目,走过去后却灰飞烟冷,一切犹如镜花水月,片叶不可摘得,快乐永远短暂。"包围着我们的,其实不过是一种绝对的空虚,所有的产生、消耗,都是为了消失。"(《彼岸花》)"我相信宿命,不相信爱情,爱情是烟花,带来暂时的温暖和安慰。华丽只在瞬间。"(《八月未央》)"爱情是个伪概念。"(《冷眼看烟花》)由寻找爱情时的希望,再到认清楚个体生存实质的失望,发展为无法再去相信爱情的能量,一步一步,人物走向委顿。

存在主义哲学指导人们在生存绝望的境遇下把生命意义灌注在活着的此

刻。既然生命本来就是无意义的,则不需去寻找生命尽头的终极目的,而是珍惜拥抱当下此刻,为自己的每一个行动、意念生成属于自己的意义,这就为绝望的生命提供了一丝明亮的色彩:专注于怎么活,而非逃避怎么活。安妮宝贝的小说没有这种哲学基调。她笔下的人物,在感受到爱情的挫败之后,转而走向毁灭自己的方向,包括自我戕害,甚至选择死亡。精神上的悲喜已无踪可寻,只有留下强烈的身体感受才能证明存在着。

爱情在安妮宝贝的小说里与其说是作为一个事件存在,倒不如说是作为一种生命状态存在,因为她在爱情里看到了欣喜与落寞,感受到爱情的华丽与局限,这些都是重要的生存感受。一段爱既可以让你认识不同于自己的他人,也能够在这面镜子下照出自己的卑微脆弱。安妮宝贝早期作品里的爱情是不通向婚姻的,男女主人公都是为爱而爱,又在疼痛中匆匆逃避。这就抽离了爱情依附的社会基础,只与灵魂深处的感受相关。她的小说的确具有安抚城市边缘人复杂内心情绪的生命力,渴望为灵魂的安放提供一点方向与光亮:"站在自己的内心边缘,观望黑暗深渊,找到微明时分的光亮。"(《清醒纪·礼物》)

安妮宝贝抽离了爱情的社会元素,就无法从爱情的层面进而延展到对社会、文明的观察审视。与张爱玲的小说相比,后者也写发生在都市里的男女平凡琐碎的爱情,却常常能够越出男欢女爱的框架,把人物在爱情里的性格展现与人物存在的环境相互联系起来,获得一种审视现实的目光。男女主人公在爱情里的纠葛缠绕本质上是来自于不同社会环境下成长观念的冲突,这些观念因与对错无涉,因而能够引发读者对环境与观念之间关系的思考。安妮宝贝小说的人物虽然也设置了环境背景,但在人物与环境之间缺乏互动关系,仿佛他或她从某个环境中出来就烙下了这个环境的伤痕,主体对于环境的超越精神显然较为贫乏。这也是安妮宝贝的小说与同题材经典文学相比,内质稍显逊色的一个原因。

(三) 艺术风格

1. 精准的人物状态刻画和独特情绪氛围营造

安妮宝贝小说的爱情不以故事情节取胜,而是以深度挖掘人物内心感受为手段,把人物瞬间情绪无限放大。她以敏锐的感受力将强烈的感受通过细节捕捉住,再酝酿成覆盖段落的气氛。通过凝神屏息,把一瞬间的混杂了触觉、味觉、视觉的感受写下来,就成了安妮宝贝常常用的修辞方式:通感和比喻。如这样的词句:"初秋阳光像一只柔软的手抚摸在脸上,雨季刚刚离开这个城市,空气依然潮湿""我听到自己的皮肤发出寂寞的声音""她的嘴唇就像一片饱含毒汁的花瓣""夜色像一张沉睡的脸""林的视线是一块深蓝丝绒,温柔厚重地把她包裹"。抽象的心绪在通感的修辞下具有了可以感知的质感,比喻修辞则把这种飘忽的情绪幻化成具体可感的视觉形象,熨帖而又奇特。

为了维持在文中形成的情绪光晕,安妮宝贝常用反复的方式奏响情绪的乐章,有时候是单独的句子,有时候是片段,还有男女主人公在不同小说里的相似性,名字相同,性情类似。反复的修辞使文本不断回旋情绪的漩涡,散落在不同作品中的人物互文写作,使安妮宝贝的作品紧密联系,自成一体,以相似的情绪表达方式不断吟唱她的生命感悟。

2. 恋物和日常生活美学

安妮宝贝对物体很敏感,在她小说里常常会有对物体的精致刻画:带有品位的衣服细节、KENZO 新出的香水、帕格尼尼唱片、卡布奇诺咖啡、白瓷水杯……都市文学作家对物质的热衷是他们区别于其他品类作家的重要特点,这与都市文学的诞生环境有关:"从绣花的帐幔和窗帘、紫罗兰型的香水、枝型吊灯下的派对到诱人的咖啡香味,从橡木门上锃亮的铜把手、打蜡的木地板到晃动在街头的旗袍,从厚重典型的外滩建筑、俗艳的月份牌到衣着考究的老克腊(Old Class),从欧洲情调的酒吧、演奏爵士乐的舞厅到雕花铁栏杆,文学对于服饰、菜肴、生活用具、化妆品等诸多物质细节的津津乐道——批评家甚至称之为恋物。"①

把日常生活中的用品当作审美对象是进入商业社会以来兴起的文化现象。批评家认为,日常生活的审美蕴含着政治权力的重新运作。按照布尔迪厄的观点,审美文化的斗争形式是区隔,建立一套具有差异性的趣味和生活方式是把高雅与低俗区别开来的方式。都市文学作家对物质的沉迷,一方面显示出他们独特的生活品位,把属于自己阶层的趣味通过文化资本的方式变成全民欣赏的对象;另一方面,由特殊物质建构起来的世界必然是拒绝其他阶层审美趣味窜入的,热衷日常生活,欣赏物质商品,精致利己、封闭排外,这是消费文化中都市文学普遍的审美取向。

3. 独特的话语表达方式

安妮宝贝的语言独具特色。首先,她经常使用跳跃的短句来行文,如:"门外,零星的行人,匆促地走路,赶最后一班地下铁。抽烟。小小的青花瓷杯子,留着一小口的酒。绢生手上的镯子在手臂上滑上滑下。"同样,在划分章节时也追求短促的回车键风格,短短一句话就可以单独成段。这造成了她的小说语言平快、冷峻、空灵、简洁、破碎的风格。其次,她时常把充满矛盾的字词拼接在一起,形成一种悖论式的叙述效果,诸如"她闻到乔呼吸中的腐败的芳香""我终于明白我的等待是一场溃烂"等。芳香而腐败,极具陌生化的质感;"等待"作为一个动词后面通常会带出名词或形容词,但这里却跟着一个动词。最后,安妮宝贝小说语言经常使用隐喻意象,诸如花与鸟。花在小说中被隐喻为情欲,当暖暖爱上了同住的男子时,她闻到了在客厅里淡淡的百合花香;有时候被隐喻为生命力,人物生命力枯竭时被形容为"疲惫的花朵"。鸟是自由的隐喻,鸟儿飞翔如同灵魂随意飘荡。

2002年后,随着安妮宝贝父亲的去世,她的作品风格开始发生了一些转变。如果说前期她的成名作抒写的是女童式的灵魂游荡;在随后的生命中,这个灵魂游荡

---

① 南帆.小资产阶级:压抑、膨胀和分裂[J].文艺理论研究,2006(09).

的女童开始成长为一个学会开掘生活本身意义的女性。从《蔷薇岛屿》的越南游记里对在河里洗澡、高温下劳作的人们生存状态的一种关注,到《莲花》这部小说里揭示的关于人必须融入社会并乐在其中的思索,都说明了安妮宝贝在一条更为理性更为宽广的道路上进行精神探索。在《莲花》一书中她这样写道:"别人怎么看你,或者你自己如何探测生活,都不重要。重要的是你必须用一种真实的方式,度过在手指缝之间如雨水一样无法停止下落的时间。要知道自己要如何生活。"

第二节　网络诗歌

网络重新唤醒了诗歌的春天。20世纪90年代后,传统诗歌创作滑向谷底,诗歌失去了昔日的感召力。在大家纷纷质疑诗歌已死的年代里,网络却为新世纪诗歌带来了新的发展契机。经过十多年的发展,网络诗歌成为网络文学园地里重要的品类,诗歌创作、诗歌活动、诗集出版如火如荼,久违的诗歌又回归到公众视野。网络不仅为诗歌带来蓬勃的生命力,更是在新技术的综合作用下催生了以声音、图像、动画为一体的颇具特色的网络诗歌。

目前为止,中国网络诗歌经过了三个阶段:网络论坛时期、网刊专栏时期、博客时期以及正在发展中的移动终端时期。国内较为著名的诗歌网站主要有"诗生活""诗江湖""界限""灵石岛""橄榄树""中国网络文学诗歌"等;著名的诗歌论坛有"锋刃""阵地""诗中国""扬子鳄""非非评论";一些著名的诗歌刊物,如《诗选刊》《星星》《扬子江》《诗潮》等也推出了网络版。

互联网和诗歌的相遇带来了诗歌形态及内容革命性的变化,这主要体现在多媒体、超链接诗歌的出现。由于多媒体诗歌需要高超的网络技术和美术设计能力,对个人的综合能力要求很高,这种网络诗歌在中国大陆较为少见,网络诗歌创作仍然以传统写作模式为主,但在中国台湾地区却引起了一部分诗人孜孜不倦的探索。电子诗指的是利用网络和电脑特有的媒介特质所创作的作品,它不同于平面印刷媒体上所呈现的诗歌形态,而是基于 HTML 或 ASP 语言、动画或 JAVA 等程式语言。新开发出来的诗歌种类充分体现了文学审美的技术化特点。本节以中国台湾诗人试验的电子诗为例,具体陈述这种新型文学类型的形态特色、抒情特色,解析新的美学经验生成方式。

中国台湾地区创作的电子诗可分为四种:具象诗、多向诗、多媒体诗和互动诗。具象诗,就是充分利用文字、符号、图片之间的交融形成的一种网络诗。多向诗就是超链接文本诗歌,代表作有代橘的《超情书》(1998)、须文蔚的《在子虚山前哭泣》。多媒体诗就是除了平面媒介如图片、文字的融合外,还有其他媒介类型,如影视、音响、装置艺术参与制作的网络诗。互动诗就是由读者参与阅读、书写,进行多重创造的网络诗。这四种类型的划分并不泾渭分明,而是相互混杂,共同组合成中国台湾地区电子诗歌的风景。与纸质诗歌的语言形式比起来,电子诗更加倚重技术分量:"图文并茂、音画两全、声情并茂、界面旋转的快速浏览与信息填鸭。文字的诗性,修辞的审美,句式的巧置,蕴藉的意境,一起被图文直观的强大信息所淹没,语言艺术的魅力被技术解魅或祛魅了。"[①]

对于进行网络诗尝试的中国台湾诗人来说,互联网与媒介技术的进步不仅提供了丰富诗歌表现的艺术手段;将文字阅读转变为图像、声音立体化体验阅读;更重要的是,他们希冀借由综合性的媒介手段打造出一种与灵魂相适应的新的诗歌境界,创造一种超越性的整体性诗歌美感。媒介与媒介的相互作用不仅仅是 $1+1=2$ 的物理混合,而是 $1+1>2$ 的奇妙化学反应。正像姚大均曾经指出的那样,创作是不择手段的。也就是说,他要表现的东西或境界,可以用不同的媒介呈现出来,不管是用文字、声音、图像、诗、装置艺术、电脑程序,其实都不重要……艺术对于作者,是内在精神无止境地修炼、超越、自觉、自省。

后现代文化语境中的西方哲学思想界出现了语言学转向的趋势。所谓语言学转向,就是哲学家们的兴趣从传统的哲学本体问题转移到叙述世界的语言

[①] 欧阳友权.网络文本本体论[M].北京:中国文联出版社,2004:229.

上来。在他们看来,语言是构成文化的初始工具,具有能动塑造社会的功能,与其说语言由社会产生,倒不如说社会是语言实践所产生的文化产物,语言自身的作用受到前所未有的重视。跟随这种理念,当代诗学创作中有一个重要的去文化现象。活跃在第三代诗人中的先锋写手们追求语言的物质性,也就说从语言本身的质地出发,构造诗歌艺术。从运用语言来表述或表达世界的工具性到让语言呈现语言自身的物质性,从让世界本身言说到让语言本身言说。诗人们反对人为的客观因素渗透到媒介当中,主张让媒介自己言说自己,驱逐媒介的外部指涉性。从文化背景来说,打破媒介界限,追求媒介本身纯粹的言说功能及效果便成为网络诗人共通的诗歌本体观念。

从传统诗歌的语言色泽到网络诗歌的光点闪耀,网络诗歌携带了哪些不同于传统诗歌的新特性?除了上述形式上的不同以外,更需要注意的是新形式带来的新感觉、新意识。

(一)网络诗歌首先追求快速、跳跃、非线性的思维方式

诗歌属于传统的语言艺术,诗歌语言的诗性特征来源于索绪尔的聚合轴关系。按照索绪尔的语言组合理论,所有的语言关系呈现为横向的组合关系和纵向的聚合关系。前者指的是一个句子在时间上呈现的关系,一个句子里词组与词组按照先后顺序一个一个排列。后者是联想关系,指的是一个句子中一个出现的词与没有出现的,和它组成共时相似关系的词之间的关系。比如和"电灯"这个词组成纵向聚合关系的,有"日光灯""白炽灯""煤油灯"等一系列的词。诗歌语言的纵向聚合关系多过于横向组合关系,也就是说诗歌语言不追求在时间轴上的语义表达,而是从纵向聚合关系中不断挑选、联想词语,展现语词潜能。这就使得诗歌语言在语义表达上不以逻辑陈述为目的,而在于捕捉词语本身的艺术特性,词语之间往往跳跃、断裂、缺乏语义关联。如果说传统诗歌语言本身就具有跳跃特点,那么在网络诗歌中,这种特性并非通过语言来实现,而是通过动图或图像、文字的速度来体现。如这首《困兽之斗》如图7-1所示。

网络与新媒体文学

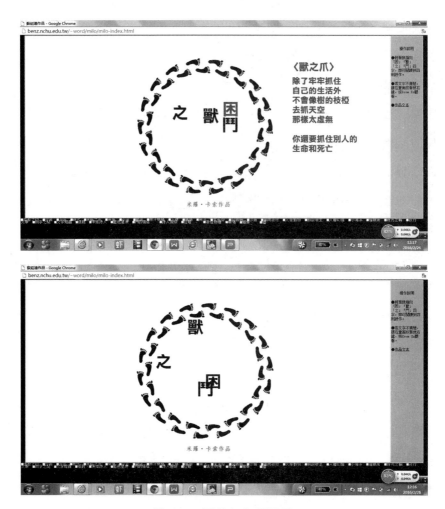

图7-1 《困兽之斗》网页图

苏绍连的这首《困兽之斗》就体现了这种速度感。"困兽之斗"四个字外围起了两道脚印,脚印呈顺时针方向旋转,这四个字无序混乱地在脚印包围的圆圈里飞速转动,鼠标点击其中某一个字,屏幕上便会出现一首主题诗,分别为《兽之爪》《兽之蹄》《兽之鳞》《兽之刺》四首。当鼠标紧紧贴合在快速转动的字体上时,诗歌才会显现,而字运动的无序,加大了鼠标贴合的难度,四首诗一闪而过,甚或相互重叠。一目了然看完全部诗歌显得极为困难,而在间或闪烁的诗的画面后,总能留下几个有印象的字。阅读过程被打扰、阻碍,线性过程被拆散。按顺时针方向不断旋转的脚印,像一道钟表的表盘,象征着时间在寻寻觅觅中急速飞逝;困兽之斗四个字在圈内的无序运动,象征着整首诗要表达的现代人生存困境:无路可走,无可奈何,无比焦虑。无法完整阅读的诗篇传达出一种焦虑,鼠标试图贴合字体的动作,也融合了这份焦虑。整首诗要表达的情绪,就是通过转动图的设计来完成。相反,网络诗歌的语言不追求陌生化效果,平实普通,不随意扭曲,而带有日常口语的特色。

(二) 声色一体的审美感受

电子诗注重声音、文字、图片、形象、动图之间的相互配合。如图7-2这首《战争》。鼠标可以点击空白区域,每次点击都会射出红色线条,将屏幕上的黑色方块击碎,出现诗行,点击的时候伴随有强烈的子弹发射声音。诗人通过程序设计让每个读诗者成为一名枪手,在子弹声音逐个炸响之后,意义才会浮现。就像每次战争结束,当生命消散时人们才会反省战争的伦理。

图7-2 《战争》网页图

(三) 寻求把电子诗的抒情与古典传统结合起来

从对汉字象形本质的属意到电子诗借鉴传统,传统一直是现代诗人汲取的重要诗学资源。诗人们往往借助古人的诗歌、诗人、本事进行演绎生发,创作独具特色的电子诗歌。如图7-3这首《八阵图》。

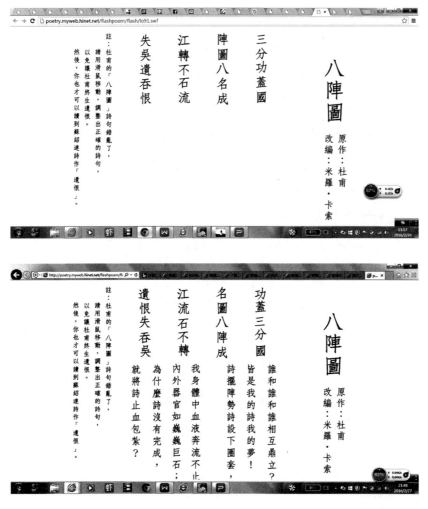

图 7-3 《八阵图》

这首诗以杜甫《八阵图》为基础，并将原诗顺序打乱，需要读者用鼠标重新排序才会出现诗人的作品。杜甫的这首诗是为了赞颂诸葛亮的丰功伟绩，对刘备吞吴失师葬送诸葛亮一统中国的宏愿表达了惋惜。苏绍连在这首电子诗中也摆下了八卦阵。当读者解开圈套，会发现作者想要表达的主题——历史言说之外还有很多空间可以想象历史。将"内外器官"化为"巍巍巨石"，就是要在犹如流逝之水的历史中截下水流，把自我投入历史现场，从自我视角出发观察历史。诗人显然不能同意杜甫的"遗恨"主题，认为英雄不以成败论。不轻易"将诗止血包扎",就是不能轻易给历史下结论。诗人故意把杜甫的诗歌拆散打乱,是为了拒绝原诗中的价值判断,让读者在还原过程中感悟诗人如此设计的深层原因。如果说现代主义诗人里尔克等人做出了诗是经验而非单纯情感的判断,致使现代诗歌抒情方式由情感表达到体验、玄思的书写,由直抒胸臆到远距离的智性抒情,那么网络诗人的作品也呈现出智性抒情的色彩,只不过他们的智性更多地体现在技术手段反映出来的理性思考上。

【本章小结】

玄幻文学有属于自己的美学准则和文本特征,是结合了东方神话传说、传统志怪小说、武侠文学、西方奇幻小说、日韩动漫、好莱坞电影等资源,利用当代传媒科学技术条件,充分调动时空想象力而形成的一种新的文学体裁。以安妮宝贝作品为代表的都市言情小说,具有独特的艺术风格:精准的人物状态刻画和独特的情绪氛围营造、恋物和日常生活美学、独特而具有鲜明个性的句式表达。网络与新媒体诗歌经过了具象诗、多向诗、多媒体诗、互动诗等多种发展样态。

【思考题】

1. 选取一部玄幻类的网络文学代表作,分析作品的艺术特色。
2. 如何看待网络文学中都市爱情书写意义弱化的问题?
3. 选取一首网络诗歌代表作,分析其艺术特色。

第八章　网络与新媒体文学存在的问题与发展趋势

【学习目标】

1. 了解当前网络与新媒体文学发展中存在的问题。
2. 分析网络与新媒体文学发展中的问题产生的原因。
3. 展望网络与新媒体文学的发展趋势。

随着网络和新媒体技术的迅猛发展,国内的网络文学已然成为一种新的文学样式,其存在受到人们的普遍关注。在网络文学蓬勃发展的背景下,在社会文化、科技元素与文学的碰撞融合中,网络文学作品的发展趋势被看好,但暴露出的一系列问题,也使得人们普遍担忧。

第一节　网络与新媒体文学存在的问题

一、当前网络与新媒体文学的艺术局限

传统的文学作品发表往往需要经历一个重重筛选的漫长的过程,最终出现在读者面前的基本都是一些文学意蕴浓厚的作品,相对而言具有较高的文学内涵和价值。一些低劣、粗糙的作品往往无法得到发表和传播。随着网络技术和网络文学的出现,这一情况出现了根本性变化。就大多数网文创作者而言,网络文学创作属于一种体制外的创作。文学创作从文化精英的专属走向普通民众的日常,变成了近乎人人皆可做的事情。网络传播的自由性和开放性降低了文学的高度和深度。网络文学的创作脱离了各类文艺理论的严格约束,带有极大的随意性,这也使得网络文学作品泥沙俱下,鱼龙混杂。具体来看,网络文学作品本身品质问题主要表现在以下几个方面。

(一)语言失范

众所周知,文学是语言的艺术。回溯古今中外文学史,文学大家们无一不重视语言的凝练和使用。翻开任意一部文学经典,无不被其中语言所吸引。文学语言理应充满想象和意蕴,在韵律和色彩等语言特征中表情达意。文学作品语言不同于日常的习惯用语,在内容和表达功能上要更为复杂,但当网络时代到来后,网络文学的语言与传统文学相比发生了巨大变化。

在网络文学作品中,错别字问题较为突出。这些错别字多为与正字音同或音近的字。由于网络文学创作的载体多为电脑,作者通过电脑将汉字输入,在汉字输入法显示的局限下,作者要写的字词可能不在首页,可能需要翻页查找。网络文学创作者为追求输入速度,于是便直接将在前面的音同字近的字作为替代,因此出现了许多错别字。大量出现的错别字在无形中降低了网络文学作品的艺术水准。人们在阅读的过程中不断遇到错别字,会对该作品产生不好的印象,影响读者对文本的接受与鉴赏。网络语言中的错别字问题会对网络文学的鉴赏和批评带来负面作用,影响对网络文学艺术水准的正确评价。

由于在线阅读方式、交互作用以及创作的随意性,网络文学的语言在更多的时候更加接近日常用语。同时,快速的生活节奏和上网花销正促使网络文学作品的语言朝着简洁化、数字化、符号化、新奇化方向发展,大量各类符号、汉语拼音缩写、字母等在作品中频频出现。例如:521(我爱你)、MM(美眉)、BT(变态)、"高富帅""白富美"等。同时,在网络文学的语言中还出现了不少新的词汇、概念以及特殊的含义,如"潜水""置顶""拍砖""大虾"(大侠)、"菜鸟"(新手)

等。这些词语的使用一方面给人们的交流带来了娱乐及便利,但由于语用的不规范,在脱离具体语境后令读者难以理解,使得阅读作品出现障碍。同时,在网络文学创作中,方言、港台语言使用频繁,旧词新用,并生造了很多词语,导致网络文学作品语言的失范。

网络文学语言的出现在使表达方式更为丰富的同时,也冲击着语言的规范。由于众多的网络语言在词义创作上的随机性和任意性,尤其是对于正在学习阶段的青少年,过早接触这些不规范的网络文学语言,便会曲解传统语言和错误使用,造成负面影响。

(二)"注水"过多

当前,网络文学作品数量急剧增加,但是体量上的膨胀却难以掩盖网络文学质量上的问题。以最受读者关注的网络小说体裁为例,文学网民们大多认为其"越来越水"。传统纸质文学小说过百万字可以堪称大著作,但是2010年前网络小说的"百万字"的著作已经比比皆是,如今不少网络小说已然是千万字起步的"鸿篇大作"。以较早发表网络文学作品的"起点中文"网为例,2016年2月14日字数排名前五名的作品,字数最多的是《从零开始》,已达到20189994字;《重生之妖孽人生》已更新至第5857章,达到19436807字;《带着农场混异界》已更新到第1072章,达到19051299字;《暗黑破坏神之毁灭》已经更新至第2829章,达到14429287字;《修神外传》已更新至第3318章,达到14178390字。而且这些网络小说并没有完结,当前仍在写作更新中。如此长篇幅的写作是传统文学难以达到的。网络写手们在作品中大量"注水",想尽一切办法扩容:他们往往延长小说故事的主线,扩充支线情节,尽可能地添加人物角色,进行横向和纵向的故事扩充;有的则通过将略转详,把一些原本不需要的环境介绍和背景描述重复加工,在小说叙述中掺入冗长的对话和虚构的事件交代;有的则故意拉长人物或地方的名字,使用不规范的省略号等方式来对网络小说"注水"。

网络文学注水的背后隐藏的是对经济利益的追逐。随着互联网技术的进一步发展,文学网民的数量也在日渐增多,网络文学也在商业资本的介入后,形成了有效的商业盈利模式。网络文学作品的付费阅读和写手的薪酬写作,激发了网络文学创作者的创作欲望与活力。但是与之同时网络作家的稿酬高低与作品的阅读量和点击率直接挂钩,作品字数多少与点击率存在着密切的关系。因此,不少网络文学创作者们将"多写多赚,多看多得"作为写作理念,将原本"为写作而写作"的创作模式转变为追逐最大物质利益的码字比赛,创作时更多的是想着如何使自己的作品畅销而卖得好价钱。另一方面,网络文学读者即时消费的需求刺激着注水现象的发生。网络文学具有即时消费的特点,生活节奏的加快使得在屏幕前的读者始终处于一种焦虑的状态,阅读网络文学作品时的好奇放松心理导致多数读者对网络文学生产速度有着很高的期待,他们希望自己喜欢的作品能够及时更新,这让网络文学作者备感压力。文学创作原本需要大量的审美体验积累和长期的想象感悟,像网络文学作品每天都更新几万字的章节,这几乎是难以想象的,读者的即时消费需求无疑催化了网络文学创作的"码字竞赛"。

　　文学创作原本应当是一种愉悦精神的活动,使自己处于一种放松享受的状态。网络文学能够将开放性的网络、放松的身心状态,以及文学的自由精神相结合。然而,现在的网络文学正走向对立面,创作的动机不再是情感的迸发,而是来自利益的诱惑和消费的刺激。网络写手们每天也在沉重的写作压力下码字,导致身心严重疲惫。无聊瞎扯成为所谓的网络写作的普遍规则,"注水"的技巧也成为写作同行交流的必备技能。"注水"问题无疑成了网络文学的严重创伤。一些网络文学写手为了将篇幅延长,将原本可以简单几句便交代清楚的情节赘述为多个章节,这种文字的扩容将导致文字的浮躁、浅显、低俗,导致网络文学文本话语力量的削弱,使得文学作品丧失原本的内在张力与特殊魅力。当前,网络上有着不少数以千万字计的超长篇,但是真正具有文学价值的寥寥无几。注过"水"的网络文学里呈现的多为暴力、虚妄与强烈欲望的场景,更有不少色情描写占用作品大量篇幅,直接损害着文学的审美情趣。这些堆砌词语的冗余描写,以及平面化、跛脚的语言,造就的是一个违背文学表达与精神的巨大文字垃圾场。

(三)题材趋同

在商业资本的介入和文学产业化的进程中,网络文学逐步变为了大众文化消费品。作为文化产品,市场需求和阅读受众的喜好是创作的主要方向。不管是网络文学的创作者还是传播销售的载体中介,挑选读者最喜爱的题材无疑是最佳选择。就创作成本而言,为作品拓展一个新的题材,所需付出的时间、精力,以及可能承担的失败风险,无疑是网络文学创作群体所难以接受的。倘若题材创新的作品不合读者口味,影响到商业盈利的实现,这种情况对于网络文学作品运营中介平台来说是不希望出现的。所以类型化创作成为高性价比的选择。这种创作模式既能够在保证人气的前提下,满足创作者省时省力的需要,又能够保障运营平台的盈利需求。这就导致了网络文学的题材选择越来越单一,出现趋同化倾向。

当前,网络文学作品多以历史穿越、校园言情、仙侠玄幻、都市情缘、架空历史、游戏角色等类型为主。一旦某个类型作品受到读者追捧,就会产生一系列跟风作品。对网络文学作品题材的跟风和模仿成为网络文学创作的普遍现象。例如:2006年以《鬼吹灯》为代表的盗墓题材的网络小说出现并受到读者热捧之后,各种盗墓题材的网络小说出现井喷现象,这一时期光是以"盗墓"命名的网络小说便有百余部。包括"言情""异界""校园""穿越"等热门类型网络小说在内的作品都出现了严重的趋同化问题,它们在环境背景、故事情节设定、人物形象塑造等方面都有太多相似的地方,每种类型作品虽然数量众多,但是富有影响力的作品始终很少。网络文学在题材上的趋同化倾向,无疑与网络文学创作的自由特性相背离,在失去文学影响力的同时,也会因为题材单一,削弱读者的文学审美情趣,从而成为限制网络文学作品整体水平提升的瓶颈,不利于文学的发展。

(四) 内涵肤浅

在网络时代,传统文学中心话语模式得到进一步消解,网络文学促成了文学创作的平民化和广泛性,将精英文学与大众文学的距离进一步拉近。但是网络文学出现的无深度的游戏原则和欲望化写作,使得不少文学作品重于游戏娱乐性,忽视了人文关怀精神。

当前中国网络文学读者群体,多为年龄 16～25 岁的青年人。这些读者跟随着互联网的发展而一同成长。在后现代语境下,他们对历史性的伟大主题和道德说教不感兴趣。由于人生阅历的匮乏和一些社会不良文化的冲击,这些读者往往对网络文学的审美情趣仅是来源于感官刺激。网络文学出现了不少以"下半身写作"来博得读者眼球的作品,刺激着人们的道德神经。一些网络写手为了追求高点击量,在创作中常常使用一些带有色情诱惑的文字,更有甚者触及道德伦理的底线,将乱伦、出轨、偷情等内容写进作品中,以满足部分读者的猎奇心理,从而增加点击率。这些作品体现出来的是网文作者虚无的价值观,以及急功近利的创作,加之网络监控的缺位以及传播的迅捷性,也助长了此类不良作品的发展势头和不良影响。如果网络文学以性、怪、诡、异、灵取代主流和大众普遍意识,只停留于撩拨读者欲望的层面,存留着暴力、色情、黑幕、公案等娱乐性、消费性元素,带给读者的只能是粗浅的感官感受,难以激发受众对生活的美好信念,也无法使其树立正确健康的价值观,这样无疑会使网络文学缺乏文学深度和影响力,造成伦理道德的消弭。

模式化的网络小说满足了读者虚假的代入感而广受年轻读者喜爱。这些年轻人正处于人生和事业的起步期,对生活存在着强烈的好奇心和掌控力的倾向,但是由于是在起步初期,面对社会生活更多的是一种被支配的无力感。而这类小说却又能满足这些读者虚假代入的需要。比如大量热门玄幻类小说固定单一的套路:男主角出身贫寒低微,位于社会的底层,突然间遇到奇遇获得转机,便开始了自立强大之路,受到一群红颜知己的青睐,打败身居高位的强劲对手,实现自我抱负,达到社会地位的提升的目的。由于这些作品主要的创作群体也都多为年轻人,与读者群体有着类似的心理特质,创作者的创作动机与阅读者的阅读心态十分契合。创作者以之为倾述、宣泄方式,而读者群体则将之代入。实际上,创作者在创作过程中,还会受到网站编辑、营销团队的商业化意见影响,这进一步催生网络文学中套路化剧情的泛滥。一味满足年轻读者的心理需要和增加点击率,沉溺于幻想和意淫的虚构消遣,逃避对现实政治经济等沉重话题的思考,无疑使得网络文学缺乏了文学应有的高度和深度,使作品内涵走向浅薄。

二、网络与新媒体文学批评的失范与滞后

网络文学从问世初期的鲜有问津到新世纪的风靡一时,原先散布在网络中的原创文学作品陆续被整理,网络文学批评文章也逐渐增多。到目前为止,中国的网络文学批评发展大抵可以分为两个阶段。

第一个阶段,即 20 世纪末期。这一阶段网络文学评论的主力军多为网民的跟帖和网络文学作者。最初,主流文学界对网络文学持一种不认可和沉默的姿态。网络文学由于数量众多以及阅读方式的限制,传统的纸质文学评论主体的批评家们很少关注网络文学作品。作为网络文学载体的网站出于成本考虑,也难以聘请到专业文学批评家主持评论。与文学批评家们"失语"状态相比,网民和网文写手则在自由和开放的网络中进行话语狂欢和情感宣泄,在阅读网络作品之后,将自己所感所想进行跟帖和推介,用网络时代赋予的特殊表达方式来坚守精神领地。当时出现了一些知名的网络文学批评者,例如吴过、王小山、元辰等。这一时期网络文学批评多以点评的方式,整体评论基本处于浅层化和局部化,尚未形成体系,缺乏系统化的阐释,其话语形态难以受到当时主流学界的重视。

第二个阶段为21世纪初至今。21世纪以来,随着网络文学创作的热潮进一步提升,网络文学越来越受到人们的关注,网络文学批评的受关注程度也进一步提高。高校教师、传统的文学评论家、作家们纷纷加入网络文学批评的队伍,代表人物有欧阳友权、白烨、王蒙、莫言、张抗抗等人。欧阳友权从本体论哲学的角度发出追问,认为网络文学是"一种用电脑创作、在互联网上传播、供网络用户浏览或参与的新型文学样式"。江正云认为网络文学是"文化衍进与文学流变联姻的产物"。李星辉总结出网络文学语言具有"艺术与技术合而为一、作者和读者交互沟通、大众化与世俗化构成主调、口语化和速食化"四个特点。王黎分析了性别意识下的女性网络文学创作,并对女性网络文学创作中的种种倾向进行了社会心理解读。韩志荣对文学传播媒介的发展史做了详细的梳理,分别阐述了"传播媒介对文学传播内在和外在的影响,并对网络媒介时代的文学传播进行了省思和展望"。这一阶段的网络文学批评主要以对网络文学的界定、范畴、特征、语言、发生、发展趋势为主要批评方向。学界愈发地关注网络文学,较第一阶段而言,无论是研究的深度还是广度都有较大的提升,但是目前网络文学批评依旧存在着失范滞后等问题。

(一)网络与新媒体文学批评与创作实践的偏离

当前,网络与新媒体文学批评研究的主力军很多都是来自高等院校的专家和学者,以及擅长传统文学评论的批评家和相关从业者。他们中不少具备传统文学创作经验以及相关文艺理论的文学背景,然而很少从事网络与新媒体文学写作,与广大网络与新媒体创作者存在着鸿沟。网络技术的自由性和开放性降低了网络与新媒体文学创作者的创作准入门槛和拓展了其创作空间。网络不但提升了文学信息的传播速度,更改变了人们的理念和思维习惯,获得信息的不对称性导致了批评者与创作者之间出现隔膜和鸿沟。就网络与新媒体文学而言,网络与新媒体文学的创作者多是非文学专业的年轻写手,受网络文化熏陶较深,然而网文批评研究者多为中老年的传统文学学者和作家,受信息时代影响较小，对网络技术和网络与新媒体文学的了解较少，受传统文艺理论和学院化影响较深。在网络与新媒体文学批评中，他们往往使用专业性极强的文艺理论术语。网络与新媒体文学的创作者大多难以理解和接受此类批评理论的指导。网文批评的研究者依托在传统文学理论研究领域的权威，抢占了对网络与新媒体文学的话语权，他们不是真正的网络与新媒体文学的受众，难以完全承担网络批评的全部使命。研究网络与新媒体文学的学者们多受限于传统文艺理论的影响，对于网络时代文化与技术特征一知半解，难以接受现代网络载体对文学形态的影响，更难以用具有独特性的网络与新媒体文学理论来指导文学创作和实践。这就使得网络与新媒体文学批评理论难以返回创作环节指导创作实践。同时最常接触网络与新媒体文学的青年群体却由于传统批评者的强势和排挤而失去了批评话语权，呈现出一种消极抵制、忽视批评话语的姿态。这就造成了网络与新媒体文学批评交往的阻塞，导致了网络与新媒体文学的批评者与网络与新媒体文学创作者之间的鸿沟。

（二）网络与新媒体文学批评标准缺失

众所周知，进行网络与新媒体文学批评，最核心的就是要确立一整套完整而成熟的网络与新媒体文学批评的标准，来丈量考核一部网络与新媒体文学作品的价值。但是目前无论是研究者、作者还是读者，对此问题都缺乏共识。网络与新媒体文学研究对于评价网络与新媒体文学作品好坏优劣所依据的尺度，以及传统文学批评的标准和网络与新媒体文学的契合点都尚无具体定论，这就使得批评标准问题长期被"悬置"。

1. 网络与新媒体文学批评标准缺失，助长了网文创作的随意化

面对网络与新媒体文学，批评者多持一种宽泛和接纳的态度。过于宽泛的批评标准导致当前网络与新媒体文学呈现出一种混乱的局面。在追求点击率和博取点击率的利益驱动下，网络与新媒体文学出现的"身体写作"现象愈演愈烈，往往以宣扬个性自由为借口，将读者的注意力集中在"性"方面，着重强调文

学的游戏娱乐功能,忽视了文学的社会教育和审美功能。文学批评的缺失可能带来的是网络与新媒体文学的"失范",容易导致网络与新媒体文学品质的降低,导致读者审美情趣的恶俗化,最终将阻碍网络与新媒体文学的健康发展。

2. 批评标准的缺失导致批评的理性精神的弱化

网络上的多数有关网络与新媒体文学的批评都偏向于个人的感知,批评者在缺乏相对完整而成熟的网络与新媒体文学批评理论的情况下,容易根据个人喜好进行片面评判。大众化的批评模式由于网络与新媒体文学批评者的文学素养水平不一,使得网络与新媒体文学批评水平有高有低。与此同时,网络与新媒体文学批评除了专门的研究者外,大多是网民采用随意"跟帖"式的批评。在数量上,受批评者参与热情的催化,大量随心所欲的批评文本充斥着网络空间。这就使得一些真正理性的批评意见被湮没,难以得到文学批评应有的传播和指导效果。

在消费主义语境下,网络与新媒体文学具有即时消费的特征。这就使得批评者们在网络批评标准失范的情况下,难以收集大量网络与新媒体文学作品史料作为研究参考,难以对网络与新媒体文学作者进行正确的理论指引,同时不能提供给读者正确的阅读视角与方向。网络与新媒体文学批评处于一种"众声喧哗"的阶段,表现出一种自发、混乱的状态,这也使得创作在缺乏精神向度的同时,更趋向放纵化、呓语化、趋同化。

(三)网络与新媒体文学批评的滞后

人类文化的发展经历了从口传文化向印刷文化再向电子媒介文化演进的三种不同形态,而其中后一种文化形态对前一种文化形态的超越又往往依托科技的进步来实现。随着人类历史的推进,科技促成文化形态的演变,承载文学的载体也从最初的口传、石刻、抄录、印刷向网络转变。在网络电子媒介迅猛发展的时代,网络文学应运而生。它不同于以往纸质媒介下的任何文学形态,而是依托于现代计算机技术和通信技术,因时代所赋予的技术特性改变了以往一维空间的叙述传播的文学形态，更多地具有视觉艺术的特征。网络技术和多媒体技术改变了人们的文学阅读接受方式，也改变着文学载体的承载特征和方式。网络和多媒体技术对于网络与新媒体文学来说，既是文学传播的手段，也是文学呈现的方式。网络与新媒体文学无论是在叙述方式，还是在艺术手段等方面都产生巨大变化，打上新技术的深深烙印。网络与新媒体文学的载体不再是传统的纸质媒介，而是数字、符号、图像建构的网络空间。呈现在读者面前的也不再是纸张油墨，而是电子计算机、手机的屏幕。

1. 网络与新媒体文学批评研究的滞后性问题凸显

网络与新媒体文学批评研究方向出现偏离问题。虽然多数的网络与新媒体文学研究者能够肯定网络技术对于网文的重要性，但是始终没有认识到其对文学发展进步的重大意义。这些学者们往往只是将网络与新媒体文学的现状进行浅层化梳理，或者引入西方传统文学原理进行介入式的阐发和论述，或是进行哲学本体论上的推理演绎等，但始终较少关注网络载体方面的研究，未尝深入探究网络与新媒体文学生产与网络技术的内在机理，找寻网络的实用性与文学的文学性的契合点，剖析网络载体与文学文本的兼容性等问题。这就导致了当前网络与新媒体文学批评相对于迅速发展的网络与新媒体文学呈现滞后的特点，迫切需要通晓网络技术特性与文学规律，构成良好的网络与新媒体文学批评氛围。

2. 网络与新媒体文学批评的滞后性表现在时间维度和空间维度两方面

从空间上看，网络与新媒体文学发表的主阵地是在网络，所以网络与新媒体文学批评的阵地也理所应当地要进行转移。然而，当前关于网络与新媒体文学的专业批评仍然多发表在传统媒介的纸质载体上，受到关注的多数网络与新媒体文学评论依旧栖身于文学类的报纸杂志。网络上的网络与新媒体文学的批评也过于零散，呈现出来的多为对原先在纸质期刊中网络与新媒体文学批评文章的整理，多集中在学术期刊库、网络出版库等需要付费的学术网站。网络与新媒体文学批评传播的广度和影响力十分有限,受众一般多为高等学校文学专业的教师和学生,只能作为批评学者间的封闭式交流与鉴赏。一般的网络与新媒体文学读者和网络与新媒体文学作家难以接触到这些批评理论,使得批评理论难以融入创作实践中。网络与新媒体文学批评媒介载体的滞后性,使其难以发挥文学批评应有的规范作用。

从时间上看,网络与新媒体文学从创作生产到阅读消费的各个环节的完成都是处于一种快节奏的状态,需要进行快速的文学生产以满足读者进行即时消费的需要而完成整个文学活动。从当前来看,网络与新媒体文学较之系统完备的传统纸质文学,仍然是一种未完善的新生事物,尚未形成有序共识的成熟文学形态,急切需要网络与新媒体文学批评进行规范和引导,促成新的网络与新媒体文学体系和批评体系的建立和完善。但是目前的网络批评由于多是在纸质媒介的专业刊物上进行发表,需要历经漫长的审稿、改稿、印刷过程,网络与新媒体文学批评接触到网络与新媒体文学的时间不断增加,这使得网络与新媒体文学理论返回创作实践的周期延长。然而,由于网络与新媒体文学作品的大众化创作,每天在网络上创作的文学作品数以万计,网络与新媒体文学创作和阅读热点也处在高速变化中。研究者对一段时期内的文学作品进行批评,提炼出的理论方法在到达接收终端时,也许整个网络与新媒体文学生态已发生了变化。这就导致当前的有力有效的网络与新媒体文学批评出现滞后,难以满足网络与新媒体文学所需要的时效性和技术性。

三、网络与新媒体文学产业化问题

中国互联网络信息中心发布第 37 次《中国互联网络发展状况统计报告》显示,截至 2015 年 12 月,中国网民规模高达 6.88 亿,互联网普及率达到 50.3%。同时,移动互联网塑造了全新的社会生活形态。根据中国互联网络信息中心的统计,中国现有网络文学网民人数高达 2.97 亿,约占网民总人数的 43.1%。从这些数据中,我们可以看到中国网络与新媒体文学经过多年的发展,其受众已经达到相当大的规模。与之相对应的,网络与新媒体文学作者及作品数量也呈现出一个"井喷"的态势。但是在网络与新媒体文学进入产业化后,面临着数字版权困局。网络与新媒体文学盗版愈演愈烈,版权保护成为制约网络与新媒体文学发展的瓶颈问题。网络与新媒体文学盗版现象的出现,严重扰乱了行业的秩序,侵蚀了正版网络与新媒体文学的创意价值,损害了创作者及相关运营平台的经济利益。

在网络与新媒体文学产业发展的过程中,盗版逐渐形成了灰色产业链。非法转载是最主要的盗版方式。根据非法转载的类型,我们大致可以分为:盗取链接、转载变原创、转载不署名、转载无链接和强行转载等。这些行为严重侵犯了作者的著作权。网络文学作家在创作完成后,通常会将作品的版权授予一家网络文学网站进行运营,但是该作品一旦成为热门小说,网民基本可以轻易在网络上找到几十个未获授权的网站来阅读该作品。盗版的泛滥使得付费读者成为极少数,给作者带来巨大的经济损失,削弱网络与新媒体文学作者的创作积极性,使得网络与新媒体文学的版权陷入困境,严重阻碍了其健康发展。

(一)网络与新媒体文学版权保护技术的滞后性

随着网络技术的迅猛发展,文学依托电子载体呈现到受众面前的方式愈加快捷便利,对版权保护的技术难度就会不断增加。计算机网络技术日新月异,网络的便捷和传播的快速性不断降低网络与新媒体文学复制和传播的门槛,也使得盗版的经济成本迅速变低,在利益驱使下,侵权作品传播数量锐增。网络传播技术的提升给网络与新媒体文学版权保护带来新的挑战。由于现有网络与新媒体文学作品传播多是以数字化和超文本的方式在网络空间传播,脱离了传统物质载体的限制,网络的虚拟性和自由性导致了侵权的低成本与无节制,但目前对其版权的保护技术依旧停滞于传统文学出版物的阶段,难以适应新世纪网络文学数字出版保护需要,因此,网络文学保护技术应当与网络技术的发展水平同步,才能够真正从技术上为网络与新媒体文学保驾护航,促进其健康发展和产业秩序的稳定。

(二)网络版权保护法律政策不完善

1. 法律出台更新速度慢,难以同步保障网络与新媒体文学发展

目前,中国现有关于著作权保障的法律主要有《中华人民共和国著作权法》,(以下简称《著作权法》)、《信息网络传播权保护条例》等。2001年,全国人大对《著作权法》进行了首次修订,保障信息网络传播权利,开始以法律形式开展数字版权保护。《信息网络传播权保护条例》在2006年对信息网络传播权做了规定。但是当前与中国数字出版有关的法律只有《著作权法》,其余多是行政法规或是相关部门规章。网络与新媒体文学版权相关法律的修订速度远落后于网络科学技术和网络文学产业化的发展速度。例如,2012年国家对民众公布了《著作权法》修改草案,并征求公众意见。侵犯著作权的赔偿标准从原来50万元的上限提高到100万元。但是就当前网络文化产业的发展现状而言,一部热门的网络与新媒体文学作品就可能实现千万的盈利,如果出现严重盗版侵权,创作方和运营方的经济利益想要依据法律索赔,将难以充分保障自身的经济利益。网络已经从最初的2G时代向5G时代跨越,但是能够维护网络文学版权的《著作权法》仅仅只做了两次修订。网络与新媒体文学版权问题难以得到现有法律的有效保障,滞后的法律制定面对迅猛发展的网络与新媒体文学产业难以做出有效而及时的反应,难以充分保障网络与新媒体文学的有序发展。

2. 相关版权法律政策存在宏观性过强、操作性弱的问题

这些法律多从宏观角度出发,难以对网络与新媒体文学版权保护的细节问题进行清晰厘定,容易出现法律监管漏洞,缺乏可实践性和可操作性。网络与新媒体文学常出现的盗版现象不但存在媒介网站的越权转载,还存在网络搜索平台的盗取链接,但是由于没有专门的法律依据,难以追究盗版者的具体法律

责任。由于在网络发表的网络与新媒体文学作品多为匿名书写或笔名发表,作品没有清晰的实体出版的载体,也没有国家新闻出版总局颁给的书号,一些唯利是图的出版社则雇用写手,将网络上的热门小说进行变抄修改,或者跟风续写,将书名及情节竭力向原著靠拢,利用手中现有的书刊号抢先出版。根据现有版权法律的规定,相关部门对此难以进行执法,而且由于网络的虚拟性,个人举证的难度较大,导致被侵害的网络文学作者难以及时维权,依靠传统事后处理机制难以从根本上解决侵权问题。一些大型盗版网站通常采用境外注册的方式,通过不断更改域名地址来躲避国内执法和检查,这就加大了相关执法部门的监管和处理难度。因此,当前法律需要具有更清晰的权责认定,将各类涉及版权的行为进行详细厘定,将条例规定制定得更为清晰,明确各方权利和义务,增强具体可操作性,才能真正做到网络与新媒体文学版权保护有法可依。

第二节 网络与新媒体文学的发展趋势

一、网络与新媒体文学文体与形式的革新趋势

随着网络与新媒体技术在文学中的介入,文学改变了原有的内容与艺术形式,无论是在文学体裁、题材还是表现手法上都出现了显著的变化。正在变化的媒介环境给文学发展带来了新的可能性,也使时代赋予文学新的使命和价值。

(一)文体形式两极化:大与小

网络与新媒体文学具有与传统文学截然不同的特点,就文体形式而言便具有很大差异,在网络与新媒体文学发展过程中呈现出新的特点。所谓体裁,是指文学作品的具体样式,是文本的基本要素在相互作用中形成的相对稳定的特殊关系的体系。

网络与新媒体文学创作的自由性和广泛性，使得大批并未接受过文学专业学习的作者加入网络与新媒体文学创作群体中。这些网络写手们往往是随性而发，凭感觉进行写作，文体意识极为淡薄，与传统文学的那些精英作家不同，他们很难对其作品进行精深构思，难以挑选出合适的文体，正如一些学者所说的"反体裁已经成为我们时代的主导模式"，这就导致文学体裁出现泛化，概念界限愈发模糊。在网络与新媒体的创作背景下，在电子数据与符号的结合中，新的文体形式逐步产生，并正朝着"大"与"小"的两极化方向发展。

1. 文体之"大"

超长篇成为网络时代下的新文体。"大"主要体现在文体形式的文本空间大，篇幅极长。一般认为，小说的篇幅低于2万字以下的会被视为短篇；中篇小说一般是在2万字至8万字之间，也被认为是较容易成功的小说；而长篇小说篇幅在8万字以上。在网络与新媒体文学迅速发展的今天，字数在二三百万字以上的网络与新媒体文学作品比比皆是，这类超长篇成为网络时代下的新文体，远远打破了传统文体的概念界定。传统长篇小说往往需要作家通过长时间的观察和了解，把握好复杂而广阔的社会现实，进而展示出一段时期横向或纵向的历史画面。作家们通过波澜起伏的情节，设置人物间错综复杂却又在情理之中的关系，使用文学语言艺术化地叙说社会、人生。

当前，在新媒体环境下出现的"超长篇"，是网络技术与文学产业化模式联姻的产物，它不同于传统文学，不像传统小说肩负文学精英干预社会现实的责任，而是为了获得更多的经济利益而产生的创作活动。网络数字化出版传播的诞生改变了文学生产和传递的方式，也打破了传统传播出版的版面的局限，使网络与新媒体文学篇幅的无限延伸有了可能。由于网络小说多依靠于文字数量和点击率的多少来获取相应的稿酬，写手们为了获得更多的收益不得不写得更长。另一方面，网络与新媒体文学读者也渴望获得即时消费的文学产品，期待阅读可持续的作品，以获得精神上的愉悦和满足，这些都推动了网络与新媒体文学超长篇化的发展态势。"超长篇"小说通常依托于网站进行连载、更新、推介,篇幅一般在百万字以上,也有不少千万字的。网络与新媒体文学即时消费的特性对其更新速度有极高的要求,这就导致这些作品缺乏足够精密的构思,注水冗杂等问题出现。

2. 文体之"小"

随着人们生活节奏的加快,新媒体技术的普遍推广,网络与新媒体文学的文体不仅有"大"的改变,还有"小"的转变。例如,一些短小精悍的"小叙事",如"博客体""日志体""短信体""微博体""微信体""网络民谣(段子)""电子广告"等。

当前读者对文化产品多处于快餐式的消费状态,即时写作和碎片化阅读催生了这种"小"的文体形式,它与传统长篇文学作品不同,需要满足当下人们文化速食化的需求。读者阅读方式也与原来有着显著的差异,往往不再依靠纸质等平面媒体,而更多是通过 PC 端和手机终端来进行阅读。由于浮躁的社会风气以及快节奏的生活状态,读者难以长时间地停留于需要深度挖掘的审美欣赏,而是意图在短时间内实现其审美愉悦感。各类媒介终端软件的设计也从字数上进行了设定,以微博为例,每次发表的文字数量需在 140 字以下。当下阅读方式和软件商的端口设定,都对网络与新媒体文学写作规模有"小"方面的要求,需要创作者在狭小的文本空间中,制造出激化的矛盾或者是跌宕起伏的情节,制造出出人意料的效果,向阅读者提供即时的审美快感。这类"小叙事"的文体——博客文学和手机文学正在逐渐形成:通过百余字的规模,精炼地呈现一个故事、情节,达到搞笑娱乐、幽默调侃的目的,令人忍俊不禁又有所回味。

这些新的文体蕴含着新的内容和新的精神,与当前的现实生活相映射,与人们的精神面貌和意识形态相呼应。随着人们受后现代主义的影响加深,网络与新媒体文学在"躲避崇高"之后,正逐步进入以"我"为核心的起点,将诠释和表现自我作为存在的目的。新文体的"大"与"小"作为未来网络与新媒体文学发展的趋势,为文学的生产和传播提供了新的选择,使文学审美走向多元化,也为产生优秀的文学作品创造了条件。

(二)多媒体环境的仿真程度提高:3D立体

在多媒体技术与网络技术的推动下,文学的主题和形式正发生着巨大变化。身处多媒体环境的大众,眼、手、耳等多个感官都受到文字、声音、图像等相关各种多媒体技术的影响。文学是一种语言的艺术,作家们通过文字来构成其想呈现的艺术世界。进入网络新媒体时代以来,各类科学技术参与进文学的创作活动之中,除了原有文字之外,还产生了许多新"语言",例如声音、图片、视频、动画、录像、数码摄影、影视剪辑等,极大地拓展了文学的表现形式。网络与新媒体文学通过多媒体技术可以使读者进入多重感知的环境,能够在短时间内通过新媒体创造出生动的图像,弥补文字表意的局限性,使读者迅速地进入审美状态。多媒体技术与网络虚拟结构的融合,使文学由原本单一的印刷形式转变成更为生动直观的形式。未来随着科技进步与发展,网络与新媒体文学也将朝着更加生动化、形象化、可视化方向发展。

当前兴起的多媒体仿真技术属于感受计算的一种,可以将仿真所产生的信息和数据转变成为被感受的场景、图示和过程。这一技术能够充分利用文字、图形、图片、二维/三维动画、影像和声音等多媒体手段,将可视化、临场感、交互、引导相融合来产生一种沉浸感,使人的感官和思维进入仿真状态。网络与新媒体文学在未来也许能够充分地利用视觉和听觉媒体的处理和合成技术,将网络与新媒体文学作品中的模型信息进行有力表达,将环境属性、情感状态和人物行为从抽象空间转化为视觉、听觉、触觉空间。网络与新媒体文学可以凭借多媒体所提供的临场体验感拓展文学内容可视仿真的范围,将读者所认知的实景图像与创作者的虚拟想象相结合来产生"半虚拟"环境。甚至依托触觉设备将网络与新媒体文学作品人物代入,体验故事人物所见所闻所感,走向3D立体体验式的新阅读模式。

网络与新媒体文学在多媒体语言的推动下，正在持续改变中，带来了新的审美范式。多媒体环境的仿真程度正在逐渐提高，从当前的文字图像结合的模式朝着3D立体模拟转变，这将在文学阅读中创造出超越真实的"真实"。另一方面，我们也应该提高警惕，立体化的结果可能会造成思维的直观化，极大地削弱文字所蕴含的言外之美，不再有传统文学的留白，也不再能感受那反复体味的美感。阅读者的想象、思考、分析的能力也将受到影响。在习惯立体化仿真阅读之后，声、光、色生成的虚拟真实也许会取代人们的真实感受，使他们宁愿沉溺于虚拟世界，而不愿意走向现实。网络与新媒体文学正在成为一种综合性的表现艺术。在未来多媒体高度仿真的时代重新界定文学内涵也许会成为一个难题。基于立体化的多媒体技术的仿真体验式阅读替代传统阅读将对未来人们生活造成什么样的影响，也将是我们需要思考的问题。

二、网络与新媒体文学产业化趋势

中国互联网技术正在不断完善，网络和智能手机用户不断低龄化，网络与新媒体文学迎合了当前快餐式文化潮流，吸引了广泛的年轻读者进行消费，使其迅速成为数字阅读领域的主流。即时更新的消费供给机制，在激发用户阅读热情的同时，增加了人们对正版内容进行付费的意愿。无论是网络支付平台的发展，还是移动端运营商提供的推广渠道，都使得读者可以便捷地进行阅读消费，使得网络与新媒体文学产业不断获得更高的盈利，并推动网络与新媒体文学产业的蓬勃发展，形成内容生产—发行—推广—消费的完整产业链。在未来，文化产业的产业链将会不断完善，商业模式将会更加清晰和准确，产业链中每一环的盈利能力将不断增强，逐渐形成健康而高速发展的网络与新媒体文学产业生态体系。

（一）产业链的完善

网络与新媒体文学逐渐在走向线下实体出版。1999年《第一次的亲密接触》由北京知识出版社进行实体出版,首印即达到50万册的惊人数字,名列各大畅销书排行榜首,由此掀起了中国网络小说的出版热潮。2000年,"榕树下"网站与花城出版社联合出版了作品集《性感时代的小饭馆》《我爱上了坐怀不乱中的女子》等;当年6月,"榕树下"网站又与漓江出版社合作,出版了《中国年度最佳网络文学》,进一步推动网络小说的实体出版。红极一时的《诛仙》系列在赢得网上上亿点击率的同时,也创造了图书销售超过300万册的销售奇迹。《明朝那些事儿》更是达到了500万册。《藏地密码》印量突破700万册。《鬼吹灯》《盗墓笔记》《杜拉拉升职记》等一系列网络文学作品实现了实体出版。网络文学的线下出版,既是网络文学产业提高盈利的手段,也是传统出版业寻找发展生机的出路,更是网络文学作品的获利要求。网络文学通过实体出版,不仅能够扩展在原有线上积累的人气,还能够打开线下传播和销售渠道,获得更多的经济利益。通过数字化技术和出版手段,将线上的数字化图书转化为实体图书进行市场争夺,进一步打开网络文学产业的发展空间。

各大网络与新媒体文学运营商都很重视网文的线下出版,并将其看做盈利的有利渠道。随着网络与新媒体文学产业化的发展,其产业将不断将市场扩大到实体小说的出版以及周边,进一步完善产业链结构。如果只是单一依靠网站阅读收费模式,将难以支撑运营成本和进一步发展壮大,因为光是网站的维护、作品版权的购买、编辑及推广,一年费用便将达到几十万。一些中小型运营商如果只是通过单一商业模式,其经营将难以为继。而对于他们来说,最有利的资源就是手中网络与新媒体文学优质作品的版权和在庞大读者群中所积累的人气,这就对网络文学从数字到实体化出版提供了极大的支持。而传统实体文学出版商也正苦于难以发掘叫好又叫座的作品,规避出版风险和缩短出版时间,在网络上受热捧的网络文学正好迎合了出版商的需要:网络文学作品的点击率高低已经初步验证了其潜在价值,并预先经受过市场的考验,来自各方的迫切需要就为网络与新媒体文学运营商与出版商进行深度合作创造了机遇。

网络与新媒体文学作品陆续挺进图书出版发行市场,在有价值的网络与新媒体文学内容资源的支撑下,网络与新媒体文学产业从与实体出版社合作的"往线下走"后,又开始在销售推广渠道上"往线上走",转向网店销售合作,通过出版发行网络与新媒体文学作品获利颇丰。《鬼吹灯》《盗墓笔记》的销售有千册之多,有的书已经获利数千万元。另外,网络与新媒体文学对出版业和报刊业也产生了较大的影响。众多出版社纷纷涉足网络与新媒体文学,纷纷出版文学丛书或作品选集,不少文学报刊也开始选登网上优秀作品。线上文学的线下出版这一盈利模式将会成为网络与新媒体文学产业的主流模式之一。

除了图书出版以外,畅销网络与新媒体文学作品的影视改编,也极大地拓展了网络与新媒体文学的商业模式。据网络数据显示,2015 年最受观众期待的电视剧排行榜中,《盗墓笔记》《芈月传》《花千骨》等都属于网络小说改编的影视剧作品。"据统计,截至 2014 年底,共有 114 部网络小说被购买影视版权,背景跨越古装、现代、民国,题材涉及仙侠、悬疑、权谋……其中,90 部计划拍成电视剧,24 部计划拍成电影,而电视剧单集制作成本最高可达 500 万元。"[①]国内影视公司正在疯狂地收购网络与新媒体文学运营商手中的网络与新媒体文学作品版权,网络小说积累了人气之后转型而成的影视作品将会更加具有商业价值。网络与新媒体文学作品正在不断刷新改编版权费的上限,不断激发着网络与新媒体文学产业的活力。以《何以笙箫默》为例,其从最初网络小说作品,到如今成为电视剧版权费达七位数的影视作品。2013 年整体的网络小说影视改编版权费用大致在 10 万~30 万(每集)之间。2014 年,网络小说版权费用大致出现了两三倍的增幅,更有甚者还出现了几百万的高位。网络与新媒体文学的电影改编也如火如荼,以《鬼吹灯》改编的电影《寻龙诀》票房高达 16 亿。

---

① 施晨露. 网络小说改编影视剧频"撞车". [EB/OL]. (2015-02-05)[2018-05-10]. http://news.163.com/15/0205/03/AHLLPPG300014AED.html

影视化改编是网络与新媒体文学适应市场化、产业化，拓展自我发展空间的未来方向。21世纪以来，我们开始进入"读图"时代，在文化传播的过程中，图像正在逐渐代替文字原有的作用，以视听为主导的影视产品，作为综合性艺术，能够通过各类生动、形象、直观的方式将原本单一抽象的事物概念转化为具体形象的存在，利用多维手段虚拟仿真情境，使受众如身临其境，融入其中，更加深刻地接受作品所传达的信息。网络与新媒体文学的影视改编所挑选的作品通常都是点击率高、受读者喜爱的、拥有较高人气的，一旦这些作品改编成影视剧，之前在线阅读过这些作品的读者会对影视作品产生强烈的期待，渴望去观赏该影视剧，来验证自己阅读文字作品中的想象。而由于影视剧的篇幅较之线上网络与新媒体文学作品通常较短，无法在一部影视作品中对原著进行全面演绎，这就使得影视作品必须对原著进行大量删减改编，由于有的观众并未阅读过原著，对影视剧的观赏将处于一种不满足的状态，影视剧作品往往会反过来激发观众阅读网络与新媒体文学原著的欲望。网络文学作品连载培养了大量粉丝，改编为影视作品后，用户转化成本相对较低。

视觉审美正在代替文字审美成为新的趋势，也使得网络与新媒体文学在影视剧改编上走得更远。网络与新媒体文学的技术特性和想象力与影视作品相契合，新媒体时代网络的虚拟技术在影视作品中的运用，能够突破现实条件的制约，制造出虚拟的场景、模型。网络与新媒体文学经过影视化后，将更为形象生动，通过影视技术来提高对受众神经系统的刺激强度，不断提高受众的审美快感。然而，单纯的视觉化审美可能会弱化作品的精神内涵，因此，在网络与新媒体文学影视改编中，如何在新媒体网络时代下表现历史理性和人文关怀，还需不断地进行探索。

此外，网络与新媒体文学作品与网游之间的转化是产业链上的重要一环。网络游戏与网络与新媒体文学能够达到深度契合。网络游戏改编成为实体出版、影视改编的新渠道，使网络与新媒体文学作品获得了转换的新媒介载体，具有极大的商业价值和市场前景。以阅文集团改编网游为例，小说同名网页游戏《莽荒纪》2015年6月流水突破3000万；同名手机网游《花千骨》首月月流水近2亿；同名手机网游《苍穹变》上线3日流水突破4000万，月流水破亿；同名手机网游《大主宰》首日付费充值超过1015万；手机网游《斗破苍穹》首月月流水破1000万。

随着社会发展，人们为了满足精神需求，要求获得和享受多元化的文化形式，网络游戏应运而生。网络与新媒体文学与网游的联姻赋予了原本缺乏核心支撑的游戏更为深远的文化背景和精神内涵，使游戏玩家能够获得游戏之外的内容。经网络与新媒体文学改编的网游通过文学故事情节丰富了游戏的内容，加之游戏制作出的人物环境，使玩家能够沉浸其中。网络与新媒体文学中的玄幻、仙侠、游戏等类型化作品与网络游戏存在天然的契合点，网文作品中所建立的想象世界与网游的虚拟世界存在相通性，能够使用网络数字技术再现文字所构建的幻想世界。

热门的网络与新媒体文学作品已经拥有稳定的阅读群体，这些读者易于转化为网游的玩家。网络小说迅速发展，其受众群体也越来越壮大。网络小说的读者与网游玩家群体一样，多数为年轻人，对网络文化和流行潮流认知度较高。网络小说情节和人物设定通常具有一定规律性，并且与游戏的设定大致相同，可移植度较高，具备改编为游戏的先天性条件。游戏制作商以获得高人气量和点击率的网络与新媒体文学作品作为改编对象，往往以原作故事为蓝本，经过深度加工后，实现游戏化的原作重现。网络与新媒体文学与网络游戏的深度融合有利于解决原有游戏开发中出现的素材匮乏的问题，同时能够为双方积累人气及关注度，进一步拓展网络与新媒体文学发展新的路径。

（二）产业资源的重组聚合

2015年，网络文学产业整体发展迅速，移动互联网阅读趋势显著。"据相关机构发布的《中国网络文学报告》显示，已经有57%的用户在移动端阅读，纸质阅读占比 15%，PC 端阅读的用户占 28%。同时，数字阅读产业呈现集中化、多元化趋势，并在近 5 年进入了井喷式发展时期。在数字阅读蓬勃发展的浪潮中，传统出版也进入了数字化转型期，全国现有的 580 家出版单位绝大多数都设置了数字出版机构，其中约 30 家成立了公司并独立运营。"①网络文学产业正在通过跨界合作、资源互补、优势叠加的方式不断重组聚合产业资源，这也是网络文学产业发展的未来方向。

跨界合作将不断深入。随着市场的需求和商业资本的介入，网络与新媒体文学产业将不再仅是靠网络文学作品读者付费盈利的单一模式，更多的是将呈现出跨界合作的新业态。网络文学网站与传统出版社合作，实体出版线上的网络文学作品；与影视媒体公司进行深度合作，改编网络与新媒体文学作品制作影视剧；与网络游戏公司联手打造网络小说同名网络游戏。这些都将会成为网络与新媒体文学产业发展的新常态。网络文化产业将更多地依托网络数字化技术，以 IP 版权开发为核心，全方位贯通各行业，将网络与新媒体文学作品与 IP 开发直接对接，进一步增加网络与新媒体文学产业的生长活力。借助跨界合作的商业新模式，网络与新媒体文学的版权运营将走向多元化。网络与新媒体文学资源成为产业链条中的动力源，在直接生产价值的同时，可以对作品版权进行二次价值的广泛开发，形成跨领域、多平台的新型产业模式。

传统国有报业集团正在与民营网络与新媒体文学出版企业进行重组并购；传统广电企业与网络与新媒体文学原创平台进行结合；网络科技公司携网络与新媒体文学网站进行上市整合；电信运营商加入网络文化产业。其他行业企业的加入，不仅可以利用网络与新媒体文学的内容形式和影响力扩展原有业务、促进企业转型、实现资源互补，更能够实现优势叠加，为网络与新媒体文学出版

---

① 吴长青.2015 网络文学产业发展三大趋势：跨界、调整、重组[J/OL]. 中国出版传媒商，(2015-12-22)[2018-05-09]. ttp://www.sinobook.com.cn/press/newsdetail.cfm？iCntno=22961

企业拓展图书类出版渠道,优化原创网络与新媒体文学的创作,加强文艺名家经纪管理,扩大影视版权购销代理业务渠道,使得网络与新媒体文学产业企业业务结构得到优化,进一步增强盈利能力,为后续战略布局奠定基础,并为网络与新媒体文学企业的未来发展、延伸做好积淀。

随着产业资源的重组聚合,更多好的网络与新媒体文学产业品牌正在不断树立。网络与新媒体文学产业将以全用户、全渠道、全终端、全产品、全版权为中心进行深度跨界合作,其运营内容将涵盖简体出版、繁体出版与海外版权、影视及舞台剧改编、动漫改编、游戏改编、音频、线下活动及周边衍生品等领域,以此构建产业的新生态圈。

(三)创新内容的生产模式

传统的文学内容创作模式是由作家自行创作,产生整部作品后,经由各类文学期刊、文学出版社筛选过滤,再进行出版发行。而网络与新媒体文学内容生产与传统文学截然不同,从最开始自由创作逐渐转向以市场为创作导向,形成了新的文学生产模式。当前,网络与新媒体文学形成了"网络写手—运营网站—读者"三端模式。网络写手自发地将所写作品的一部分发布到网络与新媒体文学运营网站上,如果该作品得到读者关注,获得较高的人气和点击率,网站便会及时联系作者进行约稿,购买其作品的相关版权,并邀请写手继续创作剩余作品并持续更新。

随着网络与新媒体文学产业化的进一步推进,网络与新媒体文学内容生产模式也正在不断变化。网络与新媒体文学运营商为了实现较高回报的盈利,逐步以"产品线"和"项目制"的模式创新内容生产方式。产品线模式是通过对阅读市场的深度调研,以读者阅读热点为方向,雇用擅长创作某热门类型网络与新媒体文学作品的写手进行创作,并通过专业编辑对写手团队进行创作指导和修改,直至进行连载更新,逐渐形成青春、玄幻、校园、惊悚等主要产品线。网络与新媒体文学通过全版权产业链运营实现收益最大化,项目制成为网络与新媒体文学内容创新的新模式。网络与新媒体文学内容的生产是整个文学产业链模式中极其重要的一环。只有源源不断的内容供应,才能满足整个产业链的延伸和发展。项目制的内容生产模式也将成为未来的发展方向。网络与新媒体文学内容生产作为产业的核心,在形成"网络创作、电子发行、阅读消费"的微产业链的同时,为影视、游戏乃至音乐等全媒体产业链提供原动力。

在内容生产模式上,网络与新媒体文学创作将从 PC 端逐渐向移动端进行转移。一些商家开始将创作端口瞄准常用的手机,致力于打造移动读写平台,将网络与新媒体文学的移动读者作为目的受众。通过手机等移动读写平台进行创作,创作模式将更为便捷灵活,依托即时互动的特点,将网络与新媒体文学生产要素的原创作者迅速聚拢。同时,通过深入校园的方式,与高校的文学社团进行交流互动,进一步吸引更有创造力的网络与新媒体文学年轻作家加入创作队伍中,开发出网络与新媒体文学创作手机 APP,以更灵活的创作模式吸引更多的原创作者,实现网络与新媒体文学全新的零门槛商业化创作。

(四)移动端的网络与新媒体文学新动态

中国网络文学用户数逐年增长。同时,移动端网络文学读者正在迅速增长,移动通信设备正因其便捷性特点而逐渐成为网络与新媒体文学新的传播载体,受到人们的普遍欢迎。由电脑端向移动端转移,可能成为未来的网络与新媒体文学发展的方向。

当前,在网络与新媒体文学阅读的读者中,大致有 57% 的用户是在移动端完成的,移动端阅读正逐渐成为网络与新媒体文学读者的最佳选择。阅读移动化已经成为未来发展趋势。随着移动互联网的普及,以及网络与新媒体文学运营商向移动端的产业布局加速,移动端用户数量将进一步增长。中国手机网络与新媒体文学,特别是网络小说的读者市场已逐渐成熟。阅读手机小说已成为年轻人生活中的新时尚。中国手机用户的规模很大。作为国家级的数字出版综合阅读基地,中国移动咪咕数字传媒有限公司,简称咪咕数媒(Migu Digital

Media，MDM)，于 2014 年 12 月 18 日正式注册成立。MDM 系中国移动咪咕文化科技集团公司全资子公司，其前身为中国移动手机阅读基地。它所属的阅读平台汇聚近 50 万种精品正版内容，覆盖图书、杂志、漫画、听书、图片等数字产品，累计培养了有数字阅读习惯的用户 4.2 亿。MDM 在未来可能成为中国最大的无线图书发行平台。

在移动互联网中，读者不仅可以在手机上阅读小说，还可以凭借 APP 等载体进行小说创作并及时进行发布。随着手机等移动终端逐渐成为人们常见的文学接触媒介，日益融入人们的日常生活中，移动终端正在逐渐成为创作的移动平台，网络与新媒体文学创作者可以利用便捷的移动终端，及时将自己的创作构思和想法进行记录，同时通过移动互联网将创作作品及时进行上传。网络与新媒体文学创作者可以根据作品发表后的读者反馈以及交流互动，及时对后续连载作品进行调整，以便创作出优秀的作品。

三、网络与新媒体相关政策法规建设

网络与新媒体文学是依托网络技术创作和传播的新的文学形态。随着网络与新媒体文学的迅速发展，在其受到广大文学爱好者欢迎的同时，也正逐渐成为中国文化产业的重要组成部分和文艺类型。网络与新媒体文学产业开始被提升到国家层面予以重视，国家相关部门出台了《关于推动网络文学健康发展的指导意见》等政策，来推动网络与新媒体文学创作和创新，使其能够健康发展，并支持提升数字出版产品质量和服务水平，培育文化产业新的增长点，将网络与新媒体文学产业的发展目标提升到丰富网络内容建设、激发民族文化创造活力、满足人民群众精神文化需求、增强国家文化软实力的政策高度。在国家的高度重视和相关有利于网络与新媒体文学发展的政策支持下，网络与新媒体文学的发展必将行稳致远。

(一)版权保护措施建设与发展

网络与新媒体文学的版权保护是数字版权保护的重要组成部分。数字版权保护技术是数字版权保护的重要支撑,也是保障网络与新媒体文学健康发展的重要利器。数字版权保护技术以一定的计算方法实现对数字内容的保护,保障数字版权所有者的合法权利,满足数字信息用户的合法使用。"版权保护技术措施,是指版权人在以数字化形式存在的作品上设置的能够对该版权作品的访问、复制、使用进行有效控制的各种技术手段、设备、产品或方法。"[①]涉及的主要技术包括数字标识技术、安全和加密技术、存储技术、电子交易技术等。

当前在网络与新媒体文学版权保护的技术开发上,普遍使用的数字版权保护技术主要有数字水印技术以及数据加密和防拷贝为核心的 DRM 技术,控制数字化的网络与新媒体文学作品的具体使用方式,限制相关作品在未经授权情况下的复制传播。但是这些被动防守的版权保护技术,只处于增加盗版难度的层面,而难以对复制剽窃行为进行追溯、取证、支持网络与新媒体文学版权所有方维权。在对作品使用方式控制的同时,也应当对盗版行为进行积极反击。通过网络文字分析追踪技术,相关人员可将具体的侵权数据和具体行为进行追踪取证。由于人工对网络与新媒体文学版权维护成本较高,取证困难,且比对抄袭数据难以精准统计,所以未来对网络与新媒体文学版权保护技术的开发力度会持续加大,将更加依托于网络数字和文字保护技术,以开发技术软件为载体。在保障版权的前提下,持续追踪可能发生的盗版行为,进行数据统计与取证分析,节约维权成本与司法资源,同时以技术创新的手段优化读者的阅读体验,达到轻松便捷阅读的效果。

作为最大的利益相关者,网络与新媒体文学的运营商们一直在开展对版权保护技术的使用与研发。现有较先进的防盗版系统采用的,例如,有文字动态

---

① 孙妍峰.我国网络原创文学的版权问题研究[D].河北大学,2014.

指纹越级扫描技术,能够将网络与新媒体文学文本进行预处理,通过语义挖掘进行全面扫描与高精准识别,能够通过分布式云计算,将互联网网页数据与所属版权的文字数据库进行高速比对。这些先进技术的使用将更多地从源头上遏制网络与新媒体文学作品的盗版侵权现象。国内的盛大文学曾通过研发的版权保护技术配合公安部门打击"网络黑市"的盗版侵权行为,利用文字指纹识别技术,启用全新版权保护系统,在追踪比对其他网络与新媒体文学平台更新的作品内容的过程中,发现和锁定盗版网站,记录其侵权行为的具体数据作为执法证据。

随着网络数字技术的日益升级,针对网络与新媒体文学版权的盗版手段和技术也将不断改变,这就要求国家进一步将网络版权保护技术的开发提升到一个新的高度,以良好的政策制度支持相关技术的开发和推广,在重视和保护网络与新媒体文学著作权的同时,充分激发网络与新媒体文学产业活力,以网络技术的优化升级为依托,增强国家软实力,不断推动网络与新媒体文学迈向新的发展阶段。

(二)建立完善的网络与新媒体文学产业管理体系

中国网络与新媒体文学发展迅猛,在这些年的发展过程中逐渐形成了较完整的产业链,带来了较高的经济利益。随着网络与新媒体文学的日益繁荣,文学产业中出现了作品质量参差不一、侵权盗版日益猖獗、市场监管难等问题,这些问题成为网络与新媒体文学健康发展的瓶颈。建立完善的网络与新媒体文学管理制度体系势在必行。

1. 网络与新媒体文学的发展需要专门的法律体系来规范和管理

首先,在立法方面要加快立法步伐。2002年,我国实施了《互联网出版管理暂行规定》,在当时起到了一定的规范和引导作用。在数字版权保护方面,只有一部《中华人民共和国著作权法》进行了两次修订。但是随着时间的推移,网络与新媒体文学从之前的简单"创作-收费"模式,已经逐步发展为亿万级的完整文学产业链。面对网络与新媒体文学产业遇到的最新问题和瓶颈,原有单一的普遍性的法律难以及时解决,这就亟待政府建立专门的法律法规体系进行管理。在专门的网络与新媒体文学版权法律中,应适当增加新形势下保护数字版权、打击盗版,明确界定网络与新媒体文学产业涉及的权利与义务,不仅要涉及网络与新媒体文学作品,还要关注与之相关联的网络与新媒体文学产业的衍生品,厘定权责关系,加大对侵权行为的惩处力度,发挥相应的引导和规范作用,保证网络与新媒体文学发展良好的大环境。

其次,在司法方面要建立统一的审理标准。在审理版权案件的过程中,由于司法地域的审理限制,容易造成对网络与新媒体文学版权等新型案件的审判和执行标准出现较大差异。我们需要尽快建立起全国统一的网络与新媒体文学产业版权案件的审理和执行标准,尽力避免因侵权属地不同导致的管辖权混乱。目前,司法方面在权责认定标准方面难以对侵权案件进行准确的定量定性,加之网络的空间性特点,使得检方侦破网络文学版权案件时,常常遇到侵权地域多、时间花费长、调查取证难度大等困境。所以,需要建立完善的司法体系,削弱网络与新媒体文学版权保护的司法地域束缚,将司法手段与灵活的行政手段相结合,使侵权违法行为无论发生在何时何地都能够得到及时遏止。

再次,在执法方面要建立起网络与新媒体文学版权保护联合行政执法制度。网络数字版权覆盖面较广,传播内容和方式更新速度快,涉及的管理部门众多,因此,为了维护网络文学及产业的健康有序发展,需要新闻出版部门、文化部门、工信部门、公安部门等通力配合,形成合力,进行联合执法,建立起灵活高效的运行机制。同时,积极开展针对网络侵权盗版行为的专项行动,增强对网络文学侵权案件的重视和惩处力度。还应该建立起关于网络与新媒体文学版权的专门调解组织或仲裁机构来解决发生的版权纠纷,避免网络与新媒体文学版权执法漏洞,妥善解决版权保护问题。

2. 网络与新媒体文学的发展需要专业的版权保护体系

2015年,国家新闻出版广电总局印发了《关于推动网络文学健康发展的指导意见》,提出了:"要把网络文学作品质量管理和知识产权保护作为基础工作,把健全编辑管理体系作为关键措施,把建立完善作品管理制度作为突破口,提出建立网络文学内容质量管理和知识产权保护的长效机制。"[①]网络与新媒体文学发展不仅需要法律的保障,还需要行政管理制度和行业内制度的支持。

根据网络与新媒体文学的特征,相关部门需要建立起专业的质量评估体系以及有效的内容传播控制机制。网络与新媒体文学的未来发展将会逐渐实现由之前虚拟化的无序状态,转变为实名化的可控状态。为了实现可控有序的网络与新媒体文学产业的新业态,首先,需要进一步落实网络与新媒体文学作品发表的作者实名制,这将有利于及时打击网络与新媒体文学作品的侵权盗版行为,保障网络与新媒体文学作者的应有权益,同时有利于及时制止和追究网络与新媒体文学传播淫秽、色情等有害内容的行为,净化网络与新媒体文学环境。

其次,完善编辑管理制度。编辑环节是对网络作品传播控制的重要环节,编辑人员审核把关能力的高低决定了得以发表的网络与新媒体文学作品的水平的高低。这就需要进一步完善网络与新媒体文学编辑人员管理机制,推行和落实编辑能力资质考核,推行持证上岗制度,完善网络与新媒体文学作品发表的署名环节,做到明确内容责任范围、规范发表程序、完善问题监督和追溯;同时加强行业自律,加强编辑管理的职业道德教育和业务培训,引导网络与新媒体文学出版企业改变原有的对编辑的管理方式,建立起真正符合网络与新媒体文学长远发展的编辑管理机制。

再次,加强内容投送平台建设。政府应当支持网络与新媒体文学企业,充

---

① 网络文学作者实名制有利于版权保护.[EB/OL].(2015-01-10)[2018-05-10]. http://ip.people.com.cn/n/2015/0115/c136655-26389449.html

分利用好网络平台,"以图文、音频、视频等多样形式,对优秀原创网络与新媒体文学作品进行全方位、多终端化开发利用及传播,实现一次开发生产、多种载体发布"①。网络与新媒体文学企业将与电子商务、金融、物流、通信等相关各类型企业进行深度合作,充分整合资源,"构建线上和线下相融合的服务体系,打造开放式、综合性、多功能网络文学作品投送平台,提高投送实效性和用户满意度,扩大优秀网络文学作品的覆盖范围"②。

最后,建立完善的作品管理制度,立足于版权保护及利用的基本原则,加快推动 DCI 服务体系的建构和普及。中国版权保护中心开发的 DCI 体系是在 Web 2.0 时代背景下,"实现以数字作品版权登记、费用结算和监测取证为核心的版权公共服务创新模式"③。我们应当充分利用最新的科学技术和公共服务模式,对网络与新媒体文学作品进行登记识别、标识申领,完善原创网络与新媒体文学作品数字管理系统以及版权信息系统,逐步建立完善网络与新媒体文学作品的有效管理制度,为其产业全面发展提供支持。

3. 加强正确的文化价值观的普及和引导

当前,网络与新媒体文学产业发展迅速,在这快速发展过程中也出现了一系列问题。网络与新媒体文学创作出现媚俗化甚至色情化现象,原创网络文学作品纷纷遭遇盗版侵害。除了要加快网络与新媒体文学作品版权保护技术及标准研发和运用,逐步形成司法、行政、技术和标准相结合的版权保护体系,还需要广泛发动社会公众参与到网络文学产业的发展中。

在网络急速发展的过程中,我们需要正确的网络文化价值观来纠正不良的

---

① 关于印发《关于推动网络文学健康发展的指导意见》的通知.[EB/OL].(2015-01-05)[2015-01-05]. http://www.gapp.gov.cn/news/1663/236795.shtml

② 国家新闻出版广电总局. 关于印发《关于推动网络文学健康发展的指导意见》的通知.[EB/OL]. (2015-01-05)[2018-04-06]. http://www.gapp.gov.cn/news/1663/236795.shtml

③ DCI 体系助运营商建有效"防火墙".[EB/OL].(2011-02-05)[2017-08-06]. http://news.sina.com.cn/m/2011-02-15/150721957984.shtml

网络风气,需要提升公民的文化道德素质来树立正确的网络价值观,进一步净化网络环境。应当针对网络创作者和网络与新媒体文学运营平台进行正确的文化引导,避免创作和出版的作品陷入低俗化困境。网络带来的海量信息使得人们价值观的传播环境错综复杂,以金钱为第一要义、以博得读者眼球为创作目标而生产的网络与新媒体文学作品,对正确价值观的树立带来巨大冲击。"去中心化"的文化观念使得社会价值判断标准趋向模糊,不利于社会正确观念价值的形成,在网络与新媒体文学创作中的反社会倾向使得作品对读者产生负面影响,导致社会心理浮躁,不利于社会稳定。政府需要加强以正确的文化价值观引领网络与新媒体文学产业科学发展,针对网络创作者和网络与新媒体文学运营平台及时进行引导,避免创作陷入趋同化、媚俗化的困境之中。

在网络与新媒体文学产业版权方面,需要通过网络文化道德普及,树立人们的网络版权保护意识,主动拒绝盗版文化产品,积极参与到网络版权保护中来。应积极探索开展数字化社会舆论监督的新渠道,简化加快盗版举报受理流程,加快推进公众参与版权保护的便捷监督途径。应当利用各类媒介进行版权意识的宣传,通过广播、电视、地铁及楼宇广告等媒介平台促进版权保护意识的建立,努力在国家公共领域形成版权保护意识的普遍效应,促使人们自觉加入版权保护的行列。同时,对在网络文化充分发展中长大的新生代,从小灌输网络时代的版权意识显得尤为重要。可以通过思想品德课或者实践活动融入版权保护意识,以教学互动的形式进行渗透式灌输,促进其养成版权意识,逐渐整合成社会整体的版权保护意识。

【本章小结】

当前,网络与新媒体文学存在的主要问题有:创作上的艺术局限、网络与新媒体文学批评的失范与滞后、网络与新媒体文学产业化过程中出现严重盗版问题。网络与新媒体文学的发展趋势,就文学本身来看,将出现文体形式两极化的趋势,另外,多媒体环境的仿真程度将有所提高。从产业来看,产业链将进一步完善,产业资源的重组聚合将发挥更大的资源优势,内容生产模式将有所创新。随着网络与新媒体文学突飞猛进地发展,相关的政策法规建设与完善的产业管理体系建设势在必行。

【思考题】

1. 网络与新媒体文学正在快速发展中,你认为其当前遇到的问题是否能够得到解决,为什么?

2. 关于网络与新媒体文学发展过程中的商业化问题一直存在争议,有的人认为商业化是其发展的动力,有的人认为是其发展的阻碍,对此你怎么看?

3. 有人说网络与新媒体文学是这个时代的偶然产物,你对此怎么看?

附 录

网络文学的 50 个大事件

1. 1991 年 11 月 1 日,网络华文媒体《华夏文摘》发表第一篇中文网络原创小说《鼠类文明》。

2. 1994 年 3 月,中国获准正式加入国际互联网,诞生于海外华人留学生的汉语网络文学开始在国内孕育和成长。

3. 1995 年,王周生发表《信息时代与文学》,为我国学者最早涉及网络文学的论文。

4. 1996 年,《中国时报·资讯周报》推出"网络文学争议"专栏,网络文学在我国印刷传媒中首次正式采用。

5. 1996 年 7 月,中文网络祖父级前辈——图雅从网络上消失。

6. 1997 年 7 月 26 日,杜国清提交《网络诗学:21 世纪汉诗展望》,为最早涉及互联网中文诗歌的学术论文。

7. 1998 年,"第一位中国网络诗人"诗阳提出"信息主义"诗歌创作理论。

8. 1998 年 3 月 22 日,网络文学开山之作《第一次的亲密接触》在 BBS 发表,引发网络文学热潮。

9. 1996—1998 年,"四大写手"(邢育森、李寻欢、安妮宝贝等)相继上网写作。

10. 1999 年 11 月 11 日,"榕树下"发起"首届网络原创文学作品奖",象征中国文学在网络上的初次走台。

11. 2000 年 2 月 18 日,《悟空传》在网络上广为流传,成为第一本在现实中出版的网络小说,引发国人对网络小说的热情。

12. 2000 年 9 月 25 日,国务院颁布《互联网信息服务管理办法》,为我国首次为规范中国互联网信息服务活动、规范互联网信息服务健康有序发展而制定的重要法规。

13. 2001 年 10 月 22 日,宁肯的《蒙面之城》获第二届"老舍文学奖"。

14. 2002 年,国家社科规划办首次招标网络文学课题,标志政府所倡导的主流学术开始关注网络文学理论研究。

15. 2003年2月19日,欧阳友权《网络文学:技术乎?艺术乎?》引发论争,有力推动网络文学理论研究的发展。

16. 2003年3月31日,新浪网推出中国第一个原创短信专栏——戴鹏飞原创短信。

17. 2003年4月,欧阳友权等出版《网络文学论纲》,为国内第一部从基本学理上系统研究网络文学的学术专著。

18. 2003年10月,"起点中文"实行付费阅读,网络文学找寻到商业盈利模式。

19. 2004年5月,我国第一套网络文学研究丛书出版。

20. 2004年6月,广东作家千夫长创作中国首部手机短信连载小说《城外》,"手机文学"成为继"网络文学"之后的文学新样式。

21. 2004年6月,首届全球通短信文学大赛举行,开辟短信文学新时代。

22. 2004年12月17日,"起点中文"与作者签订个人稿酬协议。

23. 2005年,《亮剑》开启网络小说影视改编热。

24. 2005年7月8日—10日,新闻出版总署举办"首届中国数字出版博览会"。

25. 2005年11月1日,海峡两岸出版机构首次同时推出的华文小说。

26. 2005年11月19日,《中国网络文学阳光宣言》发表,标志着一场原创网络文学净化与规范运动全面展开。

27. 2006年,《鬼吹灯》跨越媒介传播,引领盗墓小说新浪潮。

28. 2006年3月,当年明月的《明朝那些事儿》因"白话历史"手法引起广泛争议。

29. 2006年6月18日,陶东风发表《中国文学已经进入装神弄鬼时代?》,引起文坛关于玄幻类文学的论争。

30. 2006年8月,女诗人赵丽华遭网友恶搞,成为1916年胡适、郭沫若新诗运动以来的最大的诗歌事件。

31. 2006年10月24日,叶匡政贴出《文学死了!一个互动的文本时代来了!》,学界迅速掀起一股关于文学生存现状的争议热潮。

32. 2007年1月16日,首届"中国网络文学节"开幕。

33. 2007年3月9日,"起点中文"网推出"千万亿行动"计划。

34. 2007年10月25日,欧阳友权《数字化语境中的文艺学》获第四届"鲁迅文学奖·优秀文学理论评论奖"。

35. 2007年11月,天下霸唱、当年明月跻身中国作家富豪榜。

36. 2008年9月10日,全国30省作协主席小说网上联展,为传统作家对网络文学、网络阅读的一次集体"试水"。

37. 2008年10月22日,海岩、周梅森、郭敬明等19位作家签约"起点中文"网。

38. 2009年,血红成为"起点中文"网第一位(2004年起)年薪超过百万写手。

39. 2009年7月15日,鲁迅文学院首开网络作家培训班。

40. 2009年9月21日,阿耐的长篇网络小说《大江东去》获全国"五个一工程"奖,为网络小说首次跻身国家级文艺奖项。

41. 2010年,李可网络职场修炼小说《杜拉拉升职记》走红,提供一种以图书为起点,跨越多种媒体的文化产业链的本土范例。

42. 2010年,第五届鲁迅文学奖首次吸纳网络文学参评。

43. 2010年1月29日,我国首部微博小说《微博时期的爱情》在新浪微博连载,正式宣告微博体小说诞生。

44. 2010年3月10日,盛大文学推出"一人一书"计划,发布电子书战略。

45. 2011年3月2日,张抗抗提案修改著作权法。

46. 2011年3月15日,50名作家联名发表《三一五中国作家讨百度书》,抗议百度文库侵权行为。

47. 2011年10月,中国第一家权威网络文学评论杂志《网络文学评论》创刊发行。

48. 2011年11月25日,唐家三少、当年明月当选中国作协全国委员会,成为中国作协最高权力机构的两位网络作家。

49. 2013年7月26日,中国网络文学研究会成立。

北京大学出版社
教育出版中心 精品图书

21世纪特殊教育创新教材·理论与基础系列
特殊教育的哲学基础	方俊明
特殊教育的医学基础	张婷
融合教育导论（第二版）	雷江华
特殊教育学（第二版）	雷江华 方俊明
特殊儿童心理学（第二版）	方俊明 雷江华
特殊教育史	朱宗顺
特殊教育研究方法（第二版）	杜晓新 宋永宁等
特殊教育发展模式	任颂羔

21世纪特殊教育创新教材·康复与训练系列
特殊儿童应用行为分析（第二版）	李芳 李丹
特殊儿童的游戏治疗	周念丽
特殊儿童的美术治疗	孙霞
特殊儿童的音乐治疗	胡世红
特殊儿童的心理治疗（第二版）	杨广学
特殊教育的辅具与康复	蒋建荣
特殊儿童的感觉统合训练（第二版）	王和平
孤独症儿童课程与教学设计	王梅

21世纪特殊教育创新教材·融合教育系列
融合教育理论反思与本土化探索	邓猛
融合教育实践指南	邓猛
融合教育理论指南	邓猛
融合教育导论（第二版）	雷江华

21世纪特殊教育创新教材（第二辑）
特殊儿童心理与教育	杨广学 张巧明 王芳
教育康复学导论	杜晓新 黄昭明
特殊儿童病理学	王和平 杨长江
特殊学校教师教育技能	昝飞 马红英

自闭谱系障碍儿童早期干预丛书
如何发展自闭谱系障碍儿童的沟通能力	朱晓晨 苏雪云
如何理解自闭谱系障碍和早期干预	苏雪云
如何发展自闭谱系障碍儿童的社会交往能力	吕梦 杨广学
如何发展自闭谱系障碍儿童的自我照料能力	倪萍萍 周波
如何在游戏中干预自闭谱系障碍儿童	朱瑞 周念丽
如何发展自闭谱系障碍儿童的感知和运动能力	韩文娟 徐芳 王和平
如何发展自闭谱系障碍儿童的认知能力	潘前前 杨福义
自闭症谱系障碍儿童的发展与教育	周念丽
如何通过音乐干预自闭谱系障碍儿童	张正琴
如何通过画画干预自闭谱系障碍儿童	张正琴
如何运用ACC促进自闭谱系障碍儿童的发展	苏雪云
孤独症儿童的关键性技能训练法	李丹
自闭症儿童家长辅导手册	雷江华
孤独症儿童课程与教学设计	王梅
融合教育理论反思与本土化探索	邓猛
自闭症谱系障碍儿童家庭支持系统	孙玉梅
自闭症谱系障碍儿童团体社交游戏干预	李芳
孤独症儿童的教育与发展	王梅 梁松梅

特殊学校教育·康复·职业训练丛书（黄建行 雷江华 主编）
- 信息技术在特殊教育中的应用
- 智障学生职业教育模式
- 特殊教育学校学生康复与训练
- 特殊教育学校校本课程开发
- 特殊教育学校特奥运动项目建设

21世纪学前教育规划教材
学前教育概论	李生兰
学前教育管理学	王雯
幼儿园歌曲钢琴伴奏教程	果旭伟
幼儿园舞蹈教学活动设计与指导	董丽
实用乐理与视唱	代苗
学前儿童美术教育	冯婉贞
学前儿童科学教育	洪秀敏
学前儿童游戏	范明丽
学前教育研究方法	郑福明
外国学前教育史	郭法奇
学前教育政策与法规	魏真
学前心理学	涂艳国 蔡艳

学前教育理论与实践教程	
	王　维　王维娅　孙　岩
学前儿童数学教育	赵振国

大学之道丛书精装版

美国高等教育通史	[美]亚瑟·科恩
知识社会中的大学	[英]杰勒德·德兰迪
大学之用（第五版）	[美]克拉克·克尔
营利性大学的崛起	[美]理查德·鲁克
学术部落与学术领地：知识探索与学科文化	
	[英]托尼·比彻，保罗·特罗勒尔
美国现代大学的崛起	[美]劳伦斯·维赛
教育的终结——大学何以放弃了对人生意义的追求	
	[美]安东尼·T.克龙曼
世界一流大学的管理之道——大学管理研究导论	
	程　星
后现代大学来临？	
	[英]安东尼·史密斯　弗兰克·韦伯斯特

大学之道丛书

市场化的底限	[美]大卫·科伯
大学的理念	[英]亨利·纽曼
哈佛：谁说了算	[美]理查德·布瑞德利
麻省理工学院如何追求卓越	[美]查尔斯·维斯特
大学与市场的悖论	[美]罗杰·盖格
高等教育公司：营利性大学的崛起	
	[美]理查德·鲁克
公司文化中的大学：大学如何应对市场化压力	
	[美]埃里克·古尔德　40元
美国高等教育质量认证与评估	
	[美]美国中部州高等教育委员会
现代大学及其图新	[美]谢尔顿·罗斯布莱特
美国文理学院的兴衰——凯尼恩学院纪实	
	[美]P.F.克鲁格
教育的终结：大学何以放弃了对人生意义的追求	
	[美]安东尼·T.克龙曼
大学的逻辑（第三版）	张维迎
我的科大十年（续集）	孔宪铎
高等教育理念	[英]罗纳德·巴尼特
美国现代大学的崛起	[美]劳伦斯·维赛
美国大学时代的学术自由	[美]沃特·梅兹格
美国高等教育通史	[美]亚瑟·科恩
美国高等教育史	[美]约翰·塞林
哈佛通识教育红皮书	哈佛委员会
高等教育何以为"高"——牛津导师制教学反思	
	[英]大卫·帕尔菲曼
印度理工学院的精英们	[印度]桑迪潘·德布
知识社会中的大学	[英]杰勒德·德兰迪
高等教育的未来：浮言、现实与市场风险	
	[美]弗兰克·纽曼　等
后现代大学来临？	[英]安东尼·史密斯　等
美国大学之魂	[美]乔治·M.马斯登
大学理念重审：与纽曼对话	
	[美]雅罗斯拉夫·帕利坎
学术部落及其领地——当代学术界生态揭秘（第二版）	[英]托尼·比彻　保罗·特罗勒尔
德国古典大学观及其对中国大学的影响（第二版）	
	陈洪捷
转变中的大学：传统、议题与前景	郭为藩
学术资本主义：政治、政策和创业型大学	
	[美]希拉·斯劳特　拉里·莱斯利
21世纪的大学	[美]詹姆斯·杜德斯达
美国公立大学的未来	
	[美]詹姆斯·杜德斯达　弗瑞斯·沃马克
东西象牙塔	孔宪铎
理性捍卫大学	眭依凡

学术规范与研究方法系列

社会科学研究方法100问	[美]萨尔金德
如何利用互联网做研究	[爱尔兰]杜恰泰
如何撰写与发表社会科学论文：国际刊物指南	
	蔡今忠
如何查找文献（第二版）	[英]萨莉·拉姆齐
给研究生的学术建议	[英]戈登·鲁格　等
社会科学研究的基本规则（第四版）	
	[英]朱迪斯·贝尔
做好社会研究的10个关键	
	[英]马丁·丹斯考姆
如何写好科研项目申请书	
	[美]安德鲁·弗里德兰德　等
教育研究方法（第六版）	
	[美]梅瑞迪斯·高尔　等
高等教育研究：进展与方法	
	[英]马尔科姆·泰特
如何成为学术论文写作高手	[美]华乐丝
参加国际学术会议必须要做的那些事	
	[美]华乐丝
如何成为优秀的研究生	[美]布卢姆

结构方程模型及其应用　　　　　易丹辉　李静萍

21世纪高校职业发展读本
如何成为卓越的大学教师　　　　［美］肯·贝恩
给大学新教员的建议　　　　［美］罗伯特·博伊斯
如何提高学生学习质量
　　　　　　　　　　　［英］迈克尔·普洛瑟　等
学术界的生存智慧　　　　［美］约翰·达利　等
给研究生导师的建议（第2版）
　　　　　　　　　　　［英］萨拉·德拉蒙特　等

21世纪教师教育系列教材·物理教育系列
中学物理微格教学教程（第二版）
　　　　　　　　　　　张军朋　詹伟琴　王恬
中学物理科学探究学习评价与案例
　　　　　　　　　　　张军朋　许桂清
物理教学论　　　　　　　　　　邢红军
中学物理教学法　　　　　　　　邢红军
中学物理教学评价与案例分析　王建中　孟红娟

21世纪教育科学系列教材·学科学习心理学系列
数学学习心理学（第二版）　　　　孔凡哲
语文学习心理学　　　　　　　　董蓓菲

21世纪教师教育系列教材
教育心理学（第二版）　　　　　　李晓东
教育学基础　　　　　　　　　　庞守兴
教育学　　　　　　　　　余文森　王晞
教育研究方法　　　　　　　　　刘淑杰
教育心理学　　　　　　　　　　王晓明
心理学导论　　　　　　　　　　杨凤云
教育心理学概论　　　　　　连榕　罗丽芳
课程与教学论　　　　　　　　　李允
教师专业发展导论　　　　　　　于胜刚
学校教育概论　　　　　　　　　李清雁
现代教育评价教程（第二版）　　　吴钢
教师礼仪实务　　　　　　　　　刘霄
家庭教育新论　　　　　　　闫旭蕾　杨萍
中学班级管理　　　　　　　　　张宝书
教育职业道德　　　　　　　　　刘亭亭
教师心理健康　　　　　　　　　张怀春
现代教育技术　　　　　　　　　冯玲玉
青少年发展与教育心理学　　　　张清
课程与教学论　　　　　　　　　李允
课堂与教学艺术（第二版）　孙菊如　陈春荣

21世纪教师教育系列教材·初等教育系列
小学教育学　　　　　　　　　　田友谊
小学教育学基础　　　　　　张永明　曾碧
小学班级管理　　　　　　　张永明　宋彩琴
初等教育课程与教学论　　　　　罗祖兵
小学教育研究方法　　　　　　　王红艳
新理念小学数学教学论　　　　　刘京莉
新理念小学音乐教学法　　　　　吴跃跃

教师资格认定及师范类毕业生上岗考试辅导教材
教育学　　　　　　　　　余文森　王晞
教育心理学概论　　　　　　连榕　罗丽芳

21世纪教师教育系列教材·学科教育心理学系列
语文教育心理学　　　　　　　　董蓓菲
生物教育心理学　　　　　　　　胡继飞

21世纪教师教育系列教材·学科教学论系列
新理念化学教学论（第二版）　　　王后雄
新理念科学教学论（第二版）　崔鸿　张海珠
新理念生物教学论（第二版）　崔鸿　郑晓慧
新理念地理教学论（第二版）　　　李家清
新理念历史教学论（第二版）　　　杜芳
新理念思想政治（品德）教学论（第二版）
　　　　　　　　　　　　　　　胡田庚
新理念信息技术教学论（第二版）　吴军其
新理念数学教学论　　　　　　　冯虹

21世纪教师教育系列教材·语文课程与教学论系列
语文文本解读实用教程　　　　　荣维东
语文课程教师专业技能训练　张学凯　刘丽丽
语文课程与教学发展简史　武玉鹏　王从华　黄修志
语文课程学与教的心理学基础　韩雪屏　王朝霞
语文课程名师名课案例分析　武玉鹏　郭治锋
语用性质的语文课程与教学论　　　王元华

21世纪教师教育系列教材·学科教学技能训练系列
新理念生物教学技能训练（第二版）　崔鸿
新理念思想政治（品德）教学技能训练（第二版）
　　　　　　　　　　　　　胡田庚　赵海山
新理念地理教学技能训练　　　　李家清
新理念化学教学技能训练（第二版）　王后雄
新理念数学教学技能训练　　　　王光明

新理念小学音乐教学法	吴跃跃

王后雄教师教育系列教材

教育考试的理论与方法	王后雄
化学教育测量与评价	王后雄
中学化学实验教学研究	王后雄
新理念化学教学诊断学	王后雄

西方心理学名著译丛

儿童的人格形成及其培养	[奥地利]阿德勒
活出生命的意义	[奥地利]阿德勒
生活的科学	[奥地利]阿德勒
理解人生	[奥地利]阿德勒
荣格心理学七讲	[美]卡尔文·霍尔
系统心理学：绪论	[美]爱德华·铁钦纳
社会心理学导论	[美]威廉·麦独孤
思维与语言	[俄]列夫·维果茨基
人类的学习	[美]爱德华·桑代克
基础与应用心理学	[德]雨果·闵斯特伯格
记忆	[德]赫尔曼·艾宾浩斯
实验心理学（上下册）	[美]伍德沃斯 施洛斯贝格
格式塔心理学原理	[美]库尔特·考夫卡

21世纪教学活动设计案例精选丛书（禹明 主编）

初中语文教学活动设计案例精选
初中数学教学活动设计案例精选
初中科学教学活动设计案例精选
初中历史与社会教学活动设计案例精选
初中英语教学活动设计案例精选
初中思想品德教学活动设计案例精选
中小学音乐教学活动设计案例精选
中小学体育（体育与健康）教学活动设计案例精选
中小学美术教学活动设计案例精选
中小学综合实践活动教学活动设计案例精选
小学语文教学活动设计案例精选
小学数学教学活动设计案例精选
小学科学教学活动设计案例精选
小学英语教学活动设计案例精选
小学品德与生活（社会）教学活动设计案例精选
幼儿教育教学活动设计案例精选

全国高校网络与新媒体专业规划教材

文化产业概论	尹章池
网络文化教程	李文明
网络与新媒体评论	杨娟
新媒体概论	尹章池
新媒体视听节目制作（第二版）	周建青
融合新闻学导论	石长顺
新媒体网页设计与制作	惠悲荷
网络新媒体实务	张合斌
突发新闻教程	李军
视听新媒体节目制作	邓秀军
视听评论	何志武
出镜记者案例分析	刘静 邓秀军
视听新媒体导论	郭小平
网络与新媒体广告	尚恒志 张合斌
网络与新媒体文学	唐东堰 雷奕

全国高校广播电视专业规划教材

电视节目策划教程	项仲平
电视导播教程	程晋
电视文艺创作教程	王建辉
广播剧创作教程	王国臣

21世纪教育技术学精品教材（张景中 主编）

教育技术学导论（第二版）	李芒 金林
远程教育原理与技术	王继新 张屹
教学系统设计理论与实践	杨九民 梁林梅
信息技术教学论	雷体南 叶良明
网络教育资源设计与开发	刘清堂
学与教的理论与方式	刘雍潜
信息技术与课程整合（第二版）	赵呈领 杨琳 刘清堂
教育技术研究方法	张屹 黄磊
教育技术项目实践	潘克明

21世纪信息传播实验系列教材（徐福荫 黄慕雄 主编）

多媒体软件设计与开发
电视照明·电视音乐音响
播音与主持艺术（第二版）
广告策划与创意
摄影基础（第二版）

21世纪教师教育系列教材·专业养成系列（赵国栋 主编）

微课与慕课设计初级教程
微课与慕课设计高级教程
微课、翻转课堂和慕课设计实操教程
网络调查研究方法概论（第二版）
PPT云课堂教学法